我看穿敵方的目的了。
◆約翰・亞爾奇涅庫斯
齊歐卡陸軍上校，擁有出類拔萃的優秀戰略視野。擁有特異的體質，完全不睡覺，也因此被世人稱為「不眠的輝將」。

◇米雅拉・銀
齊歐卡陸軍中尉，和哈朗上尉一起輔佐約翰上校的軍人。是個理性的人物，隨時都沉著冷靜地行動。然而，只有面對殺死兄長的雅特麗時……
t h e S k y

發條精靈戰記

天鏡的極北之星

Alderamin on the Sky

5

宇野朴人

Illustration さんば挿

Kadokawa Fantastic Novels

Alderamin on the Sky
Uno Bokuto Presents

登場人物

卡托瓦納帝國

伊庫塔・索羅克……本作的主角，在非自願的情況下成為軍人的怠惰少年。
雅特麗希諾・伊格塞姆……舊軍閥名家伊格塞姆家的女兒，近身白刃戰的實力可謂並世無雙。
托爾威・雷米翁……舊軍閥名家雷米翁家的兒子，擅長射擊。
馬修・泰德基利奇……體型微胖的平凡少年，對才華洋溢的同伴們抱有憧憬。
哈洛瑪・貝凱爾……身為醫護兵的女性，在一行人中是最有大姊姊風範的成員。
夏米優・奇朵拉・卡托沃瑪尼尼克……帝國的第三公主，將伊庫塔捲入某個宏大的企圖。
暹帕・薩扎路夫……伊庫塔等人的長官，平易近人又很照顧部下。
波爾蜜紐耶・尤爾古斯……帝國海軍海尉，是個凶暴的女海盜，軍艦「暴龍號」的實際領導者。
拉吉耶希・庫奇……帝國海軍海校，「暴龍號」的艦長，也負責監督波爾蜜紐耶的行動。
耶里涅芬・尤爾古斯……帝國海軍上將，講話像是女性的破格司令官。
鄧米耶・剛隆……帝國海軍海校，尤爾古斯上將的副官，是個假意慇懃，發言毒辣的人物。

齊歐卡共和國

約翰・亞爾奇涅庫斯……被頌揚為「不眠的輝將」的齊歐卡名將，具備完全不需睡眠的特異體質。
米雅拉・銀……約翰的女性副官，擁有已滅亡的極東國家「亞波尼克」的血統。
塔茲尼亞特・哈朗……齊歐卡陸軍上尉，約翰的盟友。
艾露露法伊・泰涅齊謝拉……齊歐卡海軍女性少將，擁有亡國拉歐的少數民族鷹匠之民的血統。
葛雷奇・亞琉薩德利……齊歐卡海軍海校，是面容恐怖的海兵隊長。

拉・賽亞・阿爾德拉民

亞庫嘉爾帕・薩・杜梅夏……拉・賽亞・阿爾德拉民神聖軍上將，個性豪爽的男性。

第一章

Alderamin on the Sky

風暴前夕

最早的記憶，是潮水湧上又退去的浪濤聲。初次接觸的海潮之音，傳進被抱在母親懷裡的少女耳中。

才剛懂事沒多久，把大海當成搖籃的少女就得知自己的出身。認識偉大的船員喀爾謝夫船長和繼承他血統的尤爾古斯家，以及明白自己出生為其中一員的意義。

幼小的內心毫無迷惘地決定——既然如此，自己總有一天也要變成那種人。

少女周圍的大人們也點頭贊同——妳總有一天必須成為那種人。

從少女擬定生存方式的那一天開始，原本是溫柔搖籃的大海就開始掀起驚濤駭浪。所有的船員都是依靠知識、技術以及勇氣去挑戰大海。而這些能力並非一朝一夕就能擁有，因此少女跟著嚴格前輩努力學習。和同期相比，她比所有人都更快通過那段被老兵們嘲笑為「長得像人的包袱」的訓練生時期。

第一次讓她稍微顯露出才能鋒芒的機會，是操控五人用小型帆船的訓練。少女搭乘的船隻自由自在地航行於海面，彷彿受到海風的特別關愛。必須確實理解帆船構造，精準指揮船上成員，還要兼備判斷海風和海浪的能力，湊齊一切條件後，才有可能如此駕馭船隻。少女輕鬆地踏入了只有累積長久經驗的船員才總算能到達的場所。

每一個人都說，這是喀爾謝夫船長的血統。少女自身也滿心自豪地點頭同意。

所以，有許多人支持她以破格的速度出人頭地。因為除了階級相近的競爭對手，海軍內部已經有了共通的看法，認為展現出英雄血脈的她應該要盡快獲得船艦。「喀爾謝夫船長再臨」——不知道哪個人提出的這句標語發揮出足夠的吸引力，從海軍高官們身上奪走年長者應有的冷靜。

再加上有叔叔這後盾，少女配發到「暴龍號」上一事很快定案。一年後，身為艦長的庫奇海校退居監察人員，「暴龍號」開始成為她的船。讓少女掌控中型船艦的結果也毫不遜色，海軍中再也沒有任何人懷疑她作為船員的本領。

接下來，只需要等待以軍人身分上陣的初次戰役——然而在這種時期，從和她注意方向相反的場所，也就是陸上傳來出乎意料的消息。

據說，比她更年輕的五名少年少女因為救出第三公主而被封為「帝國騎士」。以此為契機，他們在實際戰場上也表現活躍，不斷往上晉升……而且，其中還包括和少女同樣出身於「忠義御三家」的伊格塞姆和雷米翁家成員。

少女回頭看看自己連第一次戰場都還沒經歷過的模樣。讓她出生至今，頭一回嘗到宛如身受火燒的焦躁感。

明明不該是那樣——明明英雄不該來自陸地，而是無論如何都必須身處海上才對。

「……她似乎一直在夢囈。」

看向背後床舖的雅特麗喃喃說道。同樣聚集到這間客艙的騎士團其他成員和夏米優殿下也都拿著由哈洛為大家準備的茶水，望著同一方向。

「畢竟她昨天才剛失去部下，當然會作惡夢啊……別去打擾她吧。」

在講出這種體貼發言的馬修的視線前方——一臉慘白的波爾蜜紐耶・尤爾古斯正躺在床上，在睡夢中露出苦悶表情。枕邊可以看到搭檔的水精靈陪伴著她。

昨晚馬修把在船上無處容身只能到處亂晃的她帶回這間船艙。於是，波爾蜜和騎士團的女性成員們一起度過一夜，直到現在。

「波爾蜜小姐好像到凌晨才總算睡著。而且她昨天似乎沒吃晚餐，我擔心她的身體可能會出狀況。」

「嗯，畢竟精神脆弱時，身體也會跟著衰弱……」

哈洛和公主也異口同聲地擔心著波爾蜜。這時，躺在對面床舖上的伊庫塔邊呻吟邊撐起了上半身。

「嗚嗚嗚……這理論即使反過來也講得通，我現在正因為腰痛而覺得內心快不行了。」

「能讓兩者分離不正是你的長處？把自己小指切斷的人別因為一點跌打損傷就哭哭啼啼。」

「這種狀態對你來說算是剛好吧，索羅克。既然只能躺著，等於你無法把精力用在獵豔上。好了，主治醫生還沒許可你起來，快點老實躺下。」

被看起來似乎心情不錯的公主推了一把，伊庫塔只能心不甘情不願地倒下。負傷後過了一天一夜，患部雖然已略為消腫，但根據哈洛的診斷，還必須再安靜休養一陣子才能順利動作。

「……算了，要我睡覺是睡多久都行，而且還正合我意。不過一小時後就要開軍事會議了，不稍微事先討論一下恐怕不太妙吧？」

「這話也對，既然這種樣子的你無法出席，那麼該由誰去參加呢？」

伊庫塔以外的每個人都看著彼此。尤爾古斯上將要求騎士團必須派兩人出席一小時後舉行的緊急會議，由於這是能參加戰略等級討論的貴重機會，自然不能白白放過……但是現在的伊庫塔連起床都有困難，就算想參加也無法參加。

「如果躺著也沒關係的話我是很想出席啦，不過再怎麼說應該都會挨罵吧？」

把搭檔光精靈庫斯抱在胸前的伊庫塔低聲說道，因為這句不知道包含多少玩笑成分的發言而露出苦笑的托爾威把視線看向其他成員。

「既然無法使用阿伊和雅特麗小姐這對致勝搭檔，那麼……就得討論誰可以代替阿伊。」

「哎呀，我是固定人選？」

「除了伊庫塔，只有妳在面對海軍那些大人物時還能夠毫不膽怯地提出意見吧……那麼另一個人應該選托爾威較為適當？畢竟他是雷米翁一族，海軍那些傢伙應該也會給予尊重吧。」

「我……我嗎……老實說，我在交涉方面欠缺自信……」

被提到名字的青年雙手抱胸露出困擾表情。這時，伊庫塔躺在床上說了句話。

「正如本人的聲明，這不是適合他的工作。我推薦馬修。」

「……咦？我……我嗎？」

突然被指名的馬修因為吃了一驚，連聲音都不由自主地變了調。受到微胖少年的困惑視線注視，伊庫塔淡淡地說明選擇他的理由。

「消極理由方面，單純是消去法。我是這副模樣，托爾威不適合，哈洛為了照顧我所以不能離開這裡。既然雅特麗是固定人選，那麼另一人就決定是你了。」

「那……那個……伊庫塔先生的情況已經不需要有人一直陪伴照顧了……」

「那就訂正一下吧。哈洛必須親手餵無法動彈的我吃午餐，所以會議期間無法離開這裡。」

「……雅特麗，看來索羅克希望傷勢能比現在更嚴重。」

「不愧是殿下，那麼要不要讓他的雙手脫臼呢？這種情況下有人幫忙他吃午餐才是理所當然的發展。」

「……訂正一下吧。我希望哈洛在會議期間照顧小波兒，因為現在最好有個人能和她聊聊，但如果那個人是公主，會讓她感到畏懼。所以雅特麗，妳別像那樣把手指凹得喀喀作響，拜託。」

伊庫塔在床上爬著逃走，這時馬修以還帶著困惑的聲音再度發問：

「所以選我嗎……？不過，我也一樣不擅長交涉……」

「不，你有這種能力。還記得我們去把哈馬特耶子爵逼進絕路那次的事嗎？明明事前只有大略討論，你卻可以確實和我一搭一唱。如果沒有掌握話題發展和要點，根本無法做到那種事。」

「因為那時候只要配合你就好……」

「這次也一樣會事先討論，而且雅特麗會在現場提供支援。而且說句真心話，我想拜託你出席。在現場人員中除了小波兒，你對海軍的知識遙遙領先大家吧？我想這份知識正是在軍事會議中不可或缺的東西。」

語畢，黑髮少年笑了。儘管無法判斷這話裡帶了多少真心，不過被人捧成這樣，馬修心裡當然也覺得舒坦。他先考慮了一下，才把確認的視線朝向一行人。

「……伊庫塔雖然這樣說，但你們幾個覺得如何？尤其是雅特麗，妳真的可以接受由我和妳一起出席重大軍事會議嗎？」

「我沒有任何不滿，還請你屆時幫忙彌補我才疏學淺的部分。」

雅特麗帶著微笑立刻回答，隨後其他人也點了點頭。這份信賴讓馬修感到相當難為情，費了很大工夫才維持住嚴肅表情。

「我……我明白了。雖然不知道自己能做到什麼程度，但我會盡力。」

「吾友馬修真是可靠。不過你放心，接下來我會安排確實教育的時間，好讓你能對應所有問答。」

講完這句話的瞬間，伊庫塔的視線貫穿圍成圓圈坐著的同伴們，銳利地看向對面的那張床。

「妳也願意幫忙嗎，小波兒？」

「…………嗚！」

依然躺著的波爾蜜紐耶·尤爾古斯因為話題突然轉到自己身上而嚇得肩膀一震。除了伊庫塔和雅特麗以外的四人也帶著訝異反應回頭。

「妳……妳醒了啊？」

「話說起來，好像之前就比較沒有在聽她囈語……」

「呃……那個，波爾蜜小姐。妳有哪裡不舒服嗎？啊，請等一下，我現在幫妳倒茶。」

哈洛拿起放在地板上的茶壺和金屬杯，倒了一杯新茶。就這樣房內出現很難繼續裝睡的氣氛，波爾蜜只能戰戰兢兢地在床上撐起上半身。哈洛也立刻把冒著白煙的熱茶遞給她。

「來，請用！還很熱喔！」

「謝謝……」

馬修看著接過茶水小口小口啜飲的她，低聲說道：

「……喝慢一點，太急會嗆到。」

「嗯……」

從這簡短對話中透露出的親密氛圍讓托爾威瞪大雙眼。不久之前才在「暴龍號」上橫行逞威的女海盜，現在卻擺出一副老實相。

伊庫塔帶著平穩表情望著他們兩人，然後再度開口：

「在討論海上的軍事活動時，身為現役海軍軍官的妳是珍貴的顧問。都是陸上人員的我們討論出的內容或許會成為紙上空談，不過只要再加上妳的檢查，就能成為適用海上的正確理論。」

「………」

「我期待妳可以無所顧忌地提出意見喔，小波兒。那麼就開始吧，首先——」

在變強的西風送來的雨水開始零星灑落的上午十點前。位於編隊中央的帝國海軍旗艦「黃龍號」的巨大身軀旁靠著許多從其他船艦滑來的小船。

帶著副官登船的艦長們個個都臉色陰沉。不惜暫時停止所有船艦的航行並召開緊急會議的狀況足以奪走他們內心的樂觀。再加上他們所有人都已經親眼目睹——靠在旗艦左舷後方的破爛船體。也就是遭受齊歐卡軍艦炮擊，外觀已經和幽靈船沒兩樣的「暴龍號。」

「看來到齊了呢，那就開始吧。」

超過二十名的海軍軍官們圍著一張已固定在地板上不會因搖晃而移動的長桌坐下。角落裡可以看到雅特麗和馬修的身影，但他們採用先旁觀狀況的方針。沒過多久，身居上座的耶里涅芬·尤爾古斯上將以略高的聲調率先開口：

「你們下來之前都有看到吧？『暴龍號』千瘡百孔，原本要捕獲的齊歐卡船艦甩掉我方三艘船艦的追蹤，成功逃走。現在已經認定當時發生的戰鬥中有幾個預料外的要素，才會要大家像這樣在大海中央會面。」

上將大略說明狀況後，一名軍官舉起手。

「……追捕敵艦的『暴龍號』到底發生了什麼事？」

「根據報告，並沒有發生什麼特別的事情。如果真要舉例，就是那個叫爆炮的威力比我們的概念還強大了一點，負責指揮『暴龍號』的人比我的預估還要不成熟很多，以及敵人的戰法和我的預測完全不同——」

尤爾古斯上將講著講著，突然站起並轉過身子。他的雙眼看向掛在牆上的鏡子，那正是上將本人為了檢查化妝是否完美而設置於船上各處的東西。

來到鏡子前方後上將停下腳步，讓擦得乾乾淨淨的鏡面照出自身身影。

「——就是這麼回事哼哼！」

接著他帶著充滿餘裕的笑容，對著自己的臉孔使出毫不留情的頭搥攻擊。

碎裂的玻璃撒向地面發出叮噹聲響，相反地，室內卻是一片寂靜。

尤爾古斯上將緩緩拉回撞向鏡子的腦袋，轉向部下們。好幾道鮮血從被割傷的額頭流向下巴，這壯烈的光景讓每一個人都倒吸了一口氣——然而，以自己的鮮血作為代價後，上將臉上已經不再有任何的鬆懈情緒。

「……算了，用一句話做總結，就是人家自己睡迷糊了。不過已經靠剛剛那招清醒，你們可以放心。」

「不，我說……可以請您克制一下那種清醒法嗎……」

在旁邊位子待機的剛隆海校嘆著氣起身，動作俐落地拔下長官額頭上的玻璃碎片。接著用消毒水浸溼從懷中取出的紗布，壓住傷口後再纏上繃帶固定。只花了不到一分鐘就完成這一連串的處置。

「真是，這麼亂來……您知道自己做了什麼嗎？」
「只是擦傷，可以晚一點再嘮叨嗎？」
「您果然沒弄懂。我的意思是，和您那張極為堅固的臉不同，把鏡子丟著不管並不會自己修好……」
「我讓你嘗到同樣後果喔鄧米耶！」
鄧米耶．剛隆海校閃過伸向他的手，一臉若無其事地重新坐下。尤爾古斯上將一方面因為他的厚臉皮而狠狠咂嘴，同時也回到會議桌邊。
「嘖……算了，繼續吧。清醒之後，該和大家討論的問題只有一點。既然現在已經確定齊歐卡海軍的威脅超過我方的預想，那麼必須針對戰術方面做大幅的重新評估。」
軍官們緊張地挺直背脊，這時剛隆海校再度淡淡地開口：
「戰術方面嗎？……我想正確來說應該是戰略方面吧？」
「……你說什麼？」
「我認為該重新檢討的議題並不是如何戰勝敵人，而是基本上我方是否還有機會獲勝。如果在開打之前就明白最後將會戰敗，那麼這次應該要避免和敵軍對決吧。」
室內立刻充滿騷動聲。尤爾古斯上將舉起一手制止眾人，同時瞪向副官。
「在遭受更慘痛的教訓前，乾脆先捲起尾巴逃回去……你是這個意思嗎？」
「哎呀，感謝您如此簡潔的歸納。」

剛隆海校保持一副表面恭敬內心無禮的態度來應付似乎想靠眼神殺人的長官。雖然這種光景在兩人之間並不罕見，但這次的程度卻和過去不同。一觸即發的沉默持續了相當長一段時間後，尤爾古斯上將瞇起雙眼。

「……好，那你就提出說明吧，畢竟以悲觀角度判斷狀況也是你的工作。」

「我認為沒有必要再特地用嘴巴說明，畢竟在場所有人都親身體會到了——既然現在已經被迫見識到爆炮的威力，而且只有敵人擁有那種武器，我方沒有。那麼我想無論是誰都能理解這事實有多麼沉重吧？」

剛隆海校看向在場的眾多軍官，繼續說道：

「舉例來說……在隔著一海里的狀況下，我方的十艘戰艦和對方的五艘爆炮艦準備開戰。我方的戰術是靠近到兩百公尺以下後展開槍擊，接著利用船頭的撞角來衝撞，最後闖上敵艦發動白刃戰。相較之下敵人呢？首先會在距離一公里以上的位置開始利用爆炮進行炮擊，接著應該會保持間隔最少也有兩百公尺以上的狀況，持續同樣動作直到我方船艦全都無法行動為止。」

如何呢？剛隆海校開口發問。回應他的沉默，就是比其他任何答案都更加明確的事實。

「哪裡有足以逆轉的餘地呢？既然有效的攻擊無法擊中對方，連我方唯一占有優勢的船艦數量也幾乎無法活用。能做的事情頂多只有忍耐到對方用盡彈藥，然而屆時我方船艦還能有幾艘平安無事？一艘？還是兩艘？預估得樂觀再樂觀一點，算個五艘好了……即使剩下這麼多，持續受到長時間炮擊，再怎麼說都不可能全無損傷。相較之下，敵方的五艘船艦卻是毫髮無損，而且還會一口氣攻擊過來。」

經過單純化的戰場讓軍官們確實感受到敵我雙方的戰力差距，剛隆海校對著臉色發青的聽眾們給予更多絕望。

「或許會有人認為所有敵艦都裝備爆炮是不太可能發生的狀況，雖然我也認同，但即使如此，也不能樂觀判定只有少少幾艘。請各位回想這次的遭遇戰，假如各位是齊歐卡海軍的提督，會讓如此寶貴的船艦隻身出來偵查嗎？」

這推測十分合理。在海上排出陣形的多艘爆炮艦編隊——一想像這種絕望的光景，軍官們就覺得背脊竄過一道寒氣。

「根據以上的顧慮，我判斷這次作戰中能成功奪取制海權的勝算很稀薄。在此提議帝國海軍第一艦隊所有兵力都進行戰略性撤退。要不要挾著尾巴逃走呢，各位？趁著現在還有尾巴可挾。」

這言論讓每個人都大吃一驚。不過，軍官們還是提出反論。

「等一下！等一下！在目前的狀況下，撤退是還能被原諒的選擇嗎？希歐雷德礦山奪回作戰已經開始，這不但是陸海軍的聯合作戰，而且還受了敕命！」

「這話說的對，要是吃了敗仗在最後撤退還可以另當別論，但戰鬥前就撤退明顯是無視命令。不只帝國海軍將會名譽掃地，尤爾古斯上將最少也無法避免被撤職的處分！」

大部分的軍官都認同「撤退判斷並不符合現實」的意見。然而，剛隆海校卻聳了聳肩，表現出他似乎打從一開始就很清楚這種事情的態度。

「唔，換句話說就是這樣嗎？為了讓我等敬愛的上將大人能保住立場，第一艦隊必須投身於沒有勝算的戰爭，甚至不惜全滅？」

「你……你自重一點，剛隆海校！身為副官，有可以說出口的發言和不能——」

「不，沒關係，他的意思已經充分表達出來了。」

尤爾古斯上將淡淡地插嘴，銳利的視線望向副官那若無其事的表情。

「……你的意思是要我別為了自己的面子或立場，讓部下去打一場會輸的戰爭吧？」

「嗯，我想在各式各樣的死法中，那算是相當愚蠢的類型。」

即使聽到剛隆海校這種過度帶刺的意見，尤爾古斯上將依舊沒有怒斥駁回，只是靜靜閉上眼睛擺出要默默思考的態度。於是其他軍官也效法他，閉上嘴沒有說話。

他們拒絕隨便發言的結果讓現場被寂靜籠罩——這時，一個毅然的聲音介入其中。

「恕我無理，剛隆海校。在這次的情況中，該和決戰的風險一起放到天秤上衡量的比較對象，並不是只有尤爾古斯上將的面子或保身問題。」

眾人的視線集中在這個出乎意料的發言者身上。一頭炎髮鮮亮奪目的少女從長桌幾乎處於對角線另一端的位置上，對剛隆海校送出強烈的視線。

「比起其他問題，最該列為第一優先的是參加共同作戰的友軍。如果我等在此迴避決戰進行撤退，他們將會失去所有原本預定會收到的援軍和補給。必然，在戰鬥中受到的損害也會增加。」

「……是的，雅特麗希諾中尉。這部分正如妳所說。不過當然，我等也無意捨棄陸地上的同袍逃走。」

判斷議論的對手已經換人後，剛隆海校對雅特麗露出爽朗微笑。

「我在此主張的撤退，頂多只具備『要避免在預定海域進行決戰』的意思。說成『登陸地點要比當初預定更往西修正』應該會比較好懂吧？這是原本就被列入本次進攻計畫內的『海路決戰敗北時的次善之策』，因此陸軍那邊應該也已經做好對應的準備。也就是補給和援軍都會沿著別條路線送到，不需為此擔心。」

「真的是那樣嗎？仔細回想，這次作戰的最終目的是要奪回希歐雷德礦山。由於齊歐卡方會為了對應我等襲擊而採取固守策略的可能性很高，因此我方必須在敵方援軍趕來前就先擊敗躲在礦山裡的敵軍。此時有兩大重點——一是要發動迅速的攻擊，二是要擋下來自後方的敵軍。所以確保目標海域的制海權不但是為了達成作戰的第一步，同時應該也是為了意圖牽制來自海上的敵軍。」

配置在希歐雷德礦山的敵軍部隊規模並不是很大。雖說這種水準憑帝國這次動員的兵力已經足以攻下，然而前提是對方沒有獲得增援。所以換個說法，只要能在援軍到來前打下礦山，就是帝國軍的勝利；如果辦不到，就會由齊歐卡軍獲勝吧。

「在此迴避海戰，就代表無法占領前方的齊歐卡港口。一旦海路還通，甚至連港口也還在對方手中，敵人就會從那裡接二連三地送出援軍吧？讓人不得不預估這狀況會在今後的戰鬥中成為我方的巨大隱憂。」

「……我不否定這個威脅。然而以現實來看，眼前的爆炮艦威脅更在其上。要是在欠缺十足勝算的狀態下挑戰敵人，讓這支艦隊受到嚴重損害而敗北，會導致連最低限的補給都無法送到友軍手上。所以無論如何都必須避免這最糟的事態。」

「為了避免最糟事態而選擇次善之策，這行為本身是當然的判斷——然而剛隆海校，這理論再怎麼說，都是基於我方一旦決心發動海戰就會敗北的前提。」

「……妳想說的是還有勝算嗎？應該已經在北域戰事中率先領會到爆炮威力的妳，卻認為有機會……？」

「在海戰方面只不過是門外漢的我等無法如此誇口，但我想應該能夠舉出可能性——在為了避免最糟事態而選擇次善對策之前，要不要再一次針對最佳的可能性進行討論呢？」

雅特麗先講到這裡，才把視線移向坐在旁邊的微胖少年。到此為止一直像個擺飾般低調的馬修因此明白，終於要輪到他自己上場。

——好啦，我已經幫你做好事前準備了。

看到雅特麗以視線如此示意，馬修只能勉強帶著僵硬表情點頭回應。接下來他先花了整整十秒以上，才好不容易把不斷發抖的右手高舉過頭。

「……在……在下是……陸！陸軍少尉，馬修．泰德基利奇！那個，暴龍號和齊歐卡艦艇發生遭遇戰時，我……我本人在船上，也……也從近距離看過敵艦……用自己的眼睛確實觀察過。」

少年雖然不斷結結巴巴還是拚命發言。靠著天生的責任感和不服輸的氣勢，他拚命鼓舞快要因為年長軍官們送來的嚴苛視線而萎縮的內心。

「基……基於以上經驗——希……希望能允許在下提出針對爆炮艦的對抗策略……」

＊

僅靠自己一艘就造成帝國海軍第一艦隊受到前所未有衝擊的這艘齊歐卡船艦，也為自軍帶回了同等的驚訝。在舊東域南側海域巡迴的一艘軍艦——齊歐卡海軍第四艦隊旗艦「白翼丸」的船員們從單艦外出偵查的爆炮艦「龍膽丸」收到敵方艦隊正在接近的報告。

「敵人是一整支艦隊，這點沒錯吧？」

在白翼丸的甲板後方，最先收到報告的海兵隊長葛雷奇再度確認內容。即使因為他的魄力而感到畏懼，部下仍舊表情僵硬地點了點頭。

「是……是的……！在艦隊深處能看到的巨大艦影毫無疑問是『黃龍號』，因此敵方很有可能是帝國海軍第一艦隊——」

葛雷奇沒有聽完內容顯而意見的說明，就轉過身子從樓梯口衝進船內。

「……哼，看來這次的戰爭以比預期更誇張的形式來了呢……！」

對葛雷奇的龐大身軀來說，狹小的走廊顯得太窄。他沿著通道往前衝，同時撞飛那些在途中和他擦身而過的部下。當他抵達目的地的艦長室門前時，他舉起了巨大的拳頭動作粗魯地敲向房門正中央。

「少將！派出去偵查的船艦送來報告了！看來對方是整團來犯！」

雖然他對門內大聲喊叫，卻遲遲沒有收到回應。焦急的葛雷奇更扯開嗓門：

「少將！現在不是您休息的時候——」

這時，葛雷奇眼前的房門突然打開。下一瞬間，長相猙獰的海兵隊長一口氣繃起表情。因為不知道為什麼，從門縫後露出戰戰兢兢身影的人是個上半身沒穿衣服的年輕男性——也就是葛雷奇前幾天才讓對方稍微嘗到恐怖滋味的部下克藍加。

「隊……隊長……這是……我是幫太母大人……不，少將大人的愛鳥送食物過來……」

克藍加把皺成一團的上衣和搭檔水精靈抱在胸前，心驚膽戰地辯解。依附在他全身的淡淡香甜氣味飄了過來，藉此察覺情況的葛雷奇重重嘆了口氣。

「——夠了，快點給我滾！」

被他大聲趕走的部下匆忙沿著走廊跑走。就像是要和他交班，葛雷奇毫無顧慮地直接踏入艦長室。下一瞬間，和先前部下身上香味相同的味道就以好幾倍的濃度刺激他的鼻子。

「嗨，葛雷奇。看你的模樣，狀況似乎不尋常。」

在占據房內一半空間的床上，一名身上只有薄薄床單，除此之外寸絲不掛的女性——齊歐卡海軍少將艾露露法伊．泰涅齊謝拉露出微笑。掛在床鋪頂篷下方的棲木上還可以看到她的愛鳥，米札伊的身影。

「沒錯，的確不尋常。所以現在不是悠哉獵食男人的時候。」

葛雷奇的語氣中帶著指責，然而挨罵的艾露露法伊卻一臉泰然自若地開始穿上之前脫掉的軍服。而且不知為何，她丟著內褲不管而是從上半身著手。雖說這是早已看慣的光景，事到如今也不會因此煩惱該看向哪裡，然而還是感到有點頭疼的海兵隊長繼續說道：

「明明才在北邊嘗到苦頭，帝國那些傢伙還是沒學到教訓，又動用了大量兵力。既然派出整支艦隊，想必他們至少是打算奪走這裡的制海權吧。」

「嗯，一定是那樣。」

「不過，這樣做的目的又是什麼呢？奪回東域嗎？原本就是對方無法應付，我方才好心接手，結果鬧到現在還想來搶回，實在是讓人無法理解的行動。」

「你說的沒錯——啊，不好意思，葛雷奇。你可以幫忙從櫃子第二層隨便選一件給我嗎？」

聽到長官這麼說，葛雷奇依言走向她指出的櫃子，從第二層抽屜隨便捏起一件內褲，朝著床鋪隨手丟了過去。單手接下的艾露露法伊露出親切的笑容。

「水藍色條紋嗎？不愧是葛雷奇，品味真好。」

「所以說至少內褲這種玩意請自己拿！」

少將無視以類似慘叫的聲音來指責自己的副官，慢條斯理地穿上內褲。葛雷奇只能充滿耐心地等待，在上衣鈕釦也終於扣好時，艾露露法伊再度開口：

「我想是礦山吧。」

「啥？您剛剛說什麼？」

「我是說礦山，齊歐卡新獲得的西領——對帝國來說的舊東域中，不是有產鐵量不低的希歐雷德礦山嗎？這東西的有無會對我方製造爆炮的速度造成很大差距，我想帝國大概是也注意到了這一點吧？」

她坐在床上，晃動那修長纖細的雙腿。即使聽了這番分析，葛雷奇還是覺得無法全盤接受。

「不是一樣嗎？所以一開始別交給我們不就得了？」

「如果帝國是軍國的話應該會那樣做吧？關於這方面，老實說我也深感同情。」

少將邊說，邊把手肘撐在整個露出來的大腿上。葛雷奇以受夠了的表情請求長官。

「麻煩快點穿上褲子……」

「你的建議有道理。但是葛雷奇，對我來說，褲子等於是一種罪業。要是穿上就必須再脫下，這無限的重複有時候會讓我感到極為無益。」

「有那麼誇張嗎？只不過是一天一次，上床時要脫掉而已吧。」

「一天一次……？抱歉葛雷奇，有點困難。這是什麼高等的玩笑嗎？」

看到艾露露法伊認真思考的模樣，葛雷奇重重嘆了口氣。她並不是在裝瘋賣傻，只是對於只要一逮到機會，即使是在航海中也會把男人弄進自己房間床上的艾露露法伊來說，「上床」這個詞的定義和葛雷奇的認知有根本上的不同。

「算了，無益也是一種正理。今天就把勝利讓給你的理性和忍耐吧。」

看到長官總算把手伸向褲子，長相猙獰的海兵隊長鬆了一口氣。

「那真是謝了……還有，可以順便請您克制一下對船員一視同仁，見一個就吃一個的行為嗎？」

「這種事情要是厚此薄彼才會有問題吧？這些無可取代的孩子們每一個都有被我擁抱的資格，我這邊不會做出篩選。所以葛雷奇，我說你也別再逞強，應該要乾脆地被我請上床才對啊。」

艾露露法伊拋開穿了一半的褲子，開開心心地在床上招手。即使面對這天真純粹的誘惑，葛雷奇還是轉開視線堅定拒絕。

「我還是堅決婉拒。抱歉這只是個人堅持的想法，不過我還是認為所謂女性該是由我主動出手的對象，絕對不是被主動的對象。而且我很久以前就已經從離不開媽媽胸前的時期畢業。」

「嗯，不過葛雷奇，這也是我的一貫主張——即使你們像那樣不斷繞著遠路，但最後還是會束手無策地回到這裡來喔。」

艾露露法伊邊說，邊指向自己豐滿的胸部。葛雷奇只能苦笑。

「我希望自己能好好加油，避免變成那樣。不過，是啦——對於即使看到這不堪入目的長相還是一視同仁的少將，我算是相當感謝。」

葛雷奇的逞強回應裡混著一絲真心話。艾露露法伊以沉穩態度望著他的背影，同時再度拿起先前拋開的褲子。

「……好啦，首先必須讓艦隊集合，總之把航向定為西南吧。在我慢慢把褲子穿好之前，你可以先讓船員們進行出發的準備嗎？」

「遵命！」

接下命令的葛雷奇離開艦長室。他快步通過狹窄的走廊並爬上樓梯，而察覺到異變的船員們已經在甲板上等待指示。葛雷奇從其中找出領航長和掌帆長後，複誦長官下達的命令。

「是，了解。」「好！展開上桅帆！」

船上立刻充滿活力。船員們首先解除和「龍膽丸」船舷相靠的狀態，幾乎同時，爬上船桅左右支索的其他人員也接二連三打開原本收起的船帆。當攤開的船帆受風並讓兩艘船艦開始在海上滑動時，他們的將領從通往艙內的樓梯現身。

「聽我說，我可愛的孩子們。看來戰爭即將開始。」

艾露露法伊以宛如能包容一切的溫柔聲調如此宣布，船員們的臉上立刻浮現喜色。即使內容顯然不是好事，但光是從她嘴裡說出，就讓許多水兵聽得渾然忘我。

「敵人是帝國海軍第一艦隊，單純以船艦數字來看，是對方會獲勝吧——不過不需要擔心，你們有我這個母親，而我有你們這些孩子。只要有這份緊密的情誼，就不會輸給海盜軍那些無賴傢伙。」

艾露露法伊以唱歌般的態度發表演說。去空中滑翔一陣的愛鳥米札伊輕巧地停在她肩上，雙翼往左右張開像是花朵綻放。羽毛潔白得簡直眩目，讓主人獲得彷彿背後發光的效果。

「太母大人……」「您說的對，我們的『白翼太母！』」「一切將如您的引導！」

士兵們異口同聲地讚頌司令官。被他們稱為「白翼太母」的女性回應這些聲援，露出溫暖的微笑。毫無疑問，那正是母親對擁有自己血緣的孩子們滿心慈愛的表情。

另一方面，從旁邊望著眾人狂熱模樣的葛雷奇歪著自己那裂到耳邊的嘴。

「嗯，真是……就算是所謂的擁有魔性的女人，也多的是方法對抗。」

他不由自主地露出笑容。戰場是男人的世界——過去的他對此點深信不疑。那時的葛雷奇恐怕根本無法想像，自己未來會在一個女人手下老老實實地擔任部下。和艾露露法伊的相遇就是如此出乎意料。

「而且最恐怖的事情是，這一位是充滿母性的女人——哪贏得了？只要是男人肯定都打心底明白，去抵抗這種人到底有多白費力氣。」

＊

由於中間多次插入高官們提出的質問，馬修的說明持續了兩小時以上。至於他本人甚至覺得自己講話講了好幾倍以上的時間，然而在雅特麗的支援下拚命地應付追究後，密集的質問攻勢終於轉換成思考的沉默時間。

「——很有趣。」

尤爾古斯上將發表這樣的意見，那輪廓分明的臉上掛著或許該形容為氣勢駭人的笑容。高官們全都倒抽了一口氣。因為他們知道，這是長官的鬥爭本能被點燃時的表情。

「柔軟且大膽針對盲點的點子……不是很好嗎，了不起，泰德基利奇家的小朋友。沒錯，年輕人就是要這樣才行！」

一對橫長的雙眼裡漲滿精力。在因為戰意高漲而握緊雙拳的長官身旁，副官鄧米耶．剛隆海校默默思考很久之後，終於平靜開口。

「……我認為是很優秀的想法。以陸地軍人提出的點子來說，從經過這場會議的討論檢驗卻依然具備現實性的這一刻起，應該就可以評價為非凡吧。」

由於剛隆海校至今為止都給人堅持辛辣評語的印象，因此馬修也大大鬆了一口氣。然而同時，自己沒有資格直接接下這份稱讚的事實也讓他很不甘心。因為被尤爾古斯上將和剛隆海校正面評價為「非凡」的部分——大多是黑髮少年在事前託付給自己的內容。

「然而對我來說，還無法樂觀到認定『這樣做就能獲勝』。的確這番話提出了一種可能，但這種可能性卻有著會受到現場狀況與運氣好壞左右的不確定內容。所以如果要視為託付帝國海軍第一艦隊命運的提案，我不得不做出還欠缺信賴性的——」

「我沒有要你把畏縮行為正當化，鄧米耶。」

沒讓副官講完，尤爾古斯上將就打斷了他的發言。就連向來發言尖酸的剛隆海校也不由得啞口無言。艦隊司令官橫著眼瞪向他，同時搓著雙手的手指。

「你懂吧？其他也就算了，只有這種掩飾不會獲得原諒。成敗將受到現場狀況與運氣好壞影響——你雖然有意遮掩，但實際上最影響勝敗的原因卻不是這些。」

「……」

「有顆聰明腦袋的你不可能沒有察覺。比起其他原因，在這個戰術中最有可能造成勝敗差距的要素是我們第一艦隊身為船員的熟練度高低。講得極端一點，一切全都要看所有船艦能不能以泰德基利奇家小朋友期待的水準來行動。簡而言之，要是我們很遜就會吃敗仗。和這個要素相比，我認為所謂運氣好壞頂多只算是誤差範疇罷了——難道不是嗎？」

「…………不，的確是如此。」

承認自己的詭辯被看穿後，剛隆海校也沒有繼續掩飾。他收起閃過嘴邊的自嘲，轉身正面朝向長官。

「那麼我就拋開面子老實說吧。在馬修少尉提案的作戰中，要求第一艦隊執行的技術水準實在太高。尤其是進入勝負關鍵後的駕船更是剃刀邊緣的冒險行為。根據狀況，或許會出現無法完全對應的船艦，而這失敗將會造成無法挽回的事態——嗚！」

他的發言突然停止。原因顯而易見，讓軍事會議的現場瞬間結凍——因為尤爾古斯上將往前伸的右手，一把抓住了剛隆海校的跨下。而且還展現出一副隨時會動手捏扁對象物體的氣勢。

「我問你一件事，鄧米耶。我們是什麼？」

「——帝……帝國海軍……第一艦隊——」

「我是指更前提的立場——你應該沒有忘記吧？我們可是卡托瓦納海盜軍。是繼承喀爾謝夫船長的技術和精神，天下無敵的粗暴集團。所以當然，建立起這份自尊的基礎，正是身為船員的優秀水準。反過來說，當我們在駕船方面心生畏懼的那瞬間，就已經不戰而敗。」

「──」

「我個人的保身和面子根本無關緊要，這句話沒有錯，你說的很好。不過，當前被要求的最優先事項，是我們身為海盜軍的自尊。從在場的我們到在船上負責磨亮甲板的一兵一卒為止，自尊是所有海軍士兵共有的靈魂銀幣。換句話說，失去這東西的時候就是我們不再是自己的時候。」

握住要害的右手加重力道。面對額頭冒著冷汗，嘴裡一言不發的副官，海盜軍的老大繼續追問。

「你要主張現在就是那種時候嗎？海盜軍甚至不需要因為和敵人交手而敗北，可以直接在此就完蛋了嗎？」

「──……不……的確，不是那樣。」

即使遭遇身為男性最嚴重的恐懼，剛隆海校還是很了不起地露出難以捉摸的苦笑。不過臉上倒是掛滿冷汗。

「──哎呀……哎呀，我居然忘記自己隸屬於什麼集團……不戰而敗這種取巧的行為，我等本來就不可能辦到。要是有那種小聰明，從一開始就不會獲得海盜軍這種感覺很蠢的別稱。」

尤爾古斯上將咧嘴一笑，接受這張不服輸的嘴。他收起抓住對方跨下的手，在眼前把五根手指輕輕握起又張開。

「知道你並沒有真的縮了起來，讓我總算放心。」

籠罩兩者的緊張解除，讓旁觀狀況的人們全都放心地呼了口氣。即使因為眼前的發展而產生畏懼感，馬修依然覺得──剛剛那些行為，一定就是所謂「尤爾古斯」這家族的部分特質。

「既然下了決定，就不能繼續這麼悠哉。必須趕快仔細檢討出戰術上的結論，並決定決戰時的艦隊編成——不過，在那之前要先解決一些事情，庫奇海校！」

被指名的老將挺直背脊，尤爾古斯上將以毅然態度對下巴長滿雪白鬍鬚的暴龍號艦長開口。

「我想你應該早就做好心理準備，明白暴龍號不可能回歸戰線。現在也是靠一大群人去幫忙把水舀出後才勉強可以浮在海上的狀態……要是至少能回到港口或許還有辦法，但也無法保證到達之前不會沉沒。而且基本上我等即將面臨決戰，現狀下無法給出人手……你懂吧？」

「……是，屬下了解。」

兩名船員只有這時不分階級，都帶著難以承受的表情互相點頭。對於船員來說，自己搭乘的艦艇就等於載著家人的家——馬修回想起喀爾謝夫船長的冒險記裡寫著這樣的內容。讓少年不由自主地離題思考，如果是自己失去家會是什麼心情。

「一旦準備完成，會在今天內讓那艘船葬身大海，同時暴龍號的船員也會被重新分配到其他船艦。庫奇，你被發配發到的新去處是『槍魚號』。」

「遵命！是西古魯姆海校的船艦嗎？」

「嗯，他是你的舊友，要去借住打擾也比較容易吧？你要活用和爆炮艦直接對決的經驗，輔佐他在戰鬥時的行動。可以帶三名值得信賴的部下過去。」

沉著仔細地聽完命令後，庫奇海校以有點猶豫的態度發問。

「小姐……不，關於波爾蜜紐耶海尉該分派到哪，您有何想法？」

「由你決定。要是覺得那傢伙還是能夠信賴的部下就帶她走，如果不是那樣也無所謂，我只會把她當成一般水兵，丟去某艘合適的船艦。」

即使再怎麼無能，起碼也可以把甲板擦乾淨吧？帶著符合軍事會議現場的冷漠，上將發表了這番捨棄她的發言。老將重重點頭，把視線朝往下方。

「關於其他船員，也會陸續通知新的分發單位。那麼如果沒有其他質問，『暴龍號』的事情就到此結束。」

尤爾古斯上將先確實結束這個話題，然後不由分說地切換成下個議題。

「可以了吧——那麼接下來，唯一該思考的問題就是要如何打倒敵人。」

「——其實我一眼就看穿了，她頸飾上的寶石是用糖水浸漬法製作的假黑色蛋白石。不過我並沒有說出口，因為我知道那女性真的非常珍視那東西。問了之後，才知道那是她已經過世的父親贈送的結婚賀禮。本來是個以吝嗇出名的人，卻在那時花了大錢買這個寶石給她。雖然她父親似乎沒有鑑定寶石的眼光，這卻是個讓人感到溫馨的故事。」

軍事會議結束後，和雅特麗一起回到自己房間的馬修才剛打開門，就受到這串流暢的長篇大論迎接。原來是伊庫塔正把夏米優殿下和波爾蜜當成聽眾，充分發揮那三寸不爛之舌的功力。

「不過呢，她卻以最惡劣的形式得知這個不會讓任何人獲得幸福的事實。因為姊姊生了重病需要一大筆錢，所以女性先在父親墓前道歉，才依依不捨地去變賣那條頸飾。結果在店裡被鑑定出是假貨。不但回憶慘遭破壞，而且也無法籌措到金錢，因此她在茫然自失的情況下把一切都告訴我。聽完之後，我毫不猶豫地決定要讓最初騙人的那個傢伙負起責任。」

伊庫塔發言時語氣流暢，節奏也掌握得很好，因此很具備吸引力，公主和波爾蜜看起來都已經聽得出神。少年用視線對開門進來的馬修和雅特麗表示「歡迎回來」，同時繼續敘述這故事。

「沒想到三兩下就找到了那傢伙，因為他一直不知節制地重複同樣手法。我也借用了雅特麗的力量，一一追溯當時在邦哈塔爾的市場上流通的偽造黑色蛋白石的來源後，還不到兩星期就查出『答案』。不過，接下來才是問題。要是從正面去逼問對方，必定會被矇混過去。想從這種傢伙身上把錢要回來，到頭來也只能由我方反過來去欺騙他。所以我籌劃出一個計策──」

「──裝成完全沒有鑑別眼光的有錢人家少爺，在對方徹底放鬆戒心時騙走真正的寶石。之後不但自己逃逸無蹤，同時還去慫恿事先找到的其他被害者，讓他們去把詐欺犯逼上絕路。好，故事結束。」

雅特麗以省略大幅內容的說明來結束這個話題，正講得起勁的當事者含著眼淚整個人趴向床鋪。

「妳太狠了雅特麗，真的太殘酷了。接下來正是高潮啊。」

「那真是抱歉。因為看你剛剛那態度，感覺還會講很久。」

「就算是那樣妳也省略太多了吧。到騙走寶石前，不是還有很多詳細的程序嗎！」

「嗯，的確有。你把那個詐欺犯帶到公共美術館，宣稱『這些展覽品是從自己的收藏中借出』

的厚臉皮行為確實讓人吃驚……因為那個詐欺犯後來好像真的跑去索討那些東西，想用來抵償寶石的金額。」

雅特麗似乎邊說邊覺得很好笑，舉起手來掩住嘴角。在旁邊看到她讓話題提早結束而鬆了口氣的馬修往前踏了一步。

「……真是的，我們在軍事會議裡艱苦奮戰的期間，你們一直在這裡閒聊嗎？」

「多虧兩位，我過了一段非常有意義的時間。成果如何？」

「我緊張得要命，也累得半死……現在非常能體會薩札路夫少校在軍事法庭那時的心情……不過，我想該做的事情應該都有做到。原本還以為事態會更複雜一點，但沒想到尤爾古斯上將明明外表是那副模樣，腦袋卻出乎意料地柔軟。不過有時候也很可怕啦。」

「最後是以你的點子為骨幹，籌劃出一套作戰計畫。雖然許多我們沒注意到的部分都遭到修正，然而戰術方面的梗概和預想相同……這次以結果來說，會嚴重影響到一整支艦隊的傾向，所以我們的責任也很重大。」

「比起事後被迫扛起惡劣的戰況，事前提出意見並負起責任還比較好一點吧……就算決定在這裡避開決戰，在登陸後同樣必須償還這部分的欠債。所以必須趁現在讓海軍也分擔風險才行。既然這次是共同作戰，這才叫做公平的態度。」

黑髮少年聳著肩這樣說完，然後把視線重新放回馬修身上。

「好啦，既然確定要進行決戰，也必須針對這一點準備——馬修，你接下來必須去打開那個貨物，並訓練部下在船上運用。應該有取得尤爾古斯上將的許可吧？」

「嗯，他很爽快地答應了，還說期待我們的表現。」

「好，托爾威和哈洛已經先行動了，所以你先去下面的第六倉庫和他們會合。運出來之後首先在黃龍號上，接在要在你們被分配到的船艦上實際測試。因為我們必須確實宣傳那是『能派上用場的武器』。」

「我知道了——是說，你也太會使喚人了吧。明明自己還一直躺在床上。」

馬修邊抱怨邊轉過身子，以看不出疲勞感的腳步衝向走廊。伊庫塔在床上揮著手目送他的背影離開，等到腳步聲遠去後才終於一口氣撐起上半身。

「——雅特麗，我們的部隊被各自分配到哪艘船艦？」

「你是新月號，托爾威是日輪號，這兩艘船都在戰列的邊緣。我是猛虎號，這艘船的位置是戰列中央。只有馬修搭乘的船艦還未確定，不過我想會再收到指示。」

雅特麗在連連點頭的伊庫塔面前繼續淡淡報告。

「哈洛與殿下要和部隊一起留在旗艦上專心照顧傷患。雖說無論如何我都不會讓敵人闖上旗艦的事態發生，不過根據戰況的推移，這裡大概也會變忙碌吧。還有波爾蜜紐耶海尉，妳——」

講到一半，房門響起輕輕的敲門聲。隨即傳來一個沙啞的聲音。

「我是拉吉耶希·庫奇，有人在嗎？聽說我們家的小姑娘在你們這裡。」

「庫奇爺爺！」

被叫到的波爾蜜趕緊打開房門。面對出來迎接的她，臉上帶著複雜表情的庫奇海校有點猶豫地開口。

「……上將指示我移到槍魚號。」

「那……那麼，暴龍號……」

「因為損傷果然很嚴重，似乎難以修復……一旦準備完成，會在今日內就葬入大海。」

聽到這消息的瞬間，波爾蜜腳一軟，身體整個往下倒。雅特麗反射性地想從後方幫忙扶她一把，但在出手之前，本人已經用手撐住牆壁避免倒下。尤爾古斯的後裔一邊如此強忍著絕望感，同時拚死掙扎，努力接受自己造成的結果。

「……嗚……嗚……唔……！」

嗚咽聲也在最後一刻勉強忍住。就像是在表示，在他人面前表現出這種醜態的行為只要發生過一次就已經十分足夠。

等波爾蜜恢復平靜後，庫奇繼續說道：

「我可以帶三名部下前往槍魚號……接下來就看妳了，波爾蜜紐耶海尉。」

「……我要去，請帶我去。」

面露苦澀表情的波爾蜜從肺裡擠出這句話。這迅速的回答似乎讓發問的老將有點意外，庫奇海校睜大雙眼。

「是嗎……不過啊，會很辛苦喔。因為是以戰敗之身前往其他船艦打擾，雖然西古魯姆海校是個寬容的男人，但手下的軍官們應該會用侮蔑的眼神看待妳吧。」

聽到這忠告，波爾蜜用力咬住嘴唇……她從軍後就以異於常例的年輕不斷晉升，雖然獲得高官們的賞識，但相反地，遭受年輕同輩敵視的狀況也不少見。在初次上陣就窘態畢露的現在，想必會有人打算趁此機會讓她吃癟吧。

「我會想辦法應付……因為這是我自己導致的結果。」

從以顫抖聲音如此回應的部下身上看出她具備多少決心後，庫奇海校也重重點頭。結束意志評估的老將把視線轉向房中，尋找認識的臉孔。

「好啦……真是給幾位添了麻煩，尤其是泰德基利奇和雷米翁家的小子——哎呀，不在嗎？我本來想在帶走這傢伙前也跟他們兩個致個歉呢。」

「我會確實轉達您的心意。倒是海校，下次戰鬥時請您多多關照，因為我認為至少不會是一場輕鬆的戰鬥。」

伊庫塔從床上提出意見，老將也以認真表情點頭回應。

「縱使我已經不是艦長，但還是打算竭盡全力……我絕對不會忽視你們的忠告，這點我可以保證。」

老將最後深深鞠躬，靜靜地離開現場。波爾蜜正要跟上去，卻在踏出房間的前一瞬間停下腳步，有點猶豫地開口。

「……謝謝……那個……很多方面都受到幫助……」

吞吞吐吐道謝之後，她最後以勉強能夠聽到的音量，加了這樣一句話。

「……也幫忙這樣轉達給那傢伙吧。」

另一方面同一時期，提早一步離開房間的馬修已經前往位於下一層的船艙，和托爾威與哈洛會合。看到兩人正忙著和部下一起拆卸貨物，微胖少年也捲起袖子加入他們。

「……面對敵人的爆炮，這玩意能對抗到什麼程度呢？」

在靠著光精靈的周照燈來獲得些微光亮的倉庫中，拿走原本裹著行李上的厚布後，出現發出金屬反光的中型炮身。聽到臉上帶著一半期待一半不安的馬修這樣喃喃說道，托爾威露出苦笑。

「如果是先數一二三然後正面互相開炮，恐怕根本無法相提並論。不過根據運用狀況，一定有這東西能活躍的場面。至於到達那場面之前的事情，就相信阿伊的策略和海軍的實力吧。」

「也對……畢竟這次大部分的行動都必須委託給海軍負責，實在讓人焦急。就算想對敵人發動一波攻勢，也得先等海軍讓船靠近敵人，否則什麼都不能做。」

嘴上說著話的兩人並沒有停手，讓部下按照拆封順序把貨物一一運出。當他們完成一輪作業正在稍作休息時，在略遠處工作的哈洛突然以似乎很吃力的態度，抱著占滿整個胸前的木箱走向兩人。

「馬……馬修先生、托爾威先生！那個啊，伊庫塔先生吩咐我等貨物拆完以後，要把這東西給你們各十瓶！」

這樣說完的她把木箱放到地上，只見裡面塞滿了裝有茶褐色液體的細長瓶子。馬修拿起其中一瓶，以不客氣的眼光觀察。

「這是什麼？看起來像酒……」

「正確答案！聽說是甘蔗的蒸餾酒喔！」

「甘蔗酒？噢，在喀爾謝夫船長的冒險記裡好像經常出現……等等！他特地把這種東西弄上船？那傢伙到底在想什麼！要是有空位放酒，乾脆多放一些子彈啊！」

「——他也說了馬修先生一定會生氣。另外還有其他傳言，伊庫塔先生表示：『這是面對海盜時最強的實彈，在決戰前，每個人都要在各自的搭乘船艦上有效利用』。」

「這……簡單來說，阿伊是要我們利用酒來打好關係……？」

托爾威拿著酒瓶陷入思考。聽了他的推論後，馬修也稍微感到心服。

「這些是為了讓我們在搭乘船艦上能和海軍順利相處的後盾嗎……如果是那麼一回事，那好，我就先收下吧。不過，我還是不認為光送個酒就能讓待遇改變。」

三人抱著半信半疑的想法面面相覷，最後還是決定總之先平分這些酒。

準備迎接決戰的「黃龍號」艦內非常忙碌，前往位於第二層的部下待機處的雅特麗也包括在這些喧囂聲中。由於她本身也率領了一個連，雖然很快就會收到移往其他中型艦的命令，但大量的部下卻會被分派到好幾艘船艦上。實際上，這已經是最後一次能直接對所有部下做出指示的機會。

「連長，水兵們似乎都打算只靠著一把寬刃彎刀來面對白刃戰，而不是使用上了刺刀的風槍或十字弓。我們是不是也該更換武器呢？」

「沒有那個必要。因為我們一直是拿這些武器進行訓練，到現在才只有形式上去模仿海軍並沒有意義。雖然在船上彎刀比較便於行動的確是事實，然而不習慣使用彎刀的人拿來亂揮反而有傷到自己人的危險。這次應該要使用短矛，以突刺動作為中心來戰鬥。」

即使身處不同的環境，她的判斷依然明確而毫無動搖。聽著雅特麗的命令，原本陷入不安的部下們也逐漸恢復冷靜。

「無論是在陸上還是海上，白刃戰就是白刃戰，該做的事情不會發生極端性的改變。不要害怕不要畏縮，也不要光憑蠻勇自己往前亂闖，要和同伴互相合作打倒敵人。只要這樣做就一定能勝利。」

「是！」「了解！」

心服口服的士兵們聽令離開。在目送他們背影遠去的雅特麗身邊，一直旁觀雙方溝通的夏米優殿下嘆了口氣。

「真是毅然堅決。即使身處波濤洶湧的海上，妳的作風還是毫無動搖。」

「部下中也有人因為暈船而倒下，所以至少身為長官的我必須代替大地，成為不會動搖的寄託處。」

兩人邊對話邊把視線朝向室內，這時在半開的入口大門的另一邊，突然有個熟悉的人影正一跳一跳地經過。由於看到那人影的肩膀上似乎扛著不應該出現的東西，雅特麗和公主都看向彼此。

「……我離開一下，幫忙注意一下士兵們的情況。」

把後續處理交給回應的副官後，炎髮少女離開房間，公主也跟在她身後。她們快步在走廊上前進，最後就在通往船艦後部甲板的樓梯前方追上那個撐著拐杖的人影。

「……果然沒有看錯。你到底在做什麼？」

「哎呀，雅特麗，還有公主。正如兩位所見。」

隨性回答的伊庫塔一隻手撐著拐杖，而另一隻手則拿著長度是身高兩倍的釣竿，真不知道是在想什麼。雅特麗跟在開始以不穩腳步踏上樓梯的他後方，以挖苦語氣開口發問。

「還以為你總算能夠下床，現在居然已經想練習用釣鉤扯破敵艦船帆嗎？」

「我倒是沒想到還有這一招。呃，只是我覺得既然已經離岸這麼遠，能釣到的魚應該也不一樣吧？所以才想要試試看。」

「在準備決戰的軍艦上嗎？真是了不起的釣魚興趣。」

「令人意外的是，我的要求獲得了許可喔。好像是因為比起單純躺著發呆，要是能釣到魚還好一點。」

走上樓梯後，陰沉多雲的天空迎接他們。經過後桅底部，來到艦尾扶手的前方後，少年把魚餌掛到釣鉤上。他用了發霉的肉乾。

「嗯咻！」

完成這步驟後，他對著大海緩緩揮動釣竿。掛著秤坨的釣鉤在空中飛舞，固定在手邊的卷線器開始轉動並放出釣線。雅特麗是第一次看到這個工具，以有點佩服的語氣說道：

「我還在想從船上到海面的距離要怎麼解決，原來有這種便利的東西。」

「是吧？可以把釣鉤丟到想要的位置，而且收線時也不必直接用手去拉，漁民道具這種東西是近在身邊的發明寶庫喔。」

調整完釣線長度後，伊庫塔原地坐下。少年把釣竿靠在扶手上，雙眼看著遙遠的水平線，一動也不動。夏米優殿下原本想對著他的背影搭話，卻在開口前產生猶豫。因為少年散發出顯得莫名緊繃的氣勢。

在海鳥的叫聲中，同樣看著遠方的炎髮少女平靜開口。

「主要派出馬修去行動似乎是你這次的方針。」

「正是如此，多虧有他，我才能盡量偷懶。」

「看來是這樣。不過說歸說，你的腦袋似乎還是在忙碌工作。」

少年沉默著沒有回答，過了一會，才像是投降般露出苦笑。

「……這麼明顯就能看穿嗎？我想應該不可能吧？」

「明顯。因為按照你的風格，在享受娛樂時應該會徹底投入其中才對吧？只是握著釣竿卻心不在焉，讓我無法認為你真的如外表所見是在偷懶。」

沒有錯——伊庫塔帶著自嘲這樣說完，收回放在釣竿上的左手並舉高。

「講真心話，我是很想偷懶——因為回想起來，在北域時根本工作過度。」

「的確，那場戰爭很忙碌。狀況不斷改變，忙得連吃飯睡覺的時間都很少。」

「嗯，是啊。在忙碌之中——不知何時，我掉了一根小指。」

伊庫塔把少了一根指頭的左手朝向多雲的天空，似乎很不解地歪了歪腦袋。

「我不認為那是錯誤的判斷，不過，那是平常的我無法實行的舉動。畢竟真的很痛——是現在回想起來都還會讓我想吐的痛。嗯，痛到我真的覺得會死。即使要我現在再做一次同樣行動也不可能辦到，但，那時候的我卻做了。」

「…………」

「為什麼我能辦到那種行為呢？——雖然我非常不願意承認，不過大概是因為我是英雄。那時的我身處過度殘酷的那個戰場，下意識地想要以英雄自居。」

伊庫塔像是很不屑地如此告白，用力握緊剩下的四根手指。

「『所有的英雄都會因為過勞而死』——送給不眠的輝將的這句警告，不是給別人，也是對我自身的鑑戒。英雄並不是靠天生具備的才能，反而是因為時勢造成。強大的敵人，該保護的對象，必須貫徹的信念——只要湊齊這些條件，無論什麼樣的人都能輕易成為英雄。在全體希望該表現出那種樣子的情況下，渺小的個人只能褪色消逝，而且還不明白其實這正是陷阱。」

一陣強風從橫向掃過。依然坐著的少年縮起身子，彷彿是在忍受強風造成的壓力。

「無法避免的絕境製造出的英雄，或許還能算是無可奈何……但是在大部分的案例中，製造出一個英雄的原因其實是其他多數人的依賴性怠惰。像這樣產生出許多英雄並把他們一一累垮的正是現在的帝國——所以我不想順從這種發展，也絕對不想讓身邊的哪個人被丟進這種情勢。」

風勢已經過了高峰，少年繃緊的嘴角也略為放鬆。

「所以，我選了馬修。有上進心，不服輸，同時也確實具備責任感……卻還會給人不可靠的感覺，所以正好。他即使會成為好意的對象，也一定不會成為依賴的對象。正因為如此，應該不會讓周圍的人以錯誤的方法偷懶，也不會讓他們以錯誤的形式工作。」

雅特麗微微點頭。對於這個微胖少年，她也抱著差不多的期待。

「馬修不需要勉強裝出威嚴或個人風格。因為，從剛認識到現在，我就一直很欣賞他的平庸。不管什麼時候，他那種產生正確的動搖卻還能持續成長的自然模樣，看在我眼裡總是顯得非常尊貴……不過這些話絕對不能在他本人面前說。」

「是啊，可以想像到他會非常生氣……可是，考慮到這一步並把工作交給馬修的你卻連腦袋中都無法徹底放鬆偷懶，是因為——」

伊庫塔把嚴肅視線朝向大海，讓釣竿前端稍微上下移動。

「因為敵人是齊歐卡吧……首先，我們絕對不會碰上愚蠢的將領，甚至連期待對方平庸都太天真。老實說比起爆炮，我反而更害怕這個問題。在自己沒有全軍指揮權的狀況下就更……」

炎髮的少女也帶著緊繃表情對少年的擔憂表示同意。

「嗯，我對這種心情可以說是理解到無以復加。畢竟我也不由得回想起面對『不眠的輝將』時那種驚險的狀況——不過……」

雅特麗以強烈語氣在發言最後做了個轉折，往前踏了一步後，從旁邊伸手握住釣竿。原本無力靠在扶手上的長竿立刻像是長出脊樑般地豎直並朝向多雲天空。

「只有這點要先答應我——像切掉小指這種事情，下次就輪到我出面。」

「——這……」

「當然，沒有任何人必須失去小指是最好的情況，然而還是會碰上無法避免的事態。如果是那樣，下次你得讓給我。沒什麼好抱怨吧？因為我們兩人要輪流。」

少年的黑色眼眸目不轉睛地回望對方。在他眼前，雅特麗希諾露出作為共犯的笑容。

「在全體希望該表現出那種樣子的情況下，渺小的個人只能褪色消逝——你剛剛是這樣說的吧？不過，如果個人換成了兩人，情況應該會有點不同吧？即使是能把一顆小石頭磨碎並繼續旋轉的齒輪，要是兩顆一起跳進去，或許有機會使其停下。」

為了不要喪失而陪在彼此身邊。過去表達的意志繞了一圈，又回到少年身上。

「雅特麗希諾如此希望，你又是如何呢，伊庫塔？」

「……無法拒絕呢。因為我的願望，就是妳能夠按照妳自身希望的形式存在。只有這點絕對沒有改變——從那一天開始。」

伊庫塔帶著苦笑回應，用雙手重新用力握緊釣竿——這瞬間，微微的腳步聲從兩人背後逐漸遠去。

雅特麗反射性回頭時，原本應該站在那裡的公主身影已經消失無蹤。

「——殿下？」

從後方甲板回到樓梯口並下到第二層後，接下來已經是雙腳擅自行動。第三公主雖然讓途中撞到的好幾個水兵嚇得臉色發青，但現在她的內心卻完全沒有餘裕去在意這種事情。

「啊，殿下，您回來了——嗚哇！」

她低著頭衝過走廊，不久之後右前方出現貴賓室的房門。不發一語的公主從邊敬禮邊向她搭話的衛兵前方直接通過，衝進房間裡。

比軍官用床還要大上一圈的床鋪，可用空間充足的桌子，還有兩張藤椅一起迎接房間的主人。相隔不遠就設置的兩個船窗也可以看出為了賓客而注意到採光的體貼。以軍艦上的個人房來說，這是屬於最高等級的房間。然而，公主本人上船後到現在幾乎都和騎士團的成員們一起行動，因此安排給她專用的這間貴賓室裡還是缺了點生活感。

她關緊房門並上鎖。就這樣獲得獨處的空間後，靠理性維持的最後部分終於崩毀。於是夏米優殿下趴在床上開始痛哭。

「嗚……嗚……！」

面對衝向內心深處的感情波濤以及這份疼痛，少女忍不住發出痛苦呻吟。

──像切掉小指這種事情，下次就輪到我出面──

「……啊……」

繼續響起。即使拚命摀住耳朵，那兩人的對話還是不肯停止。

──沒什麼好抱怨吧？因為我們兩人要輪流──

「……啊啊……」

少女聽著內心扭曲摩擦發出的嘎吱聲，把身體縮成一團。她的模樣，看起來就像是被陽光灼毀的死者。

──雅特麗希諾如此希望，你又是如何呢，伊庫塔──

沒有任何時刻能獲得救贖，宛如墜入煉獄的罪人。

──無法拒絕呢。因為我的願望，就是妳能夠按照妳自身希望的形式存在──

「……啊啊啊啊啊……！」

置身於無盡灼熱裡的夏米優．奇朵拉．卡托沃瑪尼尼克詛咒著自己。詛咒自己的愚昧，自己的無益，以及無可救藥的腐敗。

為什麼會這樣希望呢──居然想要撕裂這份情誼。

為什麼能這樣認定呢──憑自己可以斬斷這份關係。

她早就已經徹底明白。伊庫塔．索羅克的靈魂和雅特麗希諾．伊格塞姆共存，難以分離。根本沒有旁人能介入的縫隙。即使只是暫時的想像，這種半路插手的行徑也充滿罪孽。

理性早就已經清楚理解，告訴自己應該立刻斬斷這種妄想執念，應該要靠自己的雙腳走上通往毀滅的旅程……如果連這點心願都無法實現。至少不要牽連到任何人，而是要往某個遠處，很有自知之明地獨自一人迎接終局。

「——嗚！」

…………可是。

可是……可是……她已經作了一場夢，已經無法自制地產生期待。期待和黑髮少年並肩前行的自己，期待他帶來的結果，期待無盡腐敗的終結。也期待不是由任何人，而是由少年的手來促成的，最後審判——以及救贖。

「……真醜陋……」

一道淚水湧出，沿著臉頰滑落，沾濕床單。她發出的聲音裡混著嗚咽。

「……我真的……很醜陋……」

少女身處絕對不會獲得原諒的自我懲罰中，動彈不得地一個人不斷哭泣。一直，一直，流淚再流淚——

在夕陽快要接觸西方水平線的時刻，執行了為「暴龍號」漫長航海生涯劃下句號的儀式。「暴龍號」已經被僚艦「槍魚號」拖往西方來到遠離艦隊的位置，之後只剩下交給浪潮帶走的步驟而已。

「算成整數是二十四年，真是艘長年航行的船隻——你們自己選個時間放開拖曳繩吧。」

「槍魚號」的艦長西古魯姆海校站在艦首，一邊抽著大菸斗一邊如此說道。聽到老交情盟友的體貼發言，站在排出送葬行列的部下們前方的庫奇海校靜靜點頭。

「——我等的船，我等的家。辛苦妳沒有屈服於炮擊，直到最後都成為我等的依靠……」

帶著感慨敘述的每一字每一句，都是獻給達成任務的船艦的悼詞。和這位老將相比，就連強忍淚水站在旁邊的波爾蜜紐耶海尉與這艘船共處的時間都短得多。庫奇海校的人生有一大半都在「暴龍號」上度過，的確足以把這艘船稱為「家」。

「另外，妳也是孕育出許多船員的搖籃。部下們當然不用說，連我本身也是在妳的守護下學習如何和大海相處。無論刮風下雨還是風平浪靜，都在妳的懷中隨著晃動入眠。也在遭逢暴風雨的日子裡一起奮鬥並勝利。」

兩人背後傳來多人的嗚咽聲。這也難怪，因為曾苦樂與共的船隻走向終點，就等於失去了一名家人。

「長久以來謝謝妳了。別離之時終於到來——祈禱先離世的十七人的靈魂能在妳的守護和庇佑下，前往主神的身邊。」

庫奇海校說完，從投錨台上往後退了一步。以此動作為信號，波爾蜜和另外兩名船員跑向艦尾，解開兩艘船之間的拖曳繩。

已經破敗的「暴龍號」失去最後的枷鎖，往西飄向大海。海水從被打出的船底大洞灌入內部，艦影已經有將近一半浸入海中。不管是會完全沉沒，還是會消失在水平線的另一端，船員們原本希望親眼目睹她的最後——然而夕陽卻無視眾人的心意，搶先一步日沒。

在已經陷入黑暗的大海中央，庫奇海校以艦長身分對失去依靠的船員們下達最後的命令。

「……弔唁到此結束，所有人在本船回歸艦隊後，必須立刻前往下一個崗位。」

即使他這樣說，列隊的部下們也沒有隨即行動。對於眾人這種沉浸在悲傷中的模樣，看不下去的老將開口怒吼：

「你們這些船員別哭哭啼啼！大海不會等你們重新振作！」

受到這喝斥的鼓勵，原本屬於「暴龍號」的船員們終於開始下一步行動。在慢慢解散的送葬行列中，波爾蜜最後一次把視線朝向吞沒「暴龍號」的黑暗。

「……嗚……」

原本下定決心絕不落淚，卻有一滴淚水從眼角沿著臉頰滑落。她用手背狠狠一抹，之後再也不曾回頭。

目送僚艦步上最後旅途的「槍魚號」回歸艦隊後，已經無船可歸的船員們紛紛服從命令移動到其他船艦上。熟悉的臉孔一張張消失後，此刻只有庫奇海校和他選中的三名部下還留在「槍魚號」

上。

「不管怎樣，得先讓你們和我這邊的軍官們見個面。」

西古魯姆海校咬著沒點火的菸斗，庫奇海校和波爾蜜以及在「暴龍號」上各自擔任領航長和掌帆長的兩人則跟在他身後，排成一列沿著樓梯口往下……雖然中型軍艦的構造都差不多，但不熟悉的走廊還是讓四人都感到相同的陌生。

「就是這裡……其實不介紹你們應該也都知道，總之先進去再說吧。」

西古魯姆海校推開位於走廊底端的房門，在軍官集會室裡圍著桌子待機的「槍魚號」軍官們立刻一同站起並舉手敬禮。從一等海尉到五等海尉全都到齊，總共有三名男性和兩名女性。

受到眾人眼神注視的那瞬間，波爾蜜拚命忍住想退後的衝動。以這次的案例來看，五人中包括認識臉孔的現狀只會帶來不妙的預感。

「庫奇海校以及幾個部下都是從暴龍號移過來的人員，不需要說明來龍去脈吧？」

「是！已經了解！」

看起來似乎是一等海尉的強壯青年以明確語氣回答。西古魯姆海校點點頭，把視線移到長年的盟友身上。

「我是拉吉耶希·庫奇。身為敗軍實在慚愧，還請多多關照。」

聽到老將的簡短致意，軍官們以按照形式的敬禮回應。如此一來接下來的發展可以說是已經固定，以波爾蜜為首的三人也一一自我介紹。

「——好，大致結束了吧？總之，你們就看狀況好好處理。」

留下不知道算是指示還是激勵的隨性發言後，「槍魚號」的艦長帶著庫奇海校離開軍官集會室。

剩下來的人只有這艘船的五名軍官，以及從其他船艦來此打擾的波爾蜜等三人。他們還來不及體會如坐針氈的感覺，最初的攻擊已經襲來。

「——喲，真不知道怎麼有臉來這裡，實在不知羞恥。」

一等海尉的青年開口說道。這叫罵是在指誰非常明顯，肩膀發抖的波爾蜜回看對方。

「因為自己犯錯而失去船艦，居然還可以悠悠哉哉繼續活下去，真是讓人佩服。」

「同感。我說妳，要不要現在去跳海啊？」

兩名女性軍官中身高較矮且眼角有點下垂的那一個發言附和青年，波爾蜜勉強擠出回應。

「……我會……挽回過失……之後……絕對會……」

「啥？喂喂，妳是白痴嗎？——才沒有那種機會！至少在這場戰役中都沒有！」

青年發出威嚇性質的怒吼，並握拳用力敲擊桌子。波爾蜜不由得縮起身子。

「話先說在前面，會交給你們處理的只有雜事！擦亮甲板或磨利彎刀，輪班也頂多只有半夜到凌晨的時段！別說掌舵，連操帆也不會讓你們有任何插手的機會——簡單來說，妳的立場已經和最底層的水兵沒什麼差別！懂了嗎，波爾蜜紐耶．尤爾古斯六等海尉！」

青年軍官帶著滿滿諷刺如此宣布。他的主張並沒有錯，在卡托瓦納海軍中，海尉之間的排行會由各船艦自行決定。在「暴龍號」上被任命為一等海尉的波爾蜜來到新隸屬的「槍魚號」後，地位只能全部歸零。原本海尉的排行是從一等到五等，既然目前已經有五名先到的軍官，波爾蜜的立場別說是六等海尉，甚至只能跟不到尉官的軍官候補生同等。

「妳最好低著頭過活，別暴露出更多醜態！要是心情好，我們就會讓妳有得忙。」

「同感同感！我說，可以立刻叫妳做事嗎？其實廁所髒到不行！」

剛才那個女性軍官興高采烈地把雜務硬塞給波爾蜜負責，波爾蜜以苦悶表情回看她。

「……妳真的都沒變呢，尤琳。現在是這傢伙的跟班……？」

波爾蜜勉強回嘴反嗆，這瞬間，叫做尤琳的女性軍官收起笑容。她從位子上起身接近波爾蜜，接著單手抓住她的腦袋撞向牆壁。

「囂張什麼！妳這個敗家之犬！只有出身優秀是唯一優點的母豬！」

尤琳以完全變了個人的凶暴氣勢粗魯咒罵，掐住波爾蜜脖子的手指指甲甚至刺進肉裡。氣管被勒住的波爾蜜無法喊出聲，只能悶聲呻吟。剩下三名軍官都擺出事不關己的態度，連該出手幫忙的兩人也在徹底的客場氣氛中不知如何是好。

獲得壓倒性有利的態勢後，尤琳更是滿心餘裕，她換回原本語氣繼續說道：

「我說波爾蜜，妳有弄清楚嗎？能靠著祖先光環庇佑的時期已經結束了……要是妳無法儘快理解這點，我想對彼此都不是好事喔……？」

「……我明白……我以前太依賴尤爾古斯的權威……而且……還污辱了這個名字……」

「哎呀哎呀，妳不是很清楚嗎！既然這樣，應該有所謂的正確態度吧？總之妳要不要先舔舔我的鞋子呀？這樣才像一隻敗家犬嘛！」

尤琳鬆手之後，把自己的一隻腳伸向蹲下來猛咳的波爾蜜面前。她臉上掛著不懷好意的笑容，打算破壞敵人最後的尊嚴。

波爾蜜紐耶從下面狠狠回瞪對手，出手用力打飛眼前的腳。

「……誰會那樣做！就算已經不夠格作為尤爾古斯的一份子，我也不會屈服在妳之下！」

「……嘖！這隻母豬，還敢那麼囂張——」

當抓狂的尤琳打算再度抓住波爾蜜時，房門那邊突然響起聲音。她慌忙收回正要勒住波爾蜜領子的手。在間隔固定，聽起來似乎有點刻意的腳步聲之後，房門緩緩打開，出現一名新的人物。

「打……打擾了，啊，呃……我是從陸軍被派來支援的馬修‧泰德基利奇，現在起被配置到『槍魚號』上。所以……請多多指教。」

微胖少年這樣說完並舉手敬禮後，「槍魚號」的軍官們全都詫異地面面相覷。察覺自己介入麻煩場面的馬修立刻把藏在背後的「實彈」展現在眾人眼前。

「這是為了紀念大家相識而準備的一點支援物資。已經先送給艦長那邊了……各位也喜歡甘蔗酒嗎？」

青年軍官伸出手，以隨便的動作抓起放在桌上的酒瓶。這時，他看清貼在酒瓶上的標籤內容，忍不住驚愕地睜大雙眼。

「——『遙遠南海的神酒』！是莫塔格州的釀酒廠一年只能製造數十瓶的那個嗎！」

「咦！」「真的嗎！」「等等，也讓我看一下！」

看到軍官們只是因為一瓶酒就大驚小怪的反應，讓馬修不由得目瞪口呆。然而，這也是理所當然的反應。他帶來的「遙遠南海的神酒」是位於帝國南域的莫塔格州只生產極為少量的最高級甘蔗酒，但不光是高級而已。這種酒在製造時使用了過去喀爾謝夫船長歷經往南方的航海旅程後帶回來的異域甘蔗──名為「南方甘露」的品種。換句話說，是傳說級冒險的戰利品。

對於把那位偉大船員視為祖先的卡托瓦納海軍成員來說，這瓶酒是無與倫比的好運象徵。縱使每個人都聽過這名字，但由於高價又稀少，憑下級軍官的等級，這可是連想看一眼都極為困難的珍品。這次能成功入手，全是靠著夏米優殿下的立場和財力。

此時此刻，這種珍品不但出現在眼前，甚至還可以拿在手上實際接觸。叫他們別那麼興奮反而比較困難。

「……喂，妳還好嗎？」

趁著軍官們的注意力全都被酒引走，馬修若無其事地走向在牆邊癱坐的波爾蜜。她愣愣地握住伸向自己的右手。

「抱歉，我在走廊上稍微聽到一點對話。」

馬修一邊拉起波爾蜜，同時把臉靠近，以別人聽不到的音量悄悄說道。

「該怎麼說，不管去到哪裡都會出現這種傢伙呢……我剛當上軍官時也碰過類似的事情，真是讓人受不了。啊，還有在之前搭乘的船上也發生過。」

波爾蜜的胸口一痛。像這樣稍微報復後，微胖少年把過去一切全都拋開，爽快地聳了聳肩。

「不過——比起在戰場上的殘殺，那也不算特別恐怖。妳不必太在意，放寬心待下去吧。」

這樣說著的馬修臉上浮現出充滿力道的笑容，讓波爾蜜不由自主地看到出神。她從來不曾經歷過因為身邊有哪個人而感到如此可以依靠的瞬間——然而她卻過了很久之後，才面紅耳赤地對自己這種心態有所自覺。

當各自搭乘不同船艦的騎士團諸成員都實際感受到「實彈」的效果時，和公主殿下一起留在「黃龍號」上的哈洛正在船內第三層的大房間裡，與部下們共同設置船內醫院。

「嗯～地板的空間怎樣都不夠……傷腦筋～也不能讓傷患躺在吊床上啊。」

「會讓患部的血液循環變差，不建議。」

搭檔的水精靈米爾也從腰包裡提出意見。哈洛待在這間為了防止滲水而幾乎沒有設置採光窗，只能靠光精靈的周照燈照亮的潮濕房間裡，雙手抱胸開始思考。

雖然經過北域動亂讓她對設置野戰醫院已經很熟練，然而待在可利用空間本身就已經有限的軍艦中，又必須採取和過去完全不同的處置。

「這樣一來，到時候只能讓傷患躺在走廊上……至少如果可以再借用一個空倉庫——」

「可以啊，由我去向上面報告吧。」

這時背後突然傳來聲音，讓哈洛嚇了一跳。她回頭一看，只見不知何時來此的鄧米耶・剛隆海校正站在眾多醫務兵忙碌行動的大房間裡，削瘦的臉上還帶著微笑。

「啊……咦？那個，謝謝您，如果可以的話就麻煩了。」

「不需道謝，或許我也會麻煩到各位啊。」

聽到他半開玩笑的這樣說，哈洛只能苦笑回答「請多小心不要演變成那種情況」。剛隆海校輕輕點頭，並把視線移向周遭。

「話說回來——貝凱爾少尉的部下們的動作都很俐落呢。熟悉每一項工作內容，不過卻不會因此隨便應付，在基礎部分上隨時保持著緊張感……可以看出他們都具備豐富的實戰經驗。」

「嗯～的確到目前為止，我們的部隊都不曾無事可做……不過雖然能派上用場是很好，偶爾還是想講講看『這次都沒人受傷，很閒呢』之類的悠哉發言。」

「我也有同感……而且基本上，如果遭遇這艘旗艦出現大量傷患的情況，就表示敗北的可能性已經很高。到時候也不知道還有沒有時間去使用第二個房間。」

這點也是船內醫院不會設置在寬廣空間的原因之一。一旦傷患人數多到需要另一個大房間，就應該判斷人員損耗已經到了極限，甚至無法維持身為旗艦的機能。當然哈洛也很清楚這一點，然而她還是搖了搖頭。

「就算這艘船艦陷落，也不代表傷患會消失。投降之後，應該還是可以救助傷患吧？所以果然還是需要房間。」

聽到這句話的瞬間，剛隆海校收起那難以捉摸的笑容，凝視眼前的醫護兵。

「——妳意思是就算確定自軍已經敗北，妳還是會留在這裡繼續工作？」

「因為無論勝敗，我的工作都是要盡量拯救多一點負傷的人。」

哈洛保持沉穩微笑如此斷言。面對這簡直耀眼的決心，就連向來發言尖酸的海校也舉起雙手像是投降。

「我輸了，能讓妳照顧的士兵很幸運……不過，貝凱爾少尉。」

下一瞬間，男子看著哈洛的眼裡出現某種類似憐憫的神色。

「剛才的發言怎麼聽都像是毫無虛假的真心話，所以我才要這樣說——妳能抱著這種心態還真行。」

「咦……？」

哈洛聽不懂這句話的意思，只能不解地歪著腦袋。這時剛隆海校突然把嘴巴湊到她耳邊，以只有哈洛一個人能聽到的音量，悄聲說道：

「……在關鍵時刻真的會麻煩到妳，請多多關照啊——同志哈洛瑪。」

聽到最後一句話的瞬間，哈洛全身僵硬得像是被冰水淋到。剛隆海校從啞口無言的她身邊通過並離開現場，沒有發出任何腳步聲。

即使他已經完全遠去，哈洛依然無法動彈。過了一陣子之後，經過附近的部下詫異地對她開口。

「……少尉，您怎麼了？臉色看起來很不好……」

「不，沒什麼事，我只是稍微發呆。」

聽到部下聲音才終於回神的哈洛立刻擠出笑容，裝出沒事的模樣。於是部下也放心地回去工作。

「……嗚……」

哈洛一邊目送士兵的背影遠離，同時用五根手指緊緊扣住自己那無論怎麼克制都無法停止發抖的肩膀。

第二章

Alderamin on the Sky

艦隊決戰

有一個黑影從空中以銳利角度飛向翻滾著白色浪花的海面。黑影在即將衝入水面時用力揮動雙翼，劃過波濤之間，再度回到上空。

「哦哦。」

看清飛回天空的那個黑影用爪子牢牢抓住一隻魚，讓站在沙灘上的男子發出歡呼聲。在這段期間，技術高超的獵人去海上繞了一大圈，最後回到在岸邊等待的主人身邊。

「——做得好，米札伊。」

從高處迅速往下滑翔的獵人在低空把抓到的魚丟向沙灘後，直接飛向站在男子身旁的少女，在她裹著皮革的右肩上停下。這是擁有白色身軀和黑色羽翼的猛禽——鶚，歲數可能還不大，體長只比海鷗還大一圈。

少女撿起魚，用小刀在魚背部分削下一片肉，接著丟給在肩上發出自豪鳴叫聲的搭檔。被喚作米札伊的猛禽用鳥喙靈活咬住魚肉後一口吞掉，表現出覺得很美味的模樣。

「真了不起。哎呀，實在精彩。」

男子拍起手，少女卻連看也不看他一眼，只是把抓到的魚放入腰間魚籠，準備離開海岸。然而男子並沒有因為少女的冷淡態度而放棄，反而一臉理所當然地跟在她身後。

「這就是拉歐的『鷹匠』之技嗎？雖然聽過傳言，但親眼見識後才知道實際上完全不同。身為空中王者的猛禽居然會如此忠實地聽從人類命令，真讓人驚訝。」

少女繼續在沙灘上往前走，對長篇大論的稱頌毫無反應。男子一邊吹氣暖和因為海風而變冷的雙手，同時不死心地繼續開口。

「不過實在遺憾，這麼棒的技巧會在妳這一代就失傳。」

踩著沙灘未曾停歇的腳步這時變慢了，男子也很自然地配合她的步調。

「我聽村裡的老人說過了，妳是最後一個『鷹匠之民』。其他人都去參加戰爭然後再也沒有回來。」

「……」

「和鄰國帕猶希耶的戰爭是徹底的泥沼。無論將來是哪邊獲勝，兩國都會在筋疲力竭的狀態下迎接戰後吧。這不會是太久之後的事情，屆時妳打算怎麼做呢？」

男子直截了當地發問，旁邊的少女則是停下腳步保持沉默。即使想回答也無法回答。因為日復一日光是要求個溫飽就已經竭盡全力，她從來不曾考慮過將來的問題。

「要是無處可去，要不要跟我一起來呢？或許有能活用妳技術的地方。」

「……技術……你是說捕魚技術？」

那麼可以去找漁夫啊。少女瞪著對方，像是想這樣說。男子誇張地聳了聳肩。

「妳的能力不只是那樣吧？我有聽說過傳言，據稱『鷹匠之民』能夠看出風向。」

「就算能做到那種事，在漁業之外又有什麼用處？」

「我倒是能想到很多用處。自賣自誇一下，我的想像力可比其他人豐富很多。」

「……你到底是誰？」

少女對於這番無法掌握重點的對話感到厭煩，提出根本性的質問。聽到這句話的瞬間，男子露出無畏笑容，攤開雙手。在隨風翻飛的外套下，可以看到筆挺的深藍色外套和長褲。

「──我嗎？這個嘛，如果真要歸類，是個隨處可見的愛國份子。讓開始稍微好轉的國家變得更好的行動，會讓我感到無與倫比的生存意義。我就只是這樣的人。」

對方根本沒有正面回答問題。然而，和難以捉摸的發言相反，男子的雙眼目不轉睛地看著少女，而眼中的光輝，有著莫名吸引她的部分。或者是在這時少女也已經基於直覺感受到──這個男子的目標是尚未存在於這世界上的場所，也是和現在完全不同的另一世界。

兩人不發一語地看著彼此，這時少女肩上的米札伊突然高聲鳴叫。因此想起重要事情的少女中斷對話，再度開始往前走。

「……我可以和你談，但現在必須先回村子。」

「？我當然可以接受，是有事情要處理嗎？」

「也不是……快一點，快下雨了。」

少女簡短回答。在她把背後的斗笠戴到頭上的那瞬間，兩人上空就出現一些烏雲。男子還來不及感到訝異，原本幾乎萬里無雲的天空降下了傾盆大雨。而且還像是在實際示範什麼叫做晴天的霹靂，連雷聲也開始響起。

「——真了不起。」

即使全身都在雷雨中被淋得溼透，男子嘴邊的笑意卻變得更深。一道閃電劃過被烏雲覆蓋的天空，以刺眼的白光照亮整個天空。

在少女的視線前方，吸入大量水分的深藍色外套和長褲已經呈現出近似黑色的藍黑色。

「——唔……」

粗魯的敲門聲刺激耳朵，在夢中回到遙遠過去的艾露露法伊清醒過來。她先來回看了看從艦長室才有的大型船窗照入室內的明亮陽光，以及在自己兩側悠哉沉睡的裸男們，輕輕嘆口氣知道這下糟了。

「——少將！起床時間早就已經過了！還有，我的部下裡也有三個傢伙沒看到人！您知道他們在哪裡嗎！」

海兵隊長的粗啞吼聲和敲門聲一起傳入房內，原本熟睡的兩名男性士兵也因為這聲音而同時清醒。

「……隊長！慘……慘了……！」「哇！我本來打算在天亮前就起來……！」

「抱歉，我自己也睡過頭了。」

看到他們才剛起床就臉色鐵青，艾露露法伊也略帶苦笑表示歉意。然而，她下床走向房門後，卻毫不猶豫地把門打開。

「抱歉，葛雷奇。我好像睡太久了。」

「這是常有的事……是說，您又全身光溜溜……」

葛雷奇那張嘴巴裂到耳邊的臉孔有點扭曲，同時嘆了口氣。他的雙眼凌厲地在室內四處搜尋，讓還沒穿上內褲的兩個水兵像是剛出生般的小鹿那般不斷發抖。

「居然同時找了兩人，興致還真好……寇里、索爾博，給我快點穿上衣服上甲板去。期待的地獄會在之後再讓你們好好欣賞。」

確定將遭到嚴厲處罰的兩人即使眼裡含淚，也只能以藝術般的速度來穿上衣服衝出艦長室。長相猙獰的海兵隊長嘆了口氣後，他的長官拍了下手像是想到什麼，然後回到自己的床邊。

「抱歉，不是只有兩人。」「太……太母大人！」

在掀起來的床單下方，還有另一個全裸男子正在發抖。太陽穴爆出青筋的葛雷奇立刻把這個少根筋的部下從床上拖了下來，直接踹出艦長室，根本沒給他穿上衣服的時間。不過最後還是基於一絲憐憫，把揉成一團的衣服從背後丟給他。

「我說您饒了我吧，少將！您愈是像這樣寵他們，我就得把部下鬆懈的基本心態給重新鍛鍊起來！」

「只要你愈是像那樣嚴格，我就會更加寵他們。真是美好的責任分擔。」

「我不是在耍幽默也不是在開玩笑！我這邊可是舞刀弄槍的海兵行業，要是被部下們瞧不起那可全完了！我就是為了避免那種情況才毫不留情地訓練他們，但您知道有一部分傢伙在背地裡是怎麼叫我嗎？配合您的『太母』，我成了『老爸』耶！就連我第一次聽到這稱呼時都差點當場昏倒！」

聽到這宛如嘶吼的慘叫，艾露露法伊不由得放開手上的衣服，開始捧腹大笑。葛雷奇也忍不住用雙手抱住自己的腦袋。

「哈哈……老……老爸……！——不，抱歉，這不是該拿來說笑的事情。不過葛雷奇，這種稱呼也不壞吧？只要把第四艦隊視為一個大家庭，這個『老爸』就是被致上最高敬意和畏懼的對象喔。」

「那當然，我怎麼能忍受自己真的被瞧不起……不過少將，就算這次可以把部下們的事情先放一邊去，您在這種狀況下還能睡過頭未免也太大膽了吧？偵察艦帶回敵艦接近的報告後已經過了三天，即使現在這瞬間受到敵人攻擊也是很正常的事情。」

「不會發生那種狀況。即使估算最短時間，至少應該還有四天都不會受到敵人的攻擊。」

艾露露法伊邊穿上襯衫邊回答，不明白原因的葛雷奇皺起眉頭。

「那又是為什麼？帝國的船有那麼遲鈍嗎？」

「船艦本身的性能沒有太大的差距，問題是這海域的海風條件。現在的風向幾乎是往西吹吧？如果假設敵人會從西邊進攻，當然我等必須從東邊應戰。那麼，在開戰之際，你認為往西吹的海風會造成什麼影響？」

海兵隊長思考一會後，以理解的態度點點頭。

「原來如此，意思是敵人必須從下風處發動進攻。也就是說，少將您認為帝國軍不可能吞下這種不利條件？」

「一般腦袋正常的船員都不會想要逆風戰鬥，因為大家都很清楚那樣會受到多少限制。更何況我方已經在前幾天接觸時，讓敵人對爆炮的存在留下深刻印象。既然對方很清楚在裝備方面劣於我方，帝國軍應該會想盡辦法取得上風處的優勢。為了達到這條件，他們大概會採用從東邊繞進個海域的航路吧。」

艾露露法伊悠哉穿好上衣後，終於把手伸向內褲。葛雷奇嘟囔了一聲。

「所以在繞遠路過來的敵人到達之前，我等只能在港口裡傻傻等待嗎……不過少將，把上風處讓給敵人真的沒問題嗎？在那種情況下，是我們處於劣勢吧？」

「無所謂。包括這艘船在內，我們擁有爆炮艦。這可是只要我們確實排好陣形迎擊，就能夠抵銷逆風劣勢的玩意。讓我比較擔心的問題，反而是在爭奪上風處的過程中被敵人從旁邊溜過的狀況。我想你也能理解我想避免那種狀況的理由吧？」

「因為這個港口會受到攻擊。當然防守的兵力將出面應戰，但屆時敵人會因為處於被我方兩面夾擊的狀況而捨命作戰。萬一被敵方攻陷，我等第四艦隊就會失去能回去的港口而被孤立在海上。」

「正是如此。如果說我們有走錯致命棋步導致敗戰的可能性，那就是唯一且最合理的步驟。所以必須趁早破壞這種可能性，這就是我們待在港口等待的理由——為了讓這支艦隊在帝國軍發動進攻時，一定能在敵方的正面布陣。」

窗外吹往西方的強風發出颼颼風聲，讓兩人搭乘的船艦隨之搖晃，就像是在支持剛才那番明快的理論。艾露露法伊一邊聽著那聲音，同時穿上軍服的褲子，臉上表情卻宛如碰上什麼宗教難題的神學家。

「根據米札伊的預報，東風的強度會在今天到達頂點，中午過後大概會有暴風雨來襲吧。只要一想到在那種天候中操控船隻是多費力的事情，就會覺得能像這樣待在港裡悠悠哉哉是一件值得感謝的事情。」

「……是是是，我明白少將如此從容的理由了。不過講難聽一點，無論敵人會出現還是不會出現，所謂的艦隊總司令官應該連平常也很忙碌才對。」

「你說的對。放心吧，我並沒有被夢境迷惑到只是因為風勢很強就可以一整天都在睡懶覺的地步。」

最後穿上註冊商標的羽毛外套，艾露露法伊・泰涅齊謝拉終於久違地恢復身為海上將領的威嚴。確認這一幕後，葛雷奇也認同地轉過身子。

「——看來您總算醒了，那我也該回到自己的船上。前幾天為止還是『白翼丸』的一份子，讓我差點忘了現在的崗位可是在別艘船上。」

「嗯，辛苦了。記得明天也來叫我。」

長相猙獰的海兵隊長決定徹底無視最後這句話，離開長官的房間。艾露露法伊隔著門感覺到他逐漸遠去，並伸了個懶腰。

「好啦，今天也差不多該去看看我可愛的士兵們——」

她邊說邊把手伸向在棲木上休息的愛鳥，當雪白的手指正要輕輕撫過羽毛的那瞬間——至今都未曾停止過的呼嘯風聲卻被來自船艙外的刺耳警鐘聲給完全蓋過。

「敵方艦隊來襲！重複，敵方艦隊自西方來襲！」

為了監視而離港的六艘齊歐卡船艦之一，率先發現了在西方水平線上形成行列的艦影。以旗艦「白翼丸」為首，每一艘停泊在港內的僚艦都聽見在距離港口不遠的海灣內敲響的警鐘，水兵們的戰意也一一被激起。

被齊歐卡海軍第四艦隊當成根據地的尼蒙古港是舊東域唯一面朝南方海域開設的港灣設施。利用海灣深入陸地的地形，在海浪平穩的灣內建造而成的港口能讓許多船艦安全停泊。

由於沒有其他已經整建以作為登陸地點的港口，過去在爭奪舊東域的攻防中，這裡總是會被視為戰略上的要點。因此當然，這次並不是帝國軍第一次進攻此處。過去發生的海戰總是極為慘烈，無論勝敗，敵我雙方都會出現大量的死傷。

「對方該不會忘了這些前車之鑑吧——居然偏偏挑中這種強風的日子，逆風從西方進攻。」

擔任艦隊總司令官的女性站在設置於齊歐卡軍艦「白翼丸」主帆上方的監視臺裡，邊透過望遠鏡觀察邊喃喃說道。親眼確認報告無誤後，她把望遠鏡還給負責監視的士兵，迅速沿著繩梯回到甲板。

「……原本以為是試圖誘出我方的佯動部隊，但若是那樣，陣容未免過於龐大。看來敵人是真的要進攻——雖然我不認為他們腦袋清醒。」

艾露露法伊邊對著屏息等待的士兵們發話，同時半認真的懷疑——敵方的將領是不是因為什麼意外撞壞了腦袋？因為按照船員的思考模式，自己主動從逆風位置進攻的行為就是如此的欠缺常識。

首先最重要的前提，就是這世界上的所有帆船都無法正面逆風航行，能辦到的動作只有在一定的角度內斜向前進。當處於上風處和下風處的船艦各自套用這原則後，就會形成單純又明確的有利或不利構圖。換句話說——處於上風處的船艦可以自由航向位於下風處的敵人，但相對之下，處於下風處的船艦卻無法直直衝往位於上風處的敵人。

如果要更簡單說明這個優劣勢的差距，可以試著想像一種讓兩個人互相丟球的遊戲。只是其中一方能直接朝著對手丟球，但另一邊卻必須讓球先打中地面再彈向對手。而前者就是上風處的船艦，後者則是下風處的船艦。無論看在誰的眼裡，哪一方具備壓倒性優勢都是一目了然吧。

再回到帆船的話題，處於逆風的不利並非只有無法自由航行的問題。和順風的敵人相比，航速將會受限也是很大的劣勢，而且還要再加上先前提過的「無法直線衝向敵人」這一點。綜合以上，可以試著從上風處船艦的角度來思考。眼前有航行速度劣於我方的敵艦，多次左右轉換方向並以「之」字型航線逐漸靠近。在這段期間內，對方會持續暴露出毫無防備的船隻側面。

那麼我方該如何攻擊這可憐的敵人呢？可以按照古老方法以船頭撞角撞擊，只要執行得當，敵艦將會受到嚴重損害。不過在這次戰役中，會追加另一項凶惡的條件。如果處於上風處的船艦裝備了爆炮，那麼會如何？

「要把在這種條件下發生的事情稱為海戰都嫌誇張——」

即使身處即將開戰的狀況，艾露露法伊甚至有種滿心遺憾的感覺。一想到接下來自己將指揮的單方面屠殺，她實在無法抑制沉重的憂鬱情緒。即使那等於自軍的壓倒性勝利也一樣。

「太母大人，所有船艦都已經完成出港的準備！」「隨時都可以出發！」「請下令吧，太母大人！」

心愛部下們的聲音激勵著她。艾露露法伊斬斷內心感傷，終於開口大喊：

「——出擊！雖然敵我雙方的位置和預定相反，但要做的事情都一樣！敵人是惡名昭彰的海盜軍！就讓喀爾謝夫船長的後裔們好好見識我等的實力！」

「「「「一切都遵從太母大人的意志！」」」」

回應的聲音形成嘹亮的和聲。就像是要為合唱增添風采，在旗艦上空盤旋的米札伊也發出鳴叫聲。在「白翼太母」之下團結一心的士兵們朝著大海上的敵軍，勇猛驅船向前——

＊

「——出來了嗎！」

在帝國海軍第一艦隊旗艦「黃龍號」的艦尾甲板上。耶里涅芬．尤爾古斯海軍上將和各守崗位的部下們一起遠望著在航行路線上擺出陣形的敵方艦隊。

首先衝向最前方的是排成一橫列的十六艘三桅帆船中型艦。前進到敵我距離約剩下一海里之後，那些齊歐卡船艦一起開始向右調轉船頭。不過這行動並不是為了改變航向，單純只是在變更船體的方向。

齊歐卡艦隊保持彼此間的位置關係，結束向右九十度的調頭行動。就像是表現出絕不讓帝國艦隊通過的堅決意志，這十六艘船艦在東方海面上排出縱一列的戰列。

「單一戰列線……！正如泰德基利奇家的小子所說！」

尤爾古斯上將的眼神變得更加銳利。根據以近距離戰鬥為基礎的慣有海戰理論，根本無法想像這種將船體側面毫無保留地展現在敵人面前的陣形。因為這種陣形不但無法主動縮短和對方之間的距離，甚至像是在邀請敵人攻擊自己側面。

然而，這常識已經因為爆炮的誕生而遭到推翻。既然採用把爆炮並排裝備在船隻側面的構造，那麼這個新武器能發揮出最大威力的情況，就是把側面朝向敵人的期間。所以敵人才會排成戰列線，而且採用單列的原因，是基於避免前方船隻妨礙到自軍炮擊的考量。

在排成一列的這十六艘船艦後方，從遠處港口出現排成雙橫隊的軍艦群。這一批大約是二十艘。按照數量，這批船艦才是齊歐卡方的主力，然而根據他們排成兩列並在單一戰列線後方待機的狀況來看，那些應該都是沒有裝備爆炮的舊型船艦——因此，帝國士兵們注意的對象果然還是集中在前方布陣的這十六艘船艦身上。

「上……上將！如果那些傢伙全都是爆炮艦——」

聽到舵手講出的話，周圍的水兵們都嚥下一口唾沫。每個人的腦海中都閃過暴露在炮擊猛烈威力下的「暴龍號」下場。然而他們的長官並沒有回應。因為他為了看出情況，正在專心觀察掀起白色浪花的大海另一端。

「——不可能，十六艘太吹牛了。」

另一方面，位於帝國軍雙橫隊北端位置的帝國軍艦「新月號」上，站在前桅監視臺裡的黑髮少年比任何人都先得出解答。

「評估齊歐卡一年的鐵礦產量，還有為了冶煉、加工必須耗費的勞力；爆炮完成後在分配時的軍方內部優先順序；以及能裝備爆炮的新型船艦的建造成本。即使在有相當誤差的情況下來進行推論，目前齊歐卡第四艦隊依然不可能擁有十六艘爆炮艦。如果是身為國防關鍵的第一、第二艦隊應該會優先獲得裝備，但新設的第四艦隊不會有那種待遇。」

由於原本是從帝國分割、獨立出的國家，帝國對齊歐卡關於天然資源的內情也掌握了一定程度的資訊。所以這不只是基於伊庫塔的知識，也是和可以稱為國政資料活字典的夏米優殿下的知識互相對照後才做出的否定結論。

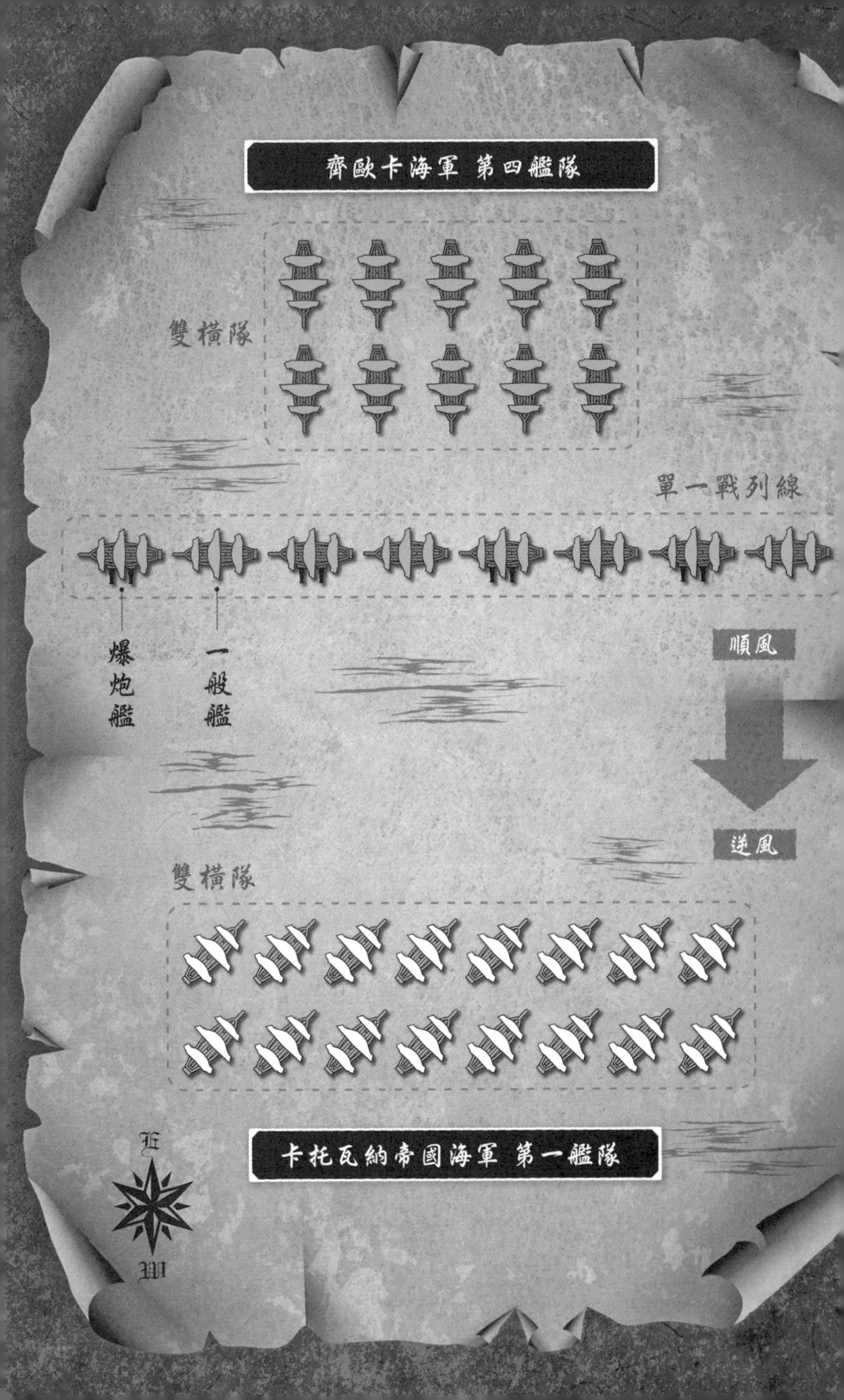
齊歐卡海軍 第四艦隊
雙橫隊
單一戰列線
爆炮艦
一般艦
順風
逆風
雙橫隊
卡托瓦納帝國海軍 第一艦隊
E
W

「托爾威，你的判斷如何！」

少年對搭檔庫斯下令，對著隔壁船上的戰友發出光信號。

「──嗯，看得出來，阿伊。那個艦列裡混著兩種船艦。」

在伊庫塔搭乘的「新月號」右方，僚艦的帝國軍艦「日輪號」駛過大海。在左舷靠近船頭的位置，可以看到彎下膝蓋，以雙腳貼著屁股的獨特姿勢坐在甲板上的托爾威。

他抱著以三腳腳架支撐的中型炮管，而翠綠色的右眼正透過新武器附帶的望遠鏡──不，光學瞄準器仔細觀察。

「雖然無法找出詳細的差異，但只有一點可以看得很清楚。即使同樣是中型艦，從水面到船上的高度卻不同。我想恐怕船身較低的是爆炮艦，較高的則是舊型艦。是因為爆炮的重量，導致船身有較多部分沉入海面下。」

托爾威先仔細觀察所有敵艦後，才命令部下對旁邊僚艦送出光信號。一邊利用這種方式把自己的見解傳達給伊庫塔知道，同時讓船上的船員們也注意到關鍵性的「差異」。

「聽他這麼一說，的確吃水深度不同……」「用那種方式來辨別真的沒問題嗎？單純只是艦型不同吧？」「不，如果是因為艦型，會更──」

水兵們半信半疑地交換意見。這時──正好把視線朝上的一名男子愣住並瞪大眼睛，放聲喊叫。

「喂！大家看！是氣球！天空兵出來了！」

＊

「……嗯，既然對方沒有表現出畏懼反應，表示我方的偽裝應該被看穿了？」

受到強大的順風吹動，氣球部隊很快從空中越過艾露露法伊的頭頂。她待在右舷承受強風導致船身有點傾斜的齊歐卡艦隊旗艦「白翼丸」上，露出無畏表情目送氣球遠去。

「算了，就算是那樣也無所謂。這種做法或許有點奸詐，但沒有人規定戰場僅限於海上，就請你們接受來自天空，無法阻止的擾亂吧。」

過去讓名將哈薩夫・利坎吃了不少苦頭，自空中落下的轟炸彈——天空兵部隊的「空襲」。

幾乎對所有船員來說，沒有什麼事情比船上的火災更讓人覺得厭惡棘手。必須先將腳下的無限海水一桶桶汲起才能用來滅火，而且這份努力也得贏過火勢，否則就會失去意義。著火的船帆會被燒落，船桅會成為燃燒的巨大柴薪，船上很快就會化為灼熱地獄。想逃命的船員恐怕只能投身大海。

「實際上，我並不期待能得到那麼大的效果。這裡的天空兵人數不多，『轟炸彈』本身的命中精準度也是問題。還要擔心誤擊，只有彼此還保持距離的現在才能使用。所以呢，總之只要能讓敵人亂了手腳就算及格，若能進一步讓哪艘船的船帆燒起來則是滿分。」

艾露露法伊滿心從容地這樣說道，繼續旁觀天空兵們的活躍。可以看出前方的氣球慢慢降低高度。應該是想要降低到膛線風槍的有效射程邊緣再開始「空襲」吧？後續的氣球也跟著這樣做。

這時，在太母抬頭望著的空中，瞬間炸出一團伴隨著爆炸聲的火焰。

「——咦——」

她的大腦約有兩秒半陷入空白。這段期間內又發生第二次爆炸，高度降低最多的兩個氣球連續從艾露露法伊的視線中消失。

「——快……」

慢了一秒，彷彿被落雷打中的衝擊竄過艾露露法伊的全身。在其他水兵都站在甲板上茫然仰望天空的狀況下，即使明知無法傳達給對方，她依舊竭盡全力嘶吼。

「快恢復高度！逃往空中！快——！」

＊

「……呼……」

在帝國軍艦「日輪號」甲板前方靠左舷的位置，將歷史上第一次的恐懼和衝擊送給原本宣稱無敵的空中士兵後，青年帶著懷中的武器瞪向天空。

「打……打下來了……」

正在準備幫浦和水桶以應對滅火作業的水兵們忘了自己的工作，紛紛因為在遙遠天空中發生的狀況而原地呆站。數秒前的慌亂彷彿只是一場夢，「日輪號」上被名為戰慄的沉默占領。

「擊墜兩個目標。繼續射擊，調整角度——右四上三。」

狙擊手發出指示後，旁邊負責輔佐的部下動手調整炮身的角度……以風槍的標準來看，這個炮管太粗了。然而就算這東西和風臼炮一樣，在炮身底部都有管線連結到三隻風精靈身上——但要稱作大炮又顯得炮管過細。

「——剩下機體的高度上升，已經要逃走了嗎？」

確定敵方喪失戰意後，青年隔著光學瞄準器的視線也稍微緩和。不過周圍的船員們又多花了一點時間，才總算能開口詢問他到底用了什麼和做了什麼。

「對物膛線風槍，這就是我們帶來的新武器。」

在位於戰列中央的帝國軍艦「槍魚號」甲板前方，微胖的少年對要求說明的船員如此解釋。實物還和狙擊手一起待在他們的眼前。

「如同各位所見，發射的原理和風臼炮相同。只是使用的子彈尺寸不同，這個武器並不是使用炮彈，而是大型子彈。因為是利用三隻風精靈產生的壓縮空氣來擊發，飛行距離當然能夠大幅延伸，對空的話，四百公尺多一點都還在有效射程內。所以在巨大氣囊裡灌滿可燃性揚氣的氣球是最好的獵物。」

伴隨著結果的性能解說讓水兵們發出一陣感嘆。對於陸上人員帶來的隱藏王牌的威力，就連旁邊的波爾蜜也難掩驚訝反應……其實前天已經做過同樣的說明，但那時這東西還被視為只是比較細長的風臼炮，似乎並沒有特別引起注意。

——對物膛線風槍。雖然馬修說是新武器，但比較正確精準的講法，其實是把過去沒有實用化的舊武器拿來改造。

利用複數風精靈來射出子彈並藉此讓射程長距離化，這個點子本身從很久以前就已經存在。然而當時卻認為「就算能飛得再遠，無法瞄準目標也沒有意義」而遭到放棄。沒想到在能讓彈道取得飛躍性安定的膛線技術登場後，卻因此死灰復燃。

——雖然具備射程但是卻沒有壓制力，所以無法取代爆炮。不過就算是這樣，這武器依然有意義。因為這樣起碼可以結束天空兵的無敵時代——

當時說出這些話的伊庫塔臉上帶著陰影。馬修突然想到，那或許是在悼念直到最後都遭受天空兵折磨的利坎中將的生涯吧？因為至少現在，馬修本人也回想起那位只在東域見過一次的名將的沉穩臉孔。

這時，「槍魚號」艦長西古魯姆海校邊命令那些快成為看熱鬧群眾的水兵們回到崗位，同時走向馬修身邊。咬著粗大菸斗的嘴邊掛著無畏微笑。

「小子，居然突然打出這麼豪華的煙火。託福，我方船艦才能避免被燒焦的下場，真是謝啦。」

「不……不客氣。不過擊落敵軍的應該是『日輪號』上的同伴，因為這邊還在射程外……」

「怎麼那麼麻煩，總之我就全都一起道謝。能像那樣讓自以為待在天空就絕對安全的傢伙們好好嘗到苦頭，真是讓人感到爽快！」

「槍魚號」艦長先豪爽地笑了一陣，接著才轉向船頭。

「好啦，既然開場戲已經在空中演完，接下來終於輪到我們了——上吧！船員們！」

「「「「「是！」」」」」

*

在齊歐卡海軍第四艦隊旗艦「白翼丸」船頭甲板上。親眼清楚目睹部下在空中失去生命後，太母艾露露法伊．泰涅齊謝拉就像是失去支軸般地屈膝跪倒在地。

「請……請您振作一點，太母大人！『空襲』雖然遭到封鎖，但是被擊落的氣球只有兩個！天空兵們受到的損害很輕微！」

「沒錯！這都是因為太母大人您事前曾指示：『萬一被對空炮火或是類似的東西狙擊，就要立刻停止攻擊恢復高度』！」

周圍的水兵們紛紛出言鼓勵，然而艾露露法伊卻抖著嘴唇喃喃說道：

「……隊列前方的兩個氣球是三號機和七號機。馬婁、荷普金、辛迪、洛可、比達加、艾克提爾、薩伊達、摩爾德普、黑奇、馬茲卡——大家……大家都死了嗎？甚至還來不及發揮出訓練的成果，就這麼輕易死去！」

年輕的海軍將領眼中含著淚水，用力揮拳打向甲板。永遠失去的士兵們的名字、臉孔以及和他們每一個人的記憶都在她的腦中不斷打轉。

「你們一定很害怕吧，一定很痛吧……！真可憐，真可憐，真可憐……！我該給你們更多擁抱！不，早知道會這樣，應該要把你們永遠留在懷裡！那些孩子已經遠去！再也不會對我展現笑容！」

正因為明白這慟哭沒有任何虛假，周圍的水兵們紛紛閉上嘴巴保持沉默……「白翼太母」對指揮下的所有士兵都給予同樣深厚的慈愛，所以她剛才一口氣失去十名心愛的孩子。沒有人能明白她的痛苦到底有多深重。

嗶……上空響起鳥叫聲。聽到愛鳥像是在斥責自己「振作一點」的叫聲後，牠的主人緩緩站直身子。她沒有抹去沿著臉頰滑落的淚水，直接狠狠瞪著敵軍。

「……我要讓你們償還……用你們的死來賠償我的孩子！」

沸騰的憎恨從太母的口中冒出。無限的慈愛現在已經完全反轉，化為沒有極限的敵意襲向傷害親人的對手。

「打開左舷全部炮門，準備炮擊！所有船艦跟上！要使出全心全力，將死亡帶給奪走無可替代家人的他們！」

聽到太母的命令後，士兵們別無選擇地開始行動。即使這命令代表單方面的屠殺即將展開，也已經成為所有人該期待的事實。

「收到命令了！快準備炮擊！」

從露天甲板往船內向下兩層的炮台甲板上，收到指示的齊歐卡炮兵們正在狹窄的空間裡忙碌行動。人口密度已經到了摩肩擦踵的地步。

爆炮沿著舷側排列，每邊共有八門。調節射擊角度，清掃炮身內部，還有裝填炮彈——為了維持發射速度並完成全部工作，一門大炮需要六名士兵。所以，炮台甲板當然會很擁擠。

「……痛！喂！當心點！」「抱……抱歉！船身傾斜得太嚴重……」

每當腳下晃動，到處都會有炮兵相撞。這也難怪，除了空間狹窄，再加上右舷受到強風吹襲，現在船艦本身往左舷大幅傾斜。而且不只「白翼丸」，這是把右舷朝向上風處並排出單一戰列線的十六艘船隻的共通現狀。

「你們別拖拖拉拉！敵人已經進入射程範圍了！」

負責監督的士兵怒吼著提醒眾人。即使因為傾斜的立足點而吃了不少苦頭，炮兵還是圍住爆炮，同時，位於船體側面的炮眼也跟著打開。下一瞬間，發現浪濤已經逼近腳邊的士兵們忍不住倒吸一口氣。

「好，完成準備了吧！——開始裝填！」

配合指示聲，炮兵們迫不期待地開始行動。首先用刷子伸入炮口清掃內部，接著把必須抱個滿懷的橢圓球形炮彈塞進去。

「注入揚氣！」

火精靈的「火孔」產生的揚氣經過管線運送，並通過作為中繼點的風精靈，注入炮身底部並進行壓縮。炮兵們的臉上閃過緊張，因為一旦處置有任何錯誤，這裡累積起來的力量甚至大到有可能把他們本身給炸飛出去。

「瞄準！」

為了瞄準對面的敵方戰艦，炮兵們看向有十字線的瞄準器——然而這時，他們卻全部停止動作。

「……咦？」「等等，這是……」「要更往上……？可……可是……」

作業已經完全中斷。他們只是紛紛發出困惑的聲音，卻一直沒有提出「完成瞄準」的報告。負責監督的士兵滿心焦躁，不由得大罵：「你們在搞什麼！」

這邊的情況尚未解決，船上已經送來開始炮擊的命令。實在無法繼續拖延，士兵慌慌張張地催促部下們行動。

「等……等第二炮再進行左右的調整！有確實調成仰角吧？不能再等了！要開炮了！」

聽到這種命令，部下們也無法違抗。他們的長官連負責瞄準的士兵們為何如此困惑都沒有確認，在滿心焦躁的影響下開口大喊：

「好了，開炮！」

……排成單一戰列線的齊歐卡船艦共有十六艘，其中非偽裝的爆炮艦占了半數，共有八艘。

這瞬間，伴隨著類似雷鳴的轟隆聲，八門×八艘＝共六十四門的爆炮從這些船艦上一起噴出火花。總共六十四發力量強大到只要一擊就能夠打斷船桅的炮彈發出媲美龍的怒吼聲，在海上擊出。每個人都預想到單方面的屠殺即將開始。

然而，所有炮彈卻在飛行兩百公尺之前，就落入大海造成一根根水柱。

「——什麼？」

在「白翼丸」船頭甲板上的艾露露法伊帶著困惑，親眼目睹完全沒對敵軍造成任何損害就已經結束的第一擊。

是面對敵人的焦躁導致船員們沒有瞄準嗎——帶著這種懷疑的她轉過身子，把視線朝向通往下層甲板的樓梯口。幾乎同時，一臉驚慌的炮擊監督士兵就衝了出來。艾露露法伊立刻對他嚴厲說道：

「這是怎麼回事？離敵人還有半海里以上！快點修正炮擊的瞄準！」

「關……關於這件事……！我等也沒有預料到會這樣……！」

「到底是哪裡出了問題？只要把仰角調整多一點不就得了嗎！至今為止的訓練明明做過很多次了！」

只是吞吞吐吐沒有講出重點的監督士兵讓艾露露法伊失去耐性，為了親眼確認狀況而衝進樓梯口。沿著樓梯往下到達炮台甲板後，士兵在一片混亂中依舊拚命和炮身格鬥的模樣映入她眼中。

「——這是——」

只看一眼，艾露露法伊就完全理解狀況，同時也領悟到自己剛才的命令是多麼偏離要點。原因就是——那命令已經被實行了。在她的眼前，八門爆炮已經被調整成可能的最大仰角。

「太……太母大人！因為船身的傾斜實在太嚴重，爆炮的角度無法跟上！」

「真是非常抱歉，但已經提高到幾乎會擊中炮眼的角度了……！」

現場的炮兵們提出遠比剛才的監督士兵更精確的狀況說明。這瞬間，艾露露法伊就像是被雷打中那般，腦中的許多線索一口氣全部串連起來。

「……難道，敵人是早就預測到這點……？」

艾露露法伊一邊因為從未承受過的衝擊而全身發抖，同時透過炮眼的洞口，瞪向在波濤洶湧大海上列隊的敵方艦隊。

＊

「……敵方應該差不多要察覺到我方刻意從下風處進攻的理由了吧。」

在帝國軍艦「新月號」的前桅監視臺上。黑髮少年一邊抓住扶手抵抗來自正面的強風，同時觀察混亂的敵軍。旁邊還可以看到因為擔心他而跟來監視臺的副官蘇雅的身影。

「敵方炮擊打不到這裡……伊庫塔中尉，這是……？」

「這裡面沒什麼困難的道理。讓船隻側面正對著吹來的風，當然會讓船體倒向下風處，今天這種風勢強勁的日子會更嚴重。而船體傾斜，就代表裝在船舷的爆炮也會跟著傾斜。換句話說，所有的炮身都會朝下。」

透過眼前的光景，伊庫塔取得作戰第一步確實有效的反應。他一邊看著望遠鏡，同時半自言自語地繼續說明。

「如果只是不嚴重的傾斜，大概可以靠提高炮台本身的仰角來調整……正因為如此，我方才會選擇風勢強烈到甚至超過調整上限的今天。從一開始就放棄處於上風處的優勢，為了縮短爆炮的射程而從下風處進攻。如同預想，對方的最大射程已經降低到平常的三分之一以下。」

聽到了這番彷彿在表明並沒有發生任何不可思議狀況的解說，他的副官拚命讓理解力能夠跟上……為了讓自己身處跟在這長官身邊的立場卻又不顯得突兀，蘇雅也從平常就付出許多努力。

「……到封鎖炮擊這段的理論我可以理解，但是，還是有無法想通的部分。什麼程度的風和什麼程度的傾斜能造成敵方爆炮的射程大幅減少——沒有搭乘過爆炮艦的伊庫塔中尉為什麼可以如此深入了解？」

少年嘴角浮現出一絲微笑。蘇雅很清楚，那是他聽到好問題時的表情。

「……在『暴龍號』上第一次看到爆炮艦時，我第一個印象是『這東西並不洗練』。作為裝備爆炮的船艦，我認為整體的造型與構造還是有不相稱的部分。特別明顯的是船體側面的炮眼尺寸，看起來那樣實在太小。所以我懷疑，根據運用爆炮的狀況，那尺寸是不是會在調整射擊角度時造成阻礙。」

蘇雅倒吸了一口氣。身處船隻本身幾乎沉沒的激戰，而且自身也負傷面對生命危險的狀況下，這少年居然還能觀察敵艦到如此詳細的地步。

「當然，光這樣還無法擠出具體弱點。所以接下來我去請求經驗豐富的各位船員提供意見。因為有詳細記錄爆炮艦的外型、尺寸以及航行速度，要請他們推測出哪種程度的風勢會讓船身大幅傾斜並不是太困難的事情。」

「可……可是，敵方的爆炮艦不一定全都採用相同構造吧？剛才中尉提出的炮眼過小問題也有可能會在之後建造的船艦中獲得改善……」

「那不可能。就算齊歐卡有造船的天才，要製造出能以高水準對應爆炮搭載需求的戰艦，過程需要的反覆試驗程序還是嚴重不足。妳可以試想看看，對齊歐卡軍來說，即使把之前碰上『暴龍號』那回也算進去，這也只是他們第二次在實戰中投入爆炮艦的案例。因此至今為止，他們幾乎都沒有實際驗證在戰場上使用時的便利性。換句話說，現在出來應戰的那些船艦實際上等於是測試作品而已。」

少年繼續解釋。幾乎其他帝國軍人都沒察覺，這正是爆炮艦因為是新武器才會出現的缺點。

「假設齊歐卡有造船的天才技師，而且那傢伙也主張『應該要讓炮眼的尺寸更大』。不過在這意見實際反應到設計上之前，應該會遭遇到相當激烈的反對。畢竟炮眼是在船身側面挖出來的洞口，擴大洞口會直接導致船體進水的風險變高。如果要執著於船艦本身的性能，炮眼應該是愈小愈好。

既然爆炮是剛完成沒多久的武器，那麼在齊歐卡的造船現場，應該有很多人比較想把船隻本身的性能視為優先條件吧。想說服那些傢伙，要靠實際證據，也就是必須明顯展示出『炮眼太小導致的弊害有多嚴重』這點。不過，為了達成這目標，需要——」

「……爆炮艦本身在實戰中的運用經驗——對吧？而現在的齊歐卡還欠缺這種實例。」

蘇雅找出解答後，繼續反覆思考過程。伊庫塔偷看那認真的側臉，確定自己的副官應該會繼續成長。跟在他身旁而持續受到的刺激，對蘇雅・米特卡利夫的思考迴路帶來巨大的影響。

「不管怎麼說，這下封鎖了靠爆炮的單方面攻擊——敵方將領會怎麼做呢？」

*

「……把位於炮列左右兩端的炮台各一個，還有現在堆在這裡的炮彈的三分之二都立刻移到右舷的炮台甲板！快！」

艾露露法伊靜靜思考一會之後，很快對著束手無策的炮兵們發出這種命令。

「啊……是！」「快搬！你抓好那邊！」「大炮要通過！快點清出空間！」

雖然有極少數的人無法理解她的意圖，但是這瞬間卻沒有任何人還愣著不行動。這可是太母下達的指示，不會有人懷疑其價值。

「叫船上也把人手派過來！要把船隻重心暫時移向右舷！這樣做應該會讓傾斜的船身被拉回一

點！」

這下幾乎所有人都想通了。她是想要藉由移動重心，來讓被強風吹到傾斜的船體恢復原來位置。由於大炮和炮彈都是鐵塊，只要移動場所，就能直接當成壓倉物。雖然對必須搬運的士兵來說那是很辛苦的工作，但船內還有這種程度的人手。

「也用光信號傳達給其他船艦！叫他們先把三分之二的炮彈和兩門大炮移動到右舷，直到跟敵艦間的距離縮短到兩百公尺內之前都這樣戰鬥！即使間隔看起來很近也沒有必要驚慌！敵人處於逆風位置！無法正面朝向我方移動！」

士兵們對太母的發言寄予全面信賴，片刻不停地繼續行動。艾露露法伊以信賴眼神望著他們的背影，但實際上內心卻遭到嚴重的掙扎侵襲。

「……真是讓人煩惱……我實在很想乾脆讓所有船艦都轉向下風處。光是那樣做就能讓船身的傾斜恢復正常，大炮的射程也會恢復。很容易就能從側面讓敵方受到炮擊，但——」

無論如何，她都必須甩開這誘人的誘惑。在這時選擇切向逆風位置並趁著和敵人錯身而過時展開攻擊——換句話說，這個選擇就是要展開反航戰，也就是雙方各採用相反的航行方向並進行海戰的一種戰法。

處於順風優勢反而成了缺點的現狀，乍看之下，那似乎是單純的好主意。和敵方艦隊保持平行，趁著彼此交錯而過時擊出炮彈攻擊，接著只要保持距離並繞到對手後方繼續炮擊即可。到時應該可以讓情勢演變成和目前在後方布陣的二十艘僚艦一起展開夾擊的戰況吧，正可說是一網打盡——要是再稍微欠缺考慮，說不定她已經實行了這個念頭。

「……有兩個陷阱。首先在反航戰中，能對敵方使出炮擊的時機只有一次，也就是彼此錯身而過的那瞬間。就算爆炮的確強大，光是這樣恐怕也無法對大部分敵艦造成強烈損害。」

艾露露法伊用力咬牙。為了告誡自己，她繼續自言自語。

「另一個陷阱是只要繞到敵方背後，就能夠和目前待在後方的二十艘僚艦一起展開夾擊——這個想法本身就是決定性的錯誤。要是演變成那樣，敵人會立刻切換成亂戰。因為從敵我雙方混戰的那瞬間開始，遠方的爆炮艦就再也無法出手。」

爆炮的命中精準度並沒有絕對到能夠在雙方艦艇交雜的亂戰中只針對敵方射擊。既然不能接受誤擊僚艦的後果，那麼遠方的爆炮艦到頭來只會被迫旁觀。如果硬要參加戰鬥，只能前進到不必擔心誤擊的近距離後再發動炮擊……然而這種情況下必定得放棄爆炮艦最大的優勢，也就是距離。

艾露露法伊的內心已經沒有任何懷疑，確定帝國軍是因為評量到這種發展後才發動攻勢……僅僅遭遇過一次，僅僅觀察過一次，就正確看穿新建爆炮艦的缺點。換句話說——敵軍裡有能夠辦到這種事情的人才。

艾露露法伊感覺一股寒氣爬上背脊。在她認識的人物中，只有一個人能做到這種事。敵方存在著能夠和那個白髮將領媲美的威脅——這個推測在「白翼太母」胸中喚起彷彿漩渦般的戰慄感。

「……一瞬的大意就會威脅到生命，大家要好好記住——這次的敵人很強。」

＊

「左滿舵！」

西古魯姆海校那跟怒吼沒兩樣的叫聲響遍甲板，帝國軍艦「槍魚號」的船體往左舷大幅傾斜。在左右和後方列隊的僚艦們也在同一時機進行迎風換舷，切換前進方向。

到達爆炮的有效射程前，所有艦艇都配合旗艦「黃龍號」降低速度。即使在強風中操控船隻需要高水準的技術，然而依舊沒有任何一艘船在艦隊運動中落後，只能說是不愧是帝國海軍。馬修再度親身體會到他們的實力。

「……嗚！」

在他視線前方，海面冒起幾根水柱。同樣是炮擊，和從船上發射後飛不到兩百公尺就落入海中的前一次相比，這次的射程提昇了大約五成。只是水柱的數量減少到約剩下四分之三。

微胖少年稍微思考了一會，就正確判斷出這光景代表的意義。

「呃，我記得這樣確實是……對，把一部分大炮移往右舷減少船體傾斜。在伊庫塔的預測中是『最棘手的情況』。」

馬修腦裡回想起黑髮少年的聲音——如果敵人的指揮官是個愚將，光是對預料外的狀況感到束手無策，大概就會浪費不少時間。如果是平凡將領，應該會切換成先進行反航戰再夾擊的戰術。然而如果是名將，會不惜暫時減少炮門也要固守上風處。在這種情況下，你們風槍兵必須好好工作一

番──

「……風槍兵第四班，在右舷船頭甲板集合！一邊注意不要妨礙到船上作業，同時適度散開舉槍備戰！」

聽到命令後，風槍兵一起從樓梯口往外衝。看到部下們各自在船艦前方右側找好位置後，馬修以不輸給風勢的大音量做出指示。

「接下來要開始壓制射擊！每兩個伍為一組，統一射擊目標，以一齊射擊瞄準敵艦的炮眼！現在還可以無視船上的敵兵，重點是盡量讓爆炮無法行動，知道嗎！」

「「「「「是！」」」」」

「對物膛線風槍的狙擊手暫時先優先觀察敵人，不必射擊！要看穿可能狙擊這艘船的大炮並發出通知！我會根據情報，逐一做出變更射擊目標的指示！你們要給我聽清楚並好好記住！」

「「「「「Yes, sir!」」」」」

聽到馬修這種以正面意義放鬆了緊張情緒的命令，部下們也沒有感到不安，直接服從……因為在北域突破死線而促使評價提昇的人並不是只有伊庫塔和雅特麗。這個微胖少年也逐漸被士兵們認同為一個能夠把性命託付給他的將領。

另一方面，還有一個人在遙遠上方的監視臺觀察馬修的情況。在這艘船上幾乎陷入孤立的波爾蜜紐耶．尤爾古斯邊盡全力達成被賦予的觀測任務，同時以羨慕的眼神望著現在仍舊精力旺盛地指揮部下的馬修身影。

「……北域動亂的英雄嗎……」

她喃喃自語。波爾蜜已經在「暴龍號」上體會到這評價絕對不是誇大其詞，也很清楚對方遠比自己更具備戰場上人員應有的心態。

「……可是，我也可以……我也……！」

由於太過用力，抓著扶手的手指已經泛白……波爾蜜反覆回想著死去部下們的臉孔與名字，現在仍舊尋找著能向他們表達歉意的方法。

「好，開始一齊射擊！」

在攻擊命令後，壓縮空氣炸開的聲音尖銳地刺激耳朵。無視於她內心的掙扎，戰場一刻刻變得更加嚴酷——

＊

「……嗚啊！」「咦！」「哇……哇啊！」

在和齊歐卡艦隊旗艦「白翼丸」一起組成單一戰列線的八艘爆炮艦上，所有船艦的左舷炮台甲板內都響起水兵們的慘叫。手腳或肚子被擊中的人翻滾著倒到地上，他們一邊扶起負傷的同袍，同時咂嘴地從炮眼口退開。

「可惡！帝國那些傢伙……！居然用風槍集中射擊炮眼！」

「沒辦法對應嗎！這樣連裝填彈藥都有困難！」

目睹同袍在眼前被擊中的光景，讓炮兵們猶豫著無法繼續工作。馬修等人的攻擊出現預期的效果，他們的目的並不是要殺死敵方士兵，而是要盡量減少爆炮的發射頻率。

「沒辦法！裝填炮彈的期間把炮眼關上！雖然會多增加手續，但這樣就不必畏懼槍擊！」

負責監督的士兵下令後，炮兵只能實行這對策。在炮眼被一一關上的情況下，他們一邊聽著彈雨打中船體側面的聲音，同時迅速將炮彈塞進炮管裡——

＊

「……艦隊前列即將進入爆炮的射程範圍內，尤爾古斯上將。」

在帝國艦隊旗艦「黃龍號」的艦尾甲板上，暫時離開展帆作業監督崗位的剛隆海校平靜地對長官提出警告。

「嗯，我明白，接下來不可能完全無傷。」

回答的尤爾古斯上將臉上也帶著強烈的緊張神色。原本配合「黃龍號」而放慢的其他僚艦已經開始逐漸提高航行速度，在下一次的艦隊運動——迎風換舷之後，他們就會完全搶先在旗艦前方吧。

為了盡早要衝進敵方艦隊裡。

「唉，真讓人不甘心……！要是配合這巨大船體的速度，靠近敵人前不知道會受到炮擊的多少損傷。雖然我非常清楚這一點──但是我本身還是很想搭乘最需要駕船技術的先鋒船艦。」

「我實在無法同意，不管是爆炮還是膛線風槍，都是最適合讓站在最前方的得意忘形指揮官突然喪命的武器。畢竟沒有人能保證在正要衝鋒的關鍵時刻，會不會有湊巧飛來的炮彈與上將的頭部發生了命運般的相逢。」

「雖然聽起來火大但很有道理！明明宣稱保身行為很蠢的人不就是你嗎！」

「即使迴避戰鬥的結果導致上將被左遷，第一艦隊也能繼續存在；然而在戰爭中上將一旦死亡，艦隊本身將會陷入危機。所以我想那樣其實也很蠢。」

「下一次要不要真的捏爛這傢伙的那裡，讓他成為侍童呢……」

尤爾古斯上將先瞪了一眼把想講的話全都講出口還滿臉若無其事的副官，才再度把視線朝向前方。連剛才和旗艦並排的後列僚艦，現在也領先了兩個船身的距離。至於更前方的前列船艦，已經逼近到距離敵艦略多於三百公尺的位置。

「──好了，終於要開始了。考驗海盜軍的勇氣和技術的三百公尺。」

「聽好！迎風換舷！」

在西古魯姆海校的命令下，船員們操作帆桁，讓帝國軍艦「槍魚號」的船體隨之斜向朝著上風處移動。和本艦組成橫列並排的僚艦也同樣改變航行方向，和十六艘齊歐卡船艦的距離愈來愈接近。

「所有人變更射擊位置！往右舷移動！」

在船頭甲板上，部下們正根據馬修的指示行動。由於船的方向會隨著迎風換舷而改變，他們也必須在船頭甲板的另一側重新布陣。在新的位置重新瞄準目標的同時，士兵們發出興奮的喊聲。

「哈，敵人這麼膽小真輕鬆啊！」「沒錯，只要攻擊蓋子打開的位置就行了。」

在裝填炮彈的期間，敵人靠著關閉炮眼來躲避射擊。然而看在攻擊方眼裡，這樣反而方便。畢竟他們只要「攻擊炮眼打開的位置就行了」。比起不確定哪個大炮會攻擊的情況，現狀更容易集中射擊。

「別大意！接下來才是重頭戲！敵方的炮擊開始能打中了！」

然而，馬修卻以嚴厲的聲音警告部下不要過於樂觀。即使承認戰況按照預想發展，他也絕對不會掉以輕心。現在只是敵人的拳頭尚未到達。

微胖少年很清楚，那種能把軍艦側面當薄紙般突破的威力，還有只需一擊就能夠奪走船員全部戰意的衝擊，他都已經在「暴龍號」上親自體驗過。正因為如此……

「——炮擊來了！所有人快找個東西抓緊——嗚！」

馬修先看穿炮擊的時機，以最大音量吼叫。不只是對自己的部下，也為了要帶給搭乘同一艘船的所有人名為「心理準備」的精神防禦。

下一瞬間，船體兩側立刻冒起水柱，從海面傳來的壓力讓「槍魚號」的船體往左右劇烈搖晃。腳步不穩的幾個士兵倒下，被濺起的海水則從上而下地淋在他們身上。慘叫形成的合唱響遍整個甲板。

「……嗚……！」

馬修抓著繩梯忍耐衝擊，同時感覺到有類似嘔吐感的恐懼湧上喉頭——僅僅兩發炮彈擊中附近海面就帶來此等衝擊，但是接下來還必須更靠近會接二連三擊出這種玩意的對手……！

「有人落海！船上有人落海——！」

背後響起的這喊聲讓微胖少年一驚，連忙轉身。仔細一看，幾個士兵正靠在舷側的扶手上，滿臉焦急地指向海面。馬修也反射性地探出身子望向大海。

「……在那裡！快丟出救生圈……！」

在十幾公尺下的海面上，可以看到拚命揮動雙手的落水船員。每當海浪打來就會重複下沉又浮上的狀況，然而這種抵抗不可能維持太久。有個水兵從船上丟出綁著繩索的救生圈……但是這一縷希望卻落在與落水船員有好一大段距離的海面上。

「喂！是那邊！快游去那邊！」「不是那裡！是右邊！」「別這樣！別被沖走啊！」

船員們紛紛大喊，試圖誘導落水船員前往救生圈……然而，這些努力只是白費力氣，落水船員已經到達極限。一波特別高的海浪蓋住船員探出水面的腦袋，就像是帶著惡意，把落水船員的全身都拖進海裡。

「司……司帕斯！」「可惡！」

領悟到同袍已經沒有救了的水兵們一邊怒吼一邊狠狠踏著甲板……由於海面波濤洶湧，再加上船隻本身也在移動，和落水者的距離每一秒都愈拉愈遠。成功救助的機會打從一開始就很低，馬修感到顫慄的同時也領悟到——這種狀況下的落海就等於死。

「嗚……！」

將同袍殘酷的死深深印在腦中後，馬修把視線放回船頭甲板。他重新面對還沒從炮擊衝擊中恢復的部下，扯開嗓門大吼。

「……怕什麼！我方怕得越久，敵人就會擊出愈多炮彈！海上無處可逃！不想死的話就別停手！」

他把想發出慘叫的真心話給吞回肚裡，發出命令。馬修勉強守住了身為指揮官的義務，在長官的激勵下，差點因為衝擊而失去正常判斷力的士兵們也開始行動。

「可惡！怎麼能被那種東西打中……！」「要在被打中前先幹掉你們！」

士兵們各自怒吼著並重新回到崗位，經過不到十秒的中斷，壓制射擊再度開始。配合事前的警告，微胖少年成功讓整艘船的動搖壓到最小限。

「波爾蜜，妳沒事吧？沒因為剛剛那樣摔下來吧？」

確認部下們回歸戰線後，馬修把視線往上抬，對著前桅的監視臺大喊。等了幾秒後，緊抱住扶手的波爾蜜揮揮手像是在表示沒事。微胖少年鬆了口氣把視線移開。

「整個艦隊已經完全進入敵方射程了……！僚艦沒有受損吧！」

「——還……還以為會死。」

航行於戰列北端的帝國軍艦「新月號」上，伊庫塔和蘇雅在前桅的監視臺裡倒成一團。

「在船隻附近落海的炮彈就造成這種衝擊嗎……幸好有綁著救命索。蘇雅，妳沒事吧？」

「沒……沒事！我不要緊，所以那個……！」

察覺到自己被從後方抱住，蘇雅慌忙起身。伊庫塔跟著她站了起來，把手放到自己腰上像是在確認狀況。

「……嗯，開始恢復的腰也沒有惡化，幸好妳像羽毛般輕。」

「說……說什麼呢！總之我們下去吧！這裡太危險了！」

「妳現在就下去吧，不過我要留下。我必須觀察敵方的反應。」

伊庫塔說完，再度拿起即使跌倒也沒有放開的望遠鏡。看到副官依舊很擔心地望著自己，少年帶著苦笑回應。

「別擔心，下去吧。畢竟正在下將棋，我可不能從棋盤前離開吧？」

*

「——完全沒命中嗎？」

艾露露法伊在「白翼丸」上觀察敵方艦隊進入射程後的第一擊。然而炮擊只有攪亂海面，沒能對任何一艘敵艦造成損害。

「也沒辦法，畢竟因為船體傾斜導致能使用的大炮本身已經變少，再加上持續受到如此煩人的壓制射擊……」

「要催促士兵發出下一次炮擊嗎……？」

在旁邊待機的副官提出問題，但，太母毫不猶豫地搖頭。

「相反。裝填可以維持現在的步調，但是要命令他們慎重瞄準。命中數為零正是炮手心浮氣躁的證據。還有，對了……士兵們似乎是在畏懼壓制射擊，所以把盾牌送去炮台甲板吧，數量跟炮眼同樣即可。」

在講這些話的她前方，也有保護指揮官的士兵舉著大型的長盾牌。可以把一整個人都藏在後方的盾牌原本是像這樣避免指揮官被流彈擊中的東西。艾露露法伊毫不猶豫地下令把這些東西轉給炮兵們使用。

「沒有什麼好猶豫，這場戰爭的勝敗會取決於爆炮的運用上。」

「是！正如您所言！」

聽令的副官衝向樓梯口。艾露露法伊以尖銳眼神望著逐漸逼近的敵人，同時冷靜地思考下一步。

「……再過一會，就把移往右舷的大炮放回左舷。因為少了擊發的炮彈，左舷應該已經變輕，這樣應該還是能維持射程。從那時起就能以最大火力迎擊敵艦，但——」

她心裡想像著危險搖晃的天秤，嚴肅地抿緊嘴角。

「——機會並不多。到雙方接近為止，到底能讓多少敵艦無法航行呢？」

＊

在雙方艦隊逐漸縮短距離的情況下，彼此必須具備的條件其實是同樣的趨勢。帝國海軍要靠著最高效率的艦隊運動和壓制射擊來賭上勝負，齊歐卡海軍要以最大效率的爆炮運用來迎擊。指揮官的判斷力和士兵的訓練程度，再加上運氣要素的結果即將呈現在眾人眼前。

「嗚哇……！」「雷……雷雲號中彈！」「右舷側穿孔！」

進入射程後第二次的炮擊終於造成第一艘被打中的船艦，擊中船隻側腹的炮彈貫穿外層，到達船內第二層的倉庫。從甲板探出身子確認被擊中部位的「雷雲號」船員們從那瞬間開始以全力來阻止船艙進水。幸好這次被打出的洞穴還高於吃水線，對航行能力的影響很微小。

「嗚……嗚啊……！」「好……好痛……混帳……！」「快搬送傷患！醫務兵！」

第三次的炮擊打中「蝦蛄號」和「白鮫號」，這兩艘船上負責甲板作業的水兵們出現許多死傷者。其中「白鮫號」因為傷患都是負責控制船帆的老練船員，因此對船隻操控的負面影響已經到了無法忽視的地步。

接著第四次炮擊，有五艘船被打中，其中一次落到航行於隊列中央的「槍魚號」船上。

有什麼東西以肉眼無法辨識的速度飛過頭頂。馬修正這樣想，船體後方已經爆出轟隆聲響。

「嗚喔……！」

微胖少年勉強撐過幾乎把自己甩向大海的上下晃動後，把視線投向後方。只見隔著三根船帆，另一邊已經冒出滾滾塵埃，周圍的船員也極為慌亂地往後方聚集。

「不妙，是艦尾甲板被打中嗎……？」

即使感覺到手腳發冷，馬修首先還是指示部下們繼續射擊，然後才跑向艦尾。幾乎是從監視臺上直接跳下來的波爾蜜也跟他會合。不需多少時間，受到炮擊的艦尾慘狀就映入兩人眼裡。

傷痕一目了然。艦尾甲板從船舵正後方整個下陷，像是被挖出一個大洞，周圍倒著四個人。其中兩人似乎已經失去性命，至於受傷並發出呻吟聲的另外兩人之一，連馬修和波爾蜜也只要看一眼就能判別出對方是誰。

「西……西古魯姆海校……！」

明白事態多麼嚴重的馬修衝向傷患，負責擔任「槍魚號」艦長的強壯老人那外露的右肩和背後都流出鮮血，整個人倒在甲板上。看來受傷的原因並不是被炮彈本身擊中，而是中彈後的餘波導致。乍看之下，無法判斷負傷的程度。

「可……可惡……偏偏在這種時候，好運離我而去了嗎……」

西古魯姆海校一邊帶著痛苦表情抱怨，同時以沒事的左手在甲板上四處摸索，尋找掉了的菸斗。很快就有五名醫護兵帶著擔架趕來，然而他在麻煩醫務兵照顧前，先發出彷彿負傷猛獸的嘶啞吼聲。

「等一下再療傷，我知道自己已經無法站起來指揮！現在要先叫庫奇……叫庫奇那個老頭過來……！」

「我在這裡，西古魯姆老頭。」

從意料外位置發出的聲音讓馬修和波爾蜜都訝異地抬起頭。他也是察覺到緊急事態而趕來此處吧。身為已沉沒船艦「暴龍號」艦長的拉吉耶希．庫奇海校搖晃著那隨意留長的白鬍鬚，正握著船舵站立。

「囉唆！我還不是老頭！重點是工作！代替我指揮這艘船！」

這發言讓聚集到艦尾的一部分人員臉色變了，是西古魯姆海校手下的「槍魚號」海尉們。之前在軍官集會室裡刁難波爾蜜的青年軍官和女性軍官紛紛往前站，像是現在時機正好那般地開始提出自己的意見。

「艦長，指揮請交給我！我會完美達成！」

「我也贊成波姆海尉的意見！何必依靠身為客人的庫奇海校！」

尤琳二等海尉也跟著青年軍官質問長官。作為正式船員，他們的主張的確理所當然，但西古魯姆海校卻一臉嚴肅地搖了搖頭。

「別讓我得一一說明！我意思是你們扛不起這責任！要是你們能在如此凶暴的風勢下『完美辦

到』逆風駕船，我早就把艦長位置讓給你們了！」

「別激動，西古魯姆，就算是你也會影響到傷勢……總之，接下來『槍魚號』的指揮由我代為掌管，可以吧？」

白鬍老人靜靜確認，兩人之間進行旁人無法介入的溝通。

「……嗯，交給你。要是失敗，之後我會痛扁你。」

「到那世界也打算靠腕力講理嗎？你真的都沒變。」

聽到老友苦笑，西古魯姆海校哼了一聲轉開臉。醫護兵認為這是命令，於是把他放上擔架運走。另一名傷患的舵手也和其他兩人的屍體一起被送往船內。

「——好啦，狀況正如各位所見，接下來你們得接受我的指揮。我想也有人心懷不滿，但別講出來，給我全吞下去。現在沒有任何時間可以花在議論上。」

老人說完，以銳利眼神瞪向軍官們。這種和衰老印象相反的冷靜魄力把眾人的反駁都逼回喉嚨裡。

「……不，能請『白鬍庫奇』擔任指揮官，我們當然沒有不滿……」

波姆一等海尉代表其他所有人講起客套話。輕輕點頭回應後，庫奇海校把視線放回手邊的船舵。

「那麼波姆海尉，你負責擔任舵手。原本崗位交給副官也沒問題吧？」

「是！」

「很好，其他人立刻回到自己的崗位——好了，不要拖拖拉拉！像這樣愣住不動的時候萬一再挨了一發炮擊，這條船真的會完蛋！」

老將的一喝讓水兵們回神，紛紛四散奔回自己的崗位。受到影響的馬修也轉過身子——卻發現身旁呆站不動的女性身影，趕緊又停下腳步。

「妳在幹什麼，波爾蜜紐耶海尉，妳也回到崗位。」

庫奇海校口中講出冷淡的命令。這瞬間，波爾蜜羞愧得簡直想要殺掉對老將掌握指揮權的狀況抱有微微期待的自己，立刻轉身在甲板上開始奔跑。

「……嗚……」

馬修原本想說什麼，但很快就發現自己沒有什麼好說。他搖頭甩掉迷惘，也衝向部下們正在等待的船頭甲板。

帝國海軍第一艦隊拚命重建已經被打亂的戰列，繼續逼近處於上風處的敵方勢力。距離終於只剩下三十公尺，甚至能看清在彼此船上行動的水兵臉孔。這瞬間——宣布這局面進入尾聲的炮擊一齊噴火。

「嗚喔喔喔！要撐住！」「右……右舷側中彈兩發！」「可惡！主桅被打中了！」

這是從極近距離精確瞄準的炮擊。被擊中的船艦有八艘，其中兩艘的後帆和主帆從中間被打斷，無法航行。還有三艘船艦是吃水線以下的側面被擊中，這幾艘船已經極為接近沉沒的命運。然而，即使如此。

「上將！剩下船艦是三十八艘！」「很好！給我衝過去！」

在慢了一步才跟上僚艦的黃龍號艦尾上，看清戰況的尤爾古斯上將鼓起鬥志。因為他知道己方已經達成最初的關卡，也就是要在保持數量贏過敵方艦隊的情況下縮短距離。

＊

經歷到此為止的炮擊後，無法航行的帝國軍艦是兩艘，其他看來受到致命傷的有四艘，船帆或繩索器具等受到傷害導致航行速度減緩的有七艘。經歷過三百公尺的攻防後，這就是結果。

「……真了不起，居然只有這點損傷。」

正確掌握結果的艾露露法伊只能率直承認這是連預定的一半都未能達成的戰果。除了自己的估算太過天真，她也被迫體會到敵方那種超越想像的韌性。然而——即使如此，下達下個命令的緩衝時間幾乎是零。

「中斷炮擊！改為執行敵方戰力具備優勢時的計畫四！開始艦隊運動！」

用來傳達的銅鑼被敲響，在海上傳播的音色告知目睹敵方已經逼近眼前的僚艦，下一步該怎麼行動。雨滴混在變強的風勢中開始落下，宣告第二局面正式上演。

＊

帝國軍艦「新月號」上。堅持留在監視臺上觀察戰況的伊庫塔視野中，排成單一戰列線的十六艘齊歐卡軍艦分別採取兩種行動。八艘爆炮艦開始準備朝著後方上風處進行逆風航行，然而剩下的八艘一般船艦則是挺身向前，像是想要保護其他僚艦。

「……不管怎麼樣都不打算放棄上風處嗎！再怎麼會忍耐也該有極限吧！真是！」

原本期待對方這次會改為反航戰的少年忍不住咒罵違背自己預測的敵方將領堅定態度。他也能看穿敵人的目的。一方面把接近戰交給一般船艦，同時打算讓珍貴的爆炮艦暫時退往上風處。

「果然至今為止都在後方待機的二十艘船艦也開始行動，應該是打算和眼前這八艘船艦會合並演出接近戰吧……雖然我方也期待這種發展，但不能讓爆炮艦那麼簡單地就逃走。」

少年把望遠鏡收進懷裡像是在表示他只旁觀到此，接著以媲美蟑螂的速度爬下繩梯回到甲板上。在蘇雅指揮下進行接舷衝鋒戰準備的部下們雖然把視線朝向這邊，但他把這部分交給可靠的副官，直接跑向艦尾。

「阿古西艦長！爆炮艦要逃了，能躲過前方敵艦追上去嗎？」

「喂喂，這要求也太困難了吧，小子！你也知道上風處和下風處的船哪邊比較能自由行動吧？在這種狀況下，敵人即使必須直接撞上來也會阻止我們！」

虎背熊腰的「新月號」艦長快活回應。在到今天為止的航海期間，靠著天生的三寸不爛之舌和

齊歐卡海軍 第四艦隊
退避
退避
退避
退避
前進
順風
激烈衝突
逆風
E
W
卡托瓦納帝國海軍 第一艦隊

名酒「遙遠南海的神酒」的威力，伊庫塔和這位艦長建立起相當良好的互動。

基於對方好戰又很乘興的個性，黑髮少年再進一步慫恿。

「沒錯，我知道！一般來說應該很困難，但我還以為帝國海軍中第一的船員，阿古西艦長或許能夠辦到！是不是我有點期待過頭了呢！」

「……！你這混帳小子說什麼？我可沒有講過辦不到吧！別自己先下結論！」

阿古西艦長的思考從慎重傾向冒險。既然如此容易誘導，就算放著不管也會從一開始就做出相同行動吧？伊庫塔不禁苦笑。事到如今他根本不會感到驚訝，畢竟卡托瓦納海盜軍這個組織到頭來就是由這些蠢蛋組成的集團。

「去旁邊睜大你的眼睛！我會讓你看看特別的技術！絕對別看漏！」

艦長宣言之後，一邊吩咐新人手加入前桅和後桅的操縱，同時也對逐漸逼近的敵艦繼續投以銳利視線——已經往逆風方向航行到極限的「新月號」無法繼續把前進方向往上風處變更，能做到的只有把船舵往左打往下風處移動，然而敵人不但看穿這點，還會從難以躲避的角度來勇猛發動撞角突擊吧。

「哼！很好——右滿舵！」

然而，在應該只能把船舵往左打的狀況下，阿古西艦長卻下達了背叛那前提的命令。即使如此，舵手還是毫無動搖地把船舵往右切。

「放出前桅上的各面船帆，讓船帆以背面受風！後桅相反，讓風穿過！」

船員們立刻回應並操作船帆，這瞬間開始演出雜技。前桅上的所有船帆都攤開並承受來自左舷的風，但是角度調整到和風向平行的後桅所有船帆則是讓風壓直接通過，幾乎完全沒有抵抗。結果——因為切了右滿舵而朝往右邊的船頭在只有前桅承受的風力作用下，就這樣一口氣轉向了下風處。

「喔……喔喔……？」

船體的激烈運動讓伊庫塔失去平衡，他抓住繩梯勉強避免跌倒。連已經逼近眼前的齊歐卡船艦上也傳來驚愕的反應——把船頭一口氣轉向下風處的新月號利用這力道把艦尾甩向上風處，就在敵艦前方成功做出將近一百八十度的回頭動作。看在敵方眼裡，就是原本準備攻擊的帝國船艦側面突然從眼前消失。

「要交錯而過了，開始壓制射擊！」

手持風槍和十字弓的士兵們從近在咫尺的位置，瞄準沿著右舷側逐漸通過的敵方船艦開始一齊射擊。敵人也立刻展開反擊，但新月號的目標終究是爆炮艦。一方面重新把行進路線轉向上風處，同時把交戰時間壓到最少，再度開始航行。敵艦也慌忙想要重整態勢，然而卻沒有成功，反而受到追上來的後方帝國船艦撞擊。

「正如你的希望，我們逮住爆炮艦的屁股了！還有什麼怨言嗎，陸上的小子！」

阿古西艦長炫耀般地擠出上臂二頭肌並如此說道。伊庫塔也毫不猶豫地敬禮回應。位於上風處的爆炮艦似乎因為惡劣天候而難以操控，和新月號之間的距離已經大幅縮短。

＊

「快！再不快一點敵人就要追上來了！」

也因為炮擊中幾乎算是停船狀態，除了伊庫塔等人的「新月號」追趕的敵艦外，還有不少爆炮艦在轉向上風處時費了不少功夫。由於船速不提昇到一定程度船舵就無法發揮功用，因此不能立刻做出迎風換舷的動作。

「呼……呼……！」「怎麼能讓敵人追上！」「動啊！快動啊……！」

在屁股著火的狀況下，齊歐卡的船員們專心一意地投入船上工作。原本收起的船帆接二連三撐開後，船速也逐漸提昇。實際感受到這點的船員們紛紛放心地吐了口氣。

「趕……趕上了……！」「這距離能逃得掉！」「右舵！快點！」

負責掌管船舵的舵手也加強手上力道……然而，就算同袍再怎麼催促，舵手也不會基於獨斷轉動船舵，而是會等待船長確認船速和船帆展開程度後的命令。

「——好，右舵二格！」「是！」

聽到所有船員都已經久等的指示，早已做好準備的舵手轉動船舵。然而，同時他也察覺手上的反應輕得不自然。

「……？喂！怎麼回事！航行方向根本沒變！」

艦長發出略帶焦急的喊聲。這段時間內舵手也繼續拚命轉動船舵，然而不管轉了多少，對船隻的航向都沒有造成任何影響。只是在空轉——直覺到這點的舵手即使覺得不敢置信，但還是繞向船舵後方，檢查和船身相連的底部。

「……艦……艦長……！」「什麼事！」

聽到長官以尖銳聲音反問，負責掌舵的男子表情緊繃地舉起雙手。於是艦長看見——部下手中的動力傳達繩索從中間被悽慘截斷的模樣。

「斷……斷了……？怎麼可能！什麼時候發生這種事！」

也難怪他如此慘叫。直接影響船艦航行能力的船舵周遭是他們從平常就特別留心並徹底維修保養的部分，動力傳達繩索在航行途中斷裂是絕對不能發生的狀況，更不用說現在處於準備逃離敵艦的關鍵時刻。

出乎預料的意外讓兩人停止思考，這時船舵的一部分突然毫無前兆地碎裂。被碎片打到的艦長發出慘叫，而站在旁邊的舵手終於理解發生什麼事。

「……敵……敵人的狙擊？該不會這繩索斷掉的原因也是……！」

*

「敵艦，中斷轉往上風處的動作！推測已經成功破壞船舵附近設備！」

在帝國軍艦「日輪號」船頭甲板靠右舷處，觀察敵艦的觀測手對著頭上的前桅監視臺報告觀測結果。聽到報告後，在高處布陣的青年狙擊手微微點頭。

「好，從這邊再瞄準一艘……！」

利用固定器材，對物膛線風槍被架在監視臺的扶手上。托爾威．雷米翁一邊單眼看向瞄準器，同時開始尋找下個獵物。腳邊有包括他搭檔沙菲的三隻風精靈正在把壓縮空氣送進中型炮身裡。

正如「對物」這名稱所示，這武器射出的大型子彈比起對人，反而在破壞器物時更能發揮威力。雖然相當依賴使用者的技術，但是既然現在和敵艦之間距離已經縮短至此，甚至能像先前那樣狙擊舵周遭的設備。和打倒指揮官時會由次席軍官遞補的狀況不同，只要破壞船舵，到修好之前都能確實阻止敵艦行動。

「除非船舵能正常使用，不然他們已經無法逃往上風處。在這邊要盡可能讓爆炮艦故障並停住不動……！」

才剛確定下個目標，托爾威的食指就扣下扳機。他們這些狙擊手擊出的每一槍都在企圖逃走的敵人腳上纏住鎖鏈。

＊

「——爆……爆炮艦三艘遭到敵方扣留！另外兩艘也正遭受追擊……！」

在最先逃往上風處的齊歐卡艦隊旗艦「白翼丸」艦尾，透過望遠鏡確認僚艦狀況的船員發出慘叫。聽到報告的艾露露法伊狠狠咬牙。

「果然還是有船來不及逃走嗎……！」

這是能夠預料到的狀況。如果處於敵人已經逼近的狀況下，結束炮擊並逃往上風處的時機將會非常嚴苛。而且比較雙方船型，基本上帝國的前桅橫帆三桅船原本就比齊歐卡的三桅帆船更適合逆風航行。艾露露法伊已經做好心理準備，明白會出現一、兩艘沒能成功脫離的船艦。然而對物膛線風槍的妨礙與帝國海軍船員們的駕船技術卻超過預想，讓這數字更為增加。

「不過已經失去三艘，要是再增加會很不妙，至少必須留下半數……！」

艾露露法伊打算採用的戰術是率領剩下的爆炮艦先暫時逃往二十艘僚艦的背後，然後直接在上風處重新組成單一戰列線。

這種情況下，目標占領港口的帝國艦隊首先必須突破齊歐卡的二十艘一般船艦。但，成功闖過後又得再度面對爆炮艦。不太可能發生一口氣有大量敵艦闖越的情況，因此艾露露法伊等人只需要用炮擊確實解決少數漏網之魚即可。

話雖如此，除非關鍵的爆炮艦能保持絕對數量，否則這作戰只是畫在紙上的大餅。最少也要有四艘——要是全體的半數無法逃離，那麼戰術本身就不可能實行。已經有三艘爆炮艦被對方抓住，正在受到猛烈追擊的兩艘是否能確實甩開敵人將成為決定這場戰役勝敗的分水嶺。

「拜託了，葛雷奇……！你一定要保護他們！」

在明白一切的狀況下，艾露露法伊喊出最信賴的海兵隊長之名。

＊

「好！逮住對方的尾巴了！就這樣跟緊！」

在帝國軍艦「寶貝號」上，氣勢正旺的水兵們一起怒吼。他們追逐的爆炮艦已經近在眼前。被對物膛線風槍破壞繩索的敵艦暫時放慢了航行速度，而他們並沒有放過這個機會。

「小子們聽好，要進攻了！準備接舷戰！」

槍兵依舊待在船頭甲板持續壓制射擊，而手持寬刃彎刀的水兵們則接二連三地來到他們後方聚集。由於先前多次受到遠距離炮擊的威脅，一旦敵人來到自己能夠碰到的位置，戰意就無止無盡地往上膨脹。

「哼！終於！」「居然在船上打了個大洞……！」「讓你們嘗嘗厲害！」

由於現狀是從艦尾追逐打算逃往上風處的敵艦，所以不需要畏懼來自船身側面的爆炮。只要能保持這狀態追上，還能獲得登船攻擊的絕佳位置。滿心期待那瞬間快點到來的士兵之一因為太過心急，把身體探出船頭……

「你們這些混帳太得意忘形了！」

卻因為來自船身側面的強烈衝擊而落入海中，根本無法抵抗。

「嗚哇——！」「是敵艦！居然衝撞過來！」「敵人要登船了——！」

船上瞬間沸騰。趁著他們的注意力全集中在眼前的爆炮艦上，另一艘齊歐卡船艦從旁邊撞了上來。敵艦的撞角深深刺進「寶貝號」的舷側，手持武器的士兵們一個個登上兩船之間已經相連的甲板。

「可惡！居然無視我們只顧著追擊，你們也想得太美了，帝國軍！該不會以為齊歐卡海軍只有爆炮艦吧！」

歪著裂到耳朵的嘴巴，大搖大擺站在船頭的海兵隊長葛雷奇放聲吼叫。登上甲板的齊歐卡士兵和「寶貝號」船員開始戰鬥。

背對怒吼和彈雨交錯的戰場，九死一生的爆炮艦逐漸逃離——

「……嗚！『寶貝號』和『飛魚號』被敵艦纏住了！爆炮艦會逃走！」

從「槍魚號」船頭甲板觀察戰況的馬修大叫，在另一側的艦尾目睹同樣光景的庫奇海校下達命令。

「迎風換舷！除了這艘船，沒有其他船位於能追上那艘爆炮艦的位置！」

聽到老將的指示，擔任舵手的青年軍官把船舵打向右方。「槍魚號」到此為止已經靠著巧妙操控技術來避開兩艘敵艦的撞擊，結果就成為面對敵人以二十艘船艦構成的屏障後，少數能在這時間點成功突圍的艦艇之一。

「要靠這艘船去追嗎……！那麼，我們也得行動！」

發現船艦展開追擊的馬修也對船頭甲板的部下們下達新命令。於是無數的槍管以及對物膛線風槍那較粗長的炮身都一起朝向正逃往上風處的敵艦背後。

*

「——傷腦筋，還以為總算成功逃走，沒想到還有敵人繼續追上來。」

在齊歐卡艦隊旗艦「白翼丸」的艦尾甲板上，觀察僚艦情況的艾露露法伊低聲說道。她的視線前方有一艘打算逃往上風處的爆炮艦，正受到跟在後方的一艘帝國船艦——「槍魚號」的猛烈追擊。

「在這種惡劣天候下，居然能那麼自在地駕馭船隻……相較之下，我方僚艦光是要控制船隻就已經竭盡全力，無法集中在炮擊上。」

艾露露法伊狠狠咬牙。基於爆炮裝備在船體側面的僚艦構造，面對從艦尾追上來的敵艦，不管怎麼做都很難回以炮擊。如果想要確實應戰必須改變和敵人之間的相對位置，然而那樣做會導致逃往上風處的動作變慢。

要是大海的狀況更加平穩，齊歐卡水兵們對爆炮艦的操控也更加熟練，或許能巧妙駕船同時開炮攻擊——也就是「邊逃邊打」……然而，在爆炮艦實用化之後才過沒多久的現狀下，要求部下們嫻熟至此是強人所難。光是在航行方面直到現在都沒有出現嚴重失誤，就該算是表現優秀。

「——好，去救他們吧。把航行路線變更為朝向下風處。」

她下達彷彿理所當然的決斷，副官愣了一下趕到她身邊。

「您……您想讓本艦去救援嗎？太危險了！就算能幫助僚艦逃走，說不定會換成我們被敵人逮住……！」

「必須扛起這風險。既然已經有三艘爆炮艦被敵人扣留，那一艘能不能逃走會成為影響勝敗的關鍵。」

「我也明白這點，但是這艘『白翼丸』是我等的旗艦！包括太母大人您本身在內，要是有個萬一，將會無可挽回！就算要派船去救援，至少也要派出其他爆炮艦……嗚哇！」

這瞬間，側面受到海浪拍擊的「白翼丸」船體劇烈搖晃。艾露露法伊用雙手輕柔撐住差點跌倒的副官，同時在對方耳邊低語。

「……在浪濤如此險惡的大海上，先從這裡前往下風處，擊退敵人讓僚艦逃走後再逃回上風處，除了這艘『白翼丸』，還有其他船艦能辦到這種難題嗎？除了我以外，還有其他人有能力指揮嗎？」

找不出話回應的副官只能沉默。太母輕輕吻上對方的額頭，態度溫柔地像是在安撫胡鬧的小孩。

「……好了，不需要那麼擔心。只要由我負責指揮駕船，無論是多麼險惡的風浪都不足以畏懼。你們也知道——這艘船受到風的加護。」

艾露露法伊堅定地如此斷言後，抬頭望向在頭上盤旋的愛鳥。

「好了，走吧，米札伊！告訴我該往哪走！」

嗶……上空傳來鳴叫聲。聽到這叫聲的同時，艾露露法伊也做好準備，讓船舵打向下風處。

＊

「開始齊射！讓敵艦停止航行！」

在馬修的號令下，壓縮空氣炸開的聲音交疊響起。被聚集到船頭甲板的風槍兵們正朝著在前方約五十公尺處航行的敵艦集中射擊。

「船舵周遭果然被特別保護……！好，瞄準後桅的後檣縱帆繩索！只要讓對方的航行速度暫時變慢，我方就能夠追上！」

根據他的指示，在船上占據比其他人更多空間的對物膛線風槍的射擊手改變目標。雖然比不上托爾威那如同媲美神技的技術，但他們也是受過嚴苛訓練的精銳狙擊手。沒花多少時間就展現出成果。

「……命中！後檣縱帆繩索已斷裂！」

在馬修的視線前方，失去繩索張力的後桅船帆之一正無力地隨風飄盪。由於受風面積因此減少，敵艦也慢慢降低速度。微胖少年用力握緊拳頭。

「很好！這樣就能追上敵艦——」

「爆炮艦從左舷方向接近！警戒炮擊——！」

馬修正打算開始準備接舷戰，待在頭上監視臺的波爾蜜卻朝著下方喊出警告。他愣了一下看往左舷方向，只見那裡的確有一艘從上風處朝這裡接近的齊歐卡軍艦。微胖少年瞪大眼睛。

「那艘船……！明明已經逃走，又為了幫助僚艦而回來嗎？不妙，這裡已經在對方炮擊的射程內……！」

大吃一驚的馬修催促部下們提高警戒。同一時刻，在艦尾甲板上注意到敵艦從上風處航來的庫奇海校也湧上一陣危機感。

「支援出現了嗎……！小心點，船員們！對方已經開始掉頭！沒多久之後就會遭到炮擊！」

「槍魚號」船上竄過一陣緊張。所有船員幾乎才剛有這種感覺，在另一端掉頭的敵艦已傳出轟隆聲響。「快找個東西抓住！」——老將如此大叫後，來自橫向的衝擊立刻讓船體劇烈震動。

「嗚喔喔……！快……快確認命中部分！」

耐住衝擊後，馬修咬著牙發出指示。根據至今為止的經驗，他也能夠區別出近距離落海帶來的動搖和真正被打中時的衝擊。剛才的炮擊確實擊中了船體，問題是損害到什麼程度。

「左……左舷後方的船身被打中一處！貫穿到船內！」

「在吃水線上方還是下方！有沒有進水？」

「略微上方！進水……現狀似乎是沒有！」

部下以九死一生的表情報告。總算避開了致命傷嗎——馬修雖然如此判斷損害，卻無法就此安心。因為無法保證受到下次炮擊後還能平安無事。

「可惡！該怎麼對應……！」

微胖少年狠狠搔著頭。狀況不在伊庫塔傳授的計畫內，而且已經和當初一對一的追擊戰條件不同。考慮數秒後，他決定總之先請教長官的判斷並衝向艦尾甲板——來到目的地後，僅剩的少數樂觀卻遭到完全否定。

「……！喂，發生什麼事……？」

看到船員們以包圍船舵的形式聚集在一起，讓馬修的背後竄過一股寒氣。因為這狀況和西古魯姆海校受傷那時完全相同。少年推開水兵們闖入人牆內部後，發現在圓圈中心跪在地上喘個不停的老將。

「庫……庫奇海校！您是因為剛才炮擊而哪裡受傷嗎……？」

乍看之下沒發現外傷，然而白髮老人卻按著胸口縮成一團沒有回應。馬修正感到困惑，察覺異變的波爾蜜也從監視臺下來並趕來現場。

「您怎麼了，庫奇爺爺！」

聽到她驚慌失措的喊聲，老人終於有了反應。他拚命調整慌亂的呼吸，像是硬擠般地把每一句話慢慢說出口。

「……我沒有……受傷……但，傷腦筋……剛剛的震動讓我發作了……」

光講這些話似乎就造成很大負擔，庫奇海校用雙手很痛苦地抓緊胸口。根據先前發言配合這種模樣，馬修和波爾蜜都倒吸一口涼氣。

「……胸部有病……?怎麼會……什麼時候開始的……!」

和激動得雙肩發抖的波爾蜜相反,馬修反而覺得總算理解——仔細想想,他一直覺得不太對勁。這位年老的艦長把船艦託付給還年輕的部下。然而跟這種類似隱居的印象相反,在第一次與爆炮艦交手時展現的精彩指揮,還有讓處於發愣狀態的水兵們恢復戰意的那一喝,以及脫離絕境的駕船技術——光看這些表現,他應該沒有任何不足以擔任現役的條件。

「由於庫奇海校健康惡化,接下來由波姆一等海尉代為指揮!所有人重新回到崗位,要直接衝向前方敵艦——!」

看到老將退出,掌控船舵的青年軍官大聲喊道。這是正確的行動,要是沒有人代替老將負責指揮,戰爭就無法繼續。然而——這瞬間,似乎察覺到什麼的波爾蜜彈簧般地猛跳了起來,從旁邊握住船舵。

「什麼——!妳這傢伙打算幹嘛!」

「把船舵往右打!快點!會來不及!」

波爾蜜甚至不願意浪費時間回答,直接使出渾身力量扳動船舵。突然的介入讓青年士官非常火大,他滿臉憤怒地舉起右手。

「搞什麼!快點放手!妳這個敗家之犬!」

使勁擊出的拳頭狠狠打中女性的臉頰。折斷的牙齒飛向空中,半失去意識的波爾蜜雙腳一軟。

然而——即使如此她還是沒有放開抓住船舵的雙手。她的力量贏過把一隻手用來攻擊的青年士官,讓船舵一口氣往右轉。

就在這瞬間，宛如神一時興起的狂風發出呼嘯風聲，從左舷刮向右舷。船桅和船桁響起嘎吱聲，受到強烈壓力的船身也往右側大幅傾斜。差點被拋入大海的船員們發出慘叫。

等狂風在數秒後吹完，波爾蜜才放開船舵倒向甲板。微胖少年趕緊衝向她身邊。庫奇海校來回看著兩人和張著嘴巴愣愣呆站的青年軍官，斷斷續續地開口說道：

「……風勢偏移了嗎……剛剛真危險……要是沒有把船舵打向右邊，大概會有哪面船帆被吹破，或是哪條繩索斷裂……」

聽到這瞬間，不只青年軍官，連馬修也覺得背脊整個發冷……即使處於正常來說必須靠著縮減船帆面積以及下錨才能撐過的強大風勢中，目前的「槍魚號」卻依然把船帆展開到最大限度並繼續航行。雖然這全都是為了保持速度，然而這種亂來行為怎麼可能沒有風險。太強烈的風連對帆船也不會手下留情，要是從正面迎向超過耐久限度的強風，船帆就會被輕易扯破。

「別擅自決定，波姆海尉……我雖然是這副德性，但還沒有說要把指揮權讓給你。」

「……嗚！雖……雖然您那樣說，但庫奇海校……」

「我知道。既然我已經成了這樣，身為一等海尉的你接掌後續是自然的發展。如果是平時，我會毫不猶豫地交給你……但是，即使看在我的眼裡，這風勢還是激烈得超過限度。」

老將的雙眼看往上方，厚重黑雲在空中翻滾的模樣讓人完全無法期待天候會好轉。

隨著對現狀的理解，動搖也逐漸在船員間擴散。霍雷修．西古魯姆和拉吉耶希．庫奇——正因為有這兩位偉大船員，「槍魚號」才能克服凶暴大海支撐到現在。然而他們正在失去這雙翼——

「沒有空猶豫……雖然明白這一點，我還是無法決定。在這個關鍵時刻，到底該讓誰坐上後任位置……」

庫奇海校的視線轉往另一個方向，在馬修的攙扶下站起的波爾蜜正在伸手抹去嘴角的血跡。臉色大變的青年軍官逼近長官。

「您……您該不會打算無視我的存在，把船交給那傢伙負責吧……？怎麼能接受那種事！怎麼能把船交給沒多久前才讓自己的船沉掉的敗家之犬……！」

「我也反對！」

一名橫眉豎眼的女性軍官介入對話，那正是二等海尉的尤琳。

「在軍隊組織中，應該要隨時嚴格遵守上下階級！而且，要把所有船員的命都交給那女人……不可能！光是想像都讓人毛骨悚然！」

尤琳帶著滿心憎惡不屑地說道，以簡直能殺人的視線貫穿波爾蜜。面對強烈反彈的兩名海尉，庫奇海校一邊押著發出劇痛的胸口，同時臉上浮現複雜的表情。

「你們的發言很有道理……但，事實上這狀況的確也超出了你們有能力應付的範圍，就像剛才的風……」

「沒那回事！剛才只是偶然………不，要不是被那女人妨礙，我自己也會發現！我不會失敗，我能做得更好……！」

青年軍官堅持不退讓，庫奇海校也沒有靠權力強制壓抑這反彈的意思。因為和他人相比，最無法下決定的人正是老人本身。

在短暫思索之後，他沒有把視線放到眼前的船員們身上，而是看向來自陸地的援軍少年。

「──由你決定吧，馬修・泰德基利奇。該把這船交給誰？」

「……咦？」

「我實在無法決定。由於心裡有太多多餘的感傷，影響我做出公正的判決。所以只能交給身為外人的你。交給曾經因為波爾蜜紐耶海尉的不成熟，而在『暴龍號』上受過比任何人都苛刻對待的你……」

面對突然丟給自己的選擇權，讓馬修暫時停止思考。與此同時，發現判斷權將委交到他身上的兩名「槍魚號」海尉也像是把握機會那般地湊了過來。

「喂！拜託你，選我吧！你應該也不想死在這裡吧？」

「要是交給波爾蜜那傢伙，船一下子就會沉沒！既然你之前是待在『暴龍號』上，當然可以理解吧！拜託你，英雄大人，把船交給波姆！反正對你也不會有什麼壞處……！」

這兩者的激烈態度雖然讓馬修有點狼狽，依然在內心開始自問自答。

──該把船交給誰？換句話說，自己和部下的命，全部都要託付給這個被選出的對象。

「…………」

他回想起剛見到波爾蜜紐耶海尉的情景。當初介紹彼此認識時，他還以為對方是和海盜軍這種事前評價相反的溫柔女性，也因此鬆了口氣。然而，這印象從登上對方船艦的那瞬間有了一百八十度的轉變，在船上他每天都和托爾威一起遭受虐待。那不講理的蠻橫甚至讓馬修心裡湧上殺意，真的碰上實戰時，暴露出的難看模樣也讓他深感失望……然而正因為如此，他無法在那時就輕易放棄波爾蜜。畢竟那種不成熟的表現，讓馬修覺得彷彿看到過去的自己。

他把視線從記憶拉回現在，眼前有兩個「槍魚號」的軍官正在強烈要求自己。波姆一等海尉和尤琳二等海尉。關於這兩人，彼此交情還沒有深厚到可以做出全面評價。雖然從兩人身上都可以看出對波爾蜜的明顯厭惡感情，但回想起自己待在「暴龍號」上的日子，馬修總覺得那也是無可奈何的反應。他不能以這點來作為輕蔑對方的根據，況且現在原本就不是該基於個人好惡來下判斷的局面。

馬修進一步思考——那麼，這兩人和波爾蜜有什麼不同？至少不是駕船技術的差距。如果該以這為基準來決定，庫奇海校根本不會把選擇權交給他。應該是要基於連他也能理解的部分……不，現在必須要基於「正因為是自己才看得清」的某種條件，在他們之間作出區別。

他重新觀察三人。只有波爾蜜看起來略小，三人差不多年紀。換句話說，沒有人在過去擁有勝過其他人的實際成績。反而對所有人來說，這場戰爭應該是第一次上陣吧？眼前排成一橫排的三人身上到底能看出什麼不同？

根本不需要煩惱，答案是有沒有失敗過。有沒有犯下因為自己的不成熟，而導致船隻沉沒的過失。這是波爾蜜的劣勢，但波姆海尉和尤琳海尉沒有。她失敗過，他們沒有失敗——以這點不同為根據，眼前的兩人主張自己才是有資格被託付船隻的人選。

因為自己沒失敗過所以放心交給我吧。考慮到是不是該接納這種主張時，馬修無論如何都無法同意，無法順利用言語解釋的格格不入感卡在胸前。為了找出正確答案，他的視線漫無目標地在空中飄移──這時，他注意到站在略遠處的波爾蜜身影。

波爾蜜只是站著，沒有提出任何主張，也沒有解釋什麼。為了讓自己無論聽到什麼結論都要正面接受，她只是靜靜地下定決心，等待馬修做出判決。

「…………噢……」

看到那繃緊表情的瞬間，少年得出自己尋找的解答。他毫無猶豫地講出答案。

「由妳負責指揮，波爾蜜紐耶海尉。」

馬修也把所有覺悟都投入這次指名。被叫到的波爾蜜肩膀微微顫抖，其他兩人先是愣住，接著張開口打算提出猛烈抗議，但馬修卻搶先一步開始說明：

「……自己不會失敗，一定能做得更好。波姆海尉，尤琳海尉，你們剛剛這樣說過吧？」

微胖少年直直看著兩人的眼睛，如此開啟話端。伴隨決心的發言充滿力量。

「我到今天為止，曾經失敗許多次，從小失敗到大失敗都有。曾經因為失敗而遭遇危險，甚至讓部下喪命。講到後悔和反省的次數，連數也數不清……可是，這些經驗讓我明白一個道理。」

在北域的死鬥掠過少年腦海，那些日子烙印在靈魂上的教訓在這裡結出果實。

「──所謂失敗，是一種每次都會伴隨著痛苦的經驗。否定失敗的傢伙，等於是自己阻止了成長的可能性……所以比起沒失敗過的人，我更相信曾經失敗的人。既然在這個關鍵時機必須選擇——我想把命運交給曾經犯下最嚴重的失敗，而且依然正面面對這經驗的傢伙。」

果斷地講到這邊，馬修看向少女。波爾蜜也拚命地克制自己顫抖的肩膀，敬禮回應他的視線。她帶著感謝，以全心全意來承接少年託付的意志。

「…………呼……」

對於兩人間的交流，老將什麼都沒說。他已經決定要把一切命運委交給他們，所以他只是微微拉起嘴角，輕輕點頭而已。

正當風向準備改變的時候——第三次炮擊命中「槍魚號」的船體。

*

「哼！真沒勁……！」

葛雷奇狂妄地低聲這樣說道，甩動沾滿鮮血的戰斧。撞擊帝國軍艦「寶貝號」並登船攻擊的齊歐卡「蹂躪丸」的海兵們趁著敵人畏懼，讓白刃戰取得優勢。

「壓制前方甲板！敵人已經被逼向艦尾和船內，要開始掃蕩行動嗎？」

「只要裝裝樣子就好。要是認真追殺，退無可退的那些傢伙也會下定決心吧。這種時候要挑個適當時機叫對方投降。」

面對血氣上衝的部下們，葛雷奇用小指挖著耳朵並開口訓誡。和恐怖的外表不同，他的信條是要把戰場上的互相殘殺抑制到最小限度。

「如果敵人不打算投降，那也無所謂。只要把船帆船桅那些全都破壞到船隻無法航行的地步，就可以閃人了——你們快點！只是打下一艘船不會讓我們的工作結束！」

受到嚴厲的聲音鼓勵，齊歐卡海兵們的動作加快。這時候，有部下從背後對著在船頭旁觀情勢的海兵隊長大叫：

「隊長！有其他帝國船艦從右舷靠近！」

「什麼……？」

聽到報告的葛雷奇把視線移向右舷，只見那裡的確出現一艘把船頭直直朝向他們衝過來的軍艦。看到敵人接近，他低聲咂嘴。

「這艘船一開始肚子就被我們撞破了，若是要來幫助同袍，動作未免也太慢了吧……喂，你們！可以不必戰鬥了！把周圍看到的所有繩索都斬斷，然後回自己的船上去！要是誰敢拖拖拉拉，就會被我丟下！」

他在判斷狀況時不帶任何猶豫。闖上帝國船艦的海兵們動作變得更加忙碌，他們在短時間內把一切破壞殆盡後離開敵艦。當所有人都回到原本的船艦上時，問題的帝國艦已經來到眼前。

「好，左滿舵！」

艦長的命令在船上響起，沒多久之後船隻就開始移動。撞上帝國艦側腹的撞角已經在戰鬥期間拔出，因此不會妨礙到航行。

「蹂躪丸」以半推開「寶貝號」的形式，把船舵打向左方。面對從右斜後方逼近的敵艦，這樣等於是把眼前的帝國艦當成盾牌。

「這下敵人就無法直直朝著我們過來，因為僚艦會妨礙到前進路線。要是還打算繼續追上來只能繞路，但對方往上風處的逆風航行角度從一開始就已經逼近極限，只能從下風處繞過……換句話說，不管他們怎麼掙扎，都是我方比較有利。」

葛雷奇按照理論導出最善手段，咧嘴一笑。從已經無法航行的「寶貝號」旁邊通過後，帝國船艦很快就按照他的預測，從僚艦的另一側繞了過來繼續追趕。然而對方似乎拉大逆風航行時的角度，彼此的距離比預想中更近。

「嘖！真是糾纏不清……！」

包括船員的熟練度在內，帝國船艦逆風航行的性能超出葛雷奇的預測。他不但承認這事實，並且迅速修正判斷──在這種距離下，要重新把航行方向朝往下風處並實行撞角攻擊會有困難。應該會從並肩航行的同航戰演變成縮短距離的接舷攻擊吧。

「……算了，如果對方想玩這種戰法，就偶爾配合一下！你們這些傢伙，要把戰果帶回去給少將啊！」

看到長官舉拳往上揮，部下們也鼓起戰意回應。靠著對「白翼太母」的堅定思慕以及長相猙獰的海兵隊長的統帥力，他們保持的士氣不但能應付上一戰的疲勞，甚至還有剩餘。

「槍兵弓兵，到達射擊配置了吧！瞄準、瞄準、射擊！」

葛雷奇一聲令下，箭矢和子彈都擊向處於下風位置的敵艦。對方也在幾乎同一時間點反擊。雖然士兵在交錯的彈雨中紛紛負傷，但這點程度並不會讓他們的戰意動搖。

「船體靠近！準備登船攻擊——！」

為了對應白刃戰，海兵們紛紛拿起寬刃彎刀，視野內已經可以看到在敵艦上做著同樣準備的帝國士兵們。在這段期間內，分隔兩船的大海也愈來愈狹窄。在讓人屏息的時間中，海兵們不斷提昇自己的戰意。

彼此的距離來到三公尺以下。判斷時機差不多的士兵們抱著用來登船的板子往前。他們一方面因為掠過頭頂的子彈而心驚膽跳，一方面打算把有一定寬度的板子倒向敵艦——然而在他們的眼前，在所有人都無法預料到的時機，有個紅色影子無聲降落。

「咦——」

還來不及表示訝異，抱著板子的士兵就被斬裂脖子。近距離目睹鮮血噴出的後續海兵也幾乎在同時被人從肋骨之間貫穿心臟。

「嗚啊——」「——咦？」「嗚……！」

襲擊他們的瞬間之死還在繼續擴大，從意識到那是威脅的人開始按順序倒下。因此，他們暫時無法理解自己搭乘的船上到底發生什麼事情。

「是……是敵人！已經闖上——嗚哇！」

第八個被砍倒的海兵終於留下僅僅是把狀況告知周圍的成果。在他發表遺言後，至今為止看起來只是一陣紅色疾風的威脅在海兵們的眼裡迅速成型。被海風吹動的炎髮，沾滿鮮血的右手軍刀與左手短劍。

「什……」「二……二刀——」「這傢伙……！」

面對因為戰慄而瞪大雙眼的齊歐卡戰士們，形成人型的紅色旋風——雅特麗希諾·伊格塞姆毫無鬆懈地把雙刀尖端對準敵人。

「以言語構成的世界已經過去了，接下來是屬於武器的時間——但是要以劍來交談！」

斬斷所有大意心態的劍光閃過。受到這魄力影響，齊歐卡的海兵們也做好要互相砍殺的決心。然而，在眾人注意力集中到單身闖入的雅特麗身上時，從接舷的帝國艦——「猛虎號」上也接二連三有其他帝國兵攻來。

「你們這些傢伙怎麼了！在磨蹭個什麼！」

對於隔著前衛士兵，位置比較後方的葛雷奇來說，前方戰鬥狀況有點偏向死角，讓他對自軍對應處於被動的情形產生疑問和焦躁。然而，這種疑問在他登上高台的那一瞬間就全數瓦解。得到高度後，他的視線裡出現精心培育出的勇猛海兵們一一被砍倒的模樣，還伴隨著炎髮少女揮動的雙刀軌跡。

「啥——？」

長相猙獰的海兵隊長首先懷疑自己的眼睛。然而無論他眨眼幾次，這光景依然沒變。斬斷生命的軍刀和短劍，雙刀的劍光展現出的絕望美感讓他想起一個名字。

「……最強劍（伊格塞姆）？開什麼玩笑啊，為什麼那個怪物在海上！」

覺得像是作了惡夢的葛雷奇大叫。海兵們在他面前形成一道牆，紅色的劍士單身揮劍突破一角，後續的帝國兵們闖入從那一角出現的破綻並擴大縫隙。有人替他們指出該瞄準的要害後，帝國兵的行動沒有猶豫。也因為一開始遭到對方先制，齊歐卡士兵已經快要被敵軍的氣勢壓倒。

「這下不妙……」

忍不住低聲這樣自語的瞬間，葛雷奇察覺敵艦上有槍口對準自己，立刻從高台上往下跳。他完全不在意從頭上掠過的子彈，對著上方的監視臺大叫。

「槍兵！想辦法對付那個怪物！別讓對方繼續擾亂前衛！」

「可是……有……有困難！從這位置只能勉強跟上行動，要避免誤射同袍並狙擊單一目標實在──嗚啊！」

在葛雷奇抬頭望向的前方，槍兵的上半身突然一斜，翻過扶手從監視臺上倒栽蔥落下。海兵隊長繃著臉衝向落下位置，只見那邊躺著脖子已經轉向不合理方向的部下屍體。

「泰夫可……可惡！」

順著湧上的怒氣，他把右手的戰斧斧柄前端用力敲向甲板……既然敵艦上面也有槍兵，必須讓自軍槍兵專心對射，否則就會再發生跟剛剛一樣的狀況。換句話說，在白刃戰現場發生的事態必須要靠他自己想出辦法應付。

「……要我負責對部下怒吼以外的工作嗎……很好，這筆帳可欠得大了！」

雖然受到激情影響還是瞬間想出對策的葛雷奇對著附近的副官大吼。

「去把交涉旗拿來！現在就去！」

從闖上船開戰後開始計算，在打倒第十二名敵兵時，雅特麗也注意到他們背後舉起的紅白直條紋旗幟。

「提案交涉……？還真快，明明才剛開始交戰。」

雖然抹不去心中的訝異，但過了一會注意到交涉旗的後方「猛虎號」也傳來暫時停戰的命令，因此雅特麗也命令部下重新拉開和敵兵之間的距離。雙方勢力各待在左舷側和右舷側，讓「蹂躪丸」上形成以縱向分成兩邊的對峙狀況。

「——喂喂，發現是女人就已經讓人夠驚訝了。」

不久之後，有個身軀高大的男子分開齊歐卡側海兵們形成的人牆出現。看到一邊嘴巴裂到耳朵旁邊的葛雷奇後，帝國軍起了一陣騷動。

「而且靠近一看，沒想到這麼年輕。妳現在多大年紀？伊格塞姆的小姑娘。」

「大概是你的一半吧。不過，我想現在不是介意我年齡的場合。」

從這樣回應的她身後，負責指揮攻擊敵艦行動的「猛虎號」原本的白刃隊長走了出來。即使比不上葛雷奇但也擁有健壯體格的他親自擋在雅特麗前方，不畏懼外表特別的齊歐卡軍人，開口說話。

「我是隸屬於帝國軍艦『猛虎號』的古拉西納．比茲利海曹。我本身沒有進行交涉的權限，但可以把我視為窗口。提出要求吧。」

「那真是謝了。我是隸屬於齊歐卡軍艦『蹂躪丸』的葛雷奇．亞琉薩德利。基本上擁有海校階級，但嚴格來說不算是船員。總之呢，把我當成後面那群海兵的老大就行。」

「了解，亞琉薩德利海校。然而，這樣一來你也沒有直接交涉權吧？」

「駕船方面也就算了，但像這種遭到攻擊的場合，我被交付了現場判斷的全權。所以你們可以省略麻煩的手續，和在這裡的我交涉也沒問題。」

葛雷奇說完，豎起大拇指指向自己。比茲利海曹也接受地點點頭。

「那麼，就聽聽你的要求吧。如果是要投降，我可以承諾所有船員的安全。」

「開什麼玩笑，戰鬥才剛開幕——算了，的確是我們這邊潑了冷水，這真是過意不去，所以我就講簡潔點吧。」

葛雷奇揮動右手戰斧，把前端指向炎髮少女。

「我要打倒怪物，讓我和那個伊格塞姆決鬥。」

他一表明要求，下一瞬間船上不分敵我都起了一陣騷動。比茲利海曹對吵鬧的部下大吼「安靜點」來制住他們後，皺起眉頭轉向葛雷奇。

「……如果這是你的要求，我是可以轉達。但是，很明顯我方長官會拒絕。這提案對我等沒有任何好處。」

「放心，我會加上有魅力的條件。如果我輸了這場決鬥，屆時『蹂躪丸』會對你們全面投降，舉白旗正式投降。要是有機會避免士兵受損，對你們來說應該也不是壞事吧？」

「……那麼假設由你勝利呢？我等也得投降嗎？」

「要是你們肯投降是很好啦，但不可能有這種好事吧。所以到時，就重新振作起來再度開戰不就得了？認真互相砍殺，直到哪邊認輸討饒為止。反正雙方都是從一開始就打著這種主意吧？」

「…………」

「你們沒有損失。只要用天秤衡量得失後，應該沒有理由拒絕——算了，如果是因為無法相信身為關鍵的伊格塞姆小姑娘，那可就另當別論啦。」

這不只是在挑釁比茲利海曹，也是在挑釁旁觀狀況的雅特麗本人。葛雷奇瞄了她一眼，繼續追加燃料。

「我說小姑娘，要是妳在這種狀況下逃避我挑起的決鬥，『最強』這兩個字就成了天大的鬼扯。即使戰事勝利，伊格塞姆的名聲也會從今天起威信掃地。不，這種情況下應該說是會沉入海底吧？」

他這樣煽動後，故意發出低俗的笑聲。當然雅特麗毫不動搖。不過，反而是旁邊的比茲利海曹心裡感到不太舒服。

「……那麼，我就以這條件來傳達你的要求吧。雅特麗希諾中尉，真的不要緊嗎？」

「無論判斷如何，我都會服從命令。」

聽到她的乾脆回應後，比茲利海曹也捨去猶豫，為了派出傳令而稍微後退。留在原地的雅特麗繼續和葛雷奇對峙，在緊繃的氣氛中，面貌猙獰的海兵隊長還想繼續唇槍舌戰。

「——妳知道嗎，小姑娘。這附近的海域經常會出現大型鯊魚。」

「…………」

「那些傢伙並不是特別喜歡吃人，因為有更多更容易入口的食物。但是為什麼牠們還是會襲擊人類——所以這是我的臆測——我想大概是因為好奇吧？有沒見過的生物在水裡掙扎，這是什麼呢？為了滿足這興趣才靠近。人類的話會用手摸摸看，但很遺憾那些傢伙沒有手，所以會咬咬看。對於那些傢伙來說，這是最安定的做法。」

葛雷奇邊說，邊往下看向浪濤起伏的海面。受到他影響而看向大海的帝國兵們產生水面下有無數吃人鯊魚的錯覺，紛紛用力嚥下一口唾沫。

「動機只是好奇心，結果卻很悲慘。到對方滿足為止，都不會讓人好過。手、腳、腹部——不只一次兩次，牠們會開開心心地多次啃咬看上的位置。比起沒保養的刀劍，銳利又參差不齊的牙齒經常替換，總是跟新的沒兩樣。一瞬就會咬破皮膚撕開肌肉，最後甚至連骨頭都被嚼碎。到那時，附近一帶的水面已經染成一片紅。」

被迫想像出殘酷光景的帝國兵們全都面孔扭曲，雖然對他們十分有效果，但關鍵的對手卻沒有表現出感情動搖的反應。葛雷奇繼續糾纏。

「小姑娘妳啊……剛剛在甲板上跑得很開心嘛？但我勸妳最好要更慎重一點，可不要落到不小心掉進海裡，然後才回想起剛剛那些事的下場。」

葛雷奇邊笑，邊偷偷觀察對手的反應。果然表情沒有變化——然而，講這麼多之後應該會留下印象。要是能在戰鬥中讓她腳步多少變遲鈍，那就算賺到了。

「是嗎，謝謝你提供貴重的情報——那麼我這邊也可以提一件事情嗎？亞琉薩德利海校。」

過了一會，炎髮少女開口。以為她會保持沉默到最後的葛雷奇有點意外，但，他完全沒表現出這種內心想法，而是乾脆點頭。

「嗯，無所謂。如果有比大型鯊魚更可怕的事情我倒想聽聽看。」

裂到耳旁的嘴挑釁般地扭曲。雅特麗看著比那異常容貌更稍微往下的位置，不客氣地說道：

「你的肩膀，在發抖。」

只有一句話，就讓現場氣氛完全結凍。至今為止曾讓許多部下畏懼顫抖的葛雷奇凶狠笑容整個固定住，臉上宛如石膏般失去血色。

——你在做什麼！快點以一笑置之的態度回應啊！

理性這樣大叫，然而，這才是不可能的任務。因為他的本能早就清楚。

——被看穿了。

當他領悟到這一點的瞬間，葛雷奇承認。要小聰明的舌戰完全沒有意義，真正挖了墓穴的人是自己。

面對比大型鯊魚還恐怖的東西，產生畏懼心的人不是別人，正是他本身！

「獲得艦長的許可了！我方接受你的提案，在原地執行決鬥！」

比茲利海曹一邊大叫，一邊趕回雅特麗身邊。聽到這決定的瞬間，葛雷奇粗魯地把右手上的戰斧扔向甲板。

「……把我的整套裝備拿來！」

聽到命令的部下們慌忙衝下樓梯口，跑進船內。不久之後再度出現的他們三人一起扛過來的東西，是長度超過身高，顯然不比戰斧遜色的大盾和大槍。兩邊的尺寸都超過一般規格，盾牌是軍官用的護身盾上面再釘上鐵板。

即使這些裝備對海兵們來說顯然超過負荷，對人高馬大的葛雷奇來說卻是夠用的武器。他右手拿著大槍，左手舉著大盾，走向周圍的人牆中心。就像是在回應他，紅色劍士也邁步往前。

「你不使用那把看起來很誇張的戰斧嗎？意思是這是認真的裝備？」

「如果妳是會因為外觀而嚇到的對手，我倒是很願意用那個……不過很混帳的是，這次立場相反。」

葛雷奇擺出大部分的身體都被長方形大盾擋住的姿勢，謹慎小心地和敵人對峙。一方面利用大盾上方挖出的四方型洞穴來確保正面的視野，同時用力握緊右手的大槍。

「雖然可恨，但我要承認。想讓怪物害怕的我是個白痴——我不會再做沒用的行動，要以適合的方法來打倒妳。」

「是嗎，我很期待。」

雅特麗簡短回應後，把軍刀從鞘裡拔出，也擺出應戰姿勢。他們的周圍為了防止有人介入決鬥，雙方勢力的互相牽制已經形成膠著。在這種時候，雅特麗背後突然傳來聲音。

「雅特麗希諾中尉，這時候講這話雖然不恰當，但我是妳的支持者。」

站在水兵們前方的比茲利海曹一臉認真地這樣表明。已經面對敵人的雅特麗並沒有回頭，但他不介意地繼續說道。

「希望這立場之後也能繼續……我想說的話只有這些。」

這番發言笨拙又質樸，要說是激勵也未免過於保守。然而炎髮劍士確實掌握發言裡灌注的所有心意，毫無猶豫地點頭回應。

「不需擔心。」

她短短這樣說完之後，對面的葛雷奇立刻刺出槍尖代替招呼。雅特利用軍刀稍微彈開這一刺，清脆的金屬聲音成為信號，決鬥開始。

＊

看到充滿整個視野的多雲天空後，馬修終於察覺自己面朝上倒著。

「……嗚……」

他才稍微動了一下，悶痛感就竄過全身。雖然似乎沒有流血，但被拋向甲板的身體各處都在發出慘叫。這次的炮擊似乎擊中他的位置附近。

「損……損害如何……」

總算撐起上半身的馬修看向周遭。慘狀超過預想，聚集在艦尾的船員們全都倒下，看起來像是擊中地點的甲板被挖掉一大塊。運氣不好待在那附近的水兵們受到特別嚴重的傷害，裡面甚至還有人的手腳快要斷了。

「可惡……這下不妙……」

馬修一邊聽著慘叫形成的合唱，同時看穿事態比眼前所見更為嚴重。已經超越限度的惡劣天候；在西古魯姆海校之後，庫奇海校也跟著退出；第三次被擊中——戰事尚未結束，連續的不幸事件就已經讓船員們的內心快要崩潰。

可以實際體驗到這點，全是因為馬修本身也有同樣感覺。實際上現在並沒有受到無法站起來的傷勢，但雙腳卻使不出力氣。或許已經不行了——他緊緊閉上想要講出這種喪氣話的嘴角，拚命地尋找可依靠的對象。

「波……波爾蜜紐耶海尉，快點開始指揮，不要繼續沉默！要是不早點恢復紀律，真的會無法挽回——」

警告到這邊，微胖少年的聲音卻愈來愈沒有力氣。

「……波爾蜜紐耶……海尉……？」

他以顫抖的聲音呼喚對方。然而，視線前方卻看不到波爾蜜的身影。在被擊中之前，波爾蜜確實站在右舷扶手附近，但是現在那邊只留下嶄新的血跡。

「……不會吧……喂，這不是真的吧……？」

馬修拖著使不上力的雙腳，爬向血跡。同時他也讓視線忙碌地搜尋周遭，但無論看向艦尾甲板的何處，都無法找到波爾蜜的身影。換句話說——

「嗚……！」

他得到最糟的結論。馬修強迫自己否認這種思考，繼續往前爬。

「快回答！波爾蜜紐耶海尉！拜託妳告訴我妳沒事……！」

在懇求沒有回應的狀況下，馬修到達血跡處。至今為止他已經把船上看得到的範圍內都大致確認過，根據無慈悲的消去法，結果是他必須面對最不想去思考的可能性。帶著畏懼的雙眼越過就在旁邊的扶手——朝向翻滾著海浪，彷彿會吞噬一切的灰色海面。

「波爾蜜……！」

馬修抓著扶手以視線往下方搜尋。他自己很清楚這是無意義的行為，就算標準放再寬，這都不是落水者能浮上的海面狀況。這冰冷的現實貫穿心臟，原本緊握著扶手的馬修雙手一口氣失去了力氣。

「可惡……可惡……！」

至今為止一直頑固拒絕喪氣話的他終於無法忍耐，從嘴裡吐出嗚咽——才剛剛相信她而已！才剛剛決定要信賴對方，把信念託付給她而已！

「……可惡……」

被無力感擊倒的馬修保持跪在甲板上的姿勢，無法行動。全身都像鉛塊般沉重，連動一根手指的力氣都沒有。自己會死在這裡嗎——至今為止曾經多次閃過腦中的預感這次終於化為貨真價實的實感，逐步逼近。

沒有方法對抗，也沒有意志對抗。在已經只能等死的絕望中……

他突然——聽到歌聲。

「——太陽升起　海鷗歌唱——」

船員們一起抬起頭。他們尋找唱歌者的身影，無數的視線朝向上方。

「——潮水循環　浪濤拍岸　現在正是出航的時機——」

下一瞬間，他們在主桅的船桁上看到同一個幻影。即使立足點不安定也能穩穩站立的高大身軀，戴在頭上的三角帽子，以及右臉的傷痕。

臉上出現的無畏微笑，還有不知何為畏懼的冒險者表情，讓每個人都看得出神，忘記呼吸。那就是海盜軍這集團的基礎，在所有船員之間傳承下去的不朽傳說。

「——現在搭上船　解開繫船纜吧　航向前方就再也不回頭——」

共有的幻想只維持短短一瞬。眾人回神後，發現實際上站在那裡的人物並沒有必須抬頭仰望的高大身軀，也沒戴著三角帽子。只不過是一個眾人都很熟悉，擁有一頭帶紅色金髮的年輕女子。而且她的左手還不斷流血，連下方的船帆都被染成紅色。

然而她果然和傳說相同。因為她擁有同樣意志，唱著同一首歌曲。

「棕櫚船歌……」

和船員們一起抬頭望著那身影的馬修喃喃說道。

——據說在風暴中航海時，被許多敵人追擊時，遭難後食物快要耗盡時，那位偉大船員總是唱著這首歌鼓勵同伴。

「——前往未知之地　航向未知大海　擁抱無限憧憬　想法往前奔馳——」

不分天災人禍，跨越七大海的旅途中遭遇了數不清的苦難。他們的這段旅程要是沒有這首歌象徵的決心，恐怕無法達成吧。目送一行人出發的那一天，所有人都抱著同樣想法——他們一定不會有任何人活著回來。

「——風暴來襲　乾渴煎熬　自身明日將化為屍體嗎
為時尚早　若要長眠　要前往世界盡頭的水底——」

然而在這種忘記後退的航海旅程最後，他們卻回來了。朝著西方出發的船隻繞過世界一圈，從東方大海抵達故國。不是他們期待的盡頭之海，持續追尋的旅程終點和開始地點其實相連，世界是封閉的圓。

許久沒有踏上故鄉土地的他據說帶著苦笑說了——沒找到比理想更適合的地點，想拋棄這裡結果卻失敗。

「——揚起船帆吧　承接風勢吧　只有夢想的終點才是旅程的終點——」

男子本人離世之後，精神還是留在海上。許多船員把朝著世界盡頭前進的意志和羅盤一起抱在懷裡。

「——無所畏懼 不惜生命 我只是想看看 這片大海的前方——」

受到歌聲的鼓舞，倒在艦尾甲板上的「槍魚號」船員們一個個起身。他們無論如何都必須這樣做，因為他們是自尊高潔的卡托瓦納海盜軍，繼承偉大喀爾謝夫船長遺志的人們！

「……醒了嗎！好，那就上吧，你們這些傢伙！準備迎風換舷！」

站在船桁上的波爾蜜紐耶·尤爾古斯以指揮官的身分大聲吼叫。這命令化為一道光明，讓幾乎全面潰散的「槍魚號」恢復士氣和紀律。

「……哈……哈哈……！那傢伙……！」

感覺僵硬的手腳終於恢復血流的馬修也再度站起。在他眼前，確定船員取回士氣的波爾蜜迅速爬下繩梯，接著以充滿活力的聲音對在艦尾甲板上等待的少年搭話。

「馬修，讓你久等了！按照你的指名，從現在起由我負責指揮！」

「喔……好……！」

由於連語氣都和先前完全不同，馬修不由得有點狼狽。有一瞬間還懷疑她是不是又回復在「暴龍號」上的行徑，但立刻改變想法，覺得並不相同。現在她的模樣，並不是為了守住那微小自尊而緊繃的態度。臉上表情並不帶刺，聲調也沒有多餘的壓迫感。眼前是一個態度放鬆沉著，做回自我的女海盜。

「那邊那兩個人！把傷患送進船艙裡！庫奇海校和重傷者優先！」

波爾蜜一邊俐落地做出指示，同時直線穿過艦尾甲板。視線很快就對上才剛在船舵前起身的波姆海尉和尤琳海尉。靠近因為到此的事態發展而有點被嚇呆的兩人後，波爾蜜毫不猶豫地低下頭請託：

「波姆海尉、尤琳海尉……拜託你們把力量借給我。為了撐過這個絕境，無論如何都需要你們的幫助。」

「咦……啊……？」「不……那個……」

「波姆繼續擔任舵手，尤琳可以去監督控帆嗎——妳啊，從訓練生那時起，就很擅長看出展帆的極限吧？現在的風是這種樣子，所以全靠妳了。」

波爾蜜輕拍和自己有不少舊恨的對手肩膀，咧嘴露齒一笑。敵意或許是被那無防備的笑容給沖散，尤琳猶豫了一會，就跑向被託付的崗位。

「……這樣很好。後面交給妳了，波爾蜜紐耶海尉。」

正在被運往船艙內的庫奇海校最後在擔架上對部下講了這句話。波爾蜜看了他一眼，也重重點頭回應。

「我會努力達成任務——波姆，左滿舵！」

回應得到的指示，青年軍官反射性地把船舵往左切。伴隨著迎風換舷的動作，至今為止追擊的爆炮艦往視線右側流去。抓著扶手忍耐船身傾斜的馬修開口發問：

「左滿舵……？要結束追擊逃往下風處應該要往右打吧？妳打算做什麼，波爾蜜！」

「要改變目標！我要放過先前追擊的傢伙，不過，要追擊剛剛以炮擊介入的那艘船！根據我的判斷，那是敵人的旗艦！」

女海盜帶著自信如此斷言。在至今為止的敵艦隊監視任務中，波爾蜜一直在分析對方。艦隊運動的情況，舉起信號旗的順序，還有利用光信號聯絡的情況——根據這類對敵情的觀察，她判斷八艘爆炮艦之中有一艘是敵方旗艦。

「如果是旗艦，艦隊司令官應該也在上面！只要攻下那艘船，說不定就能讓這場戰役結束！」

「……是嗎，我明白了！」

馬修沒有繼續要求說明，下定要遵從她方針的決心。既然已經決定要把指揮委交給波爾蜜，他並不打算插手在駕船上的判斷。為了在這種情況下盡力做出自己的最好表現，微胖少年也開始分析現狀。

＊

「——朝著這邊過來了？真耐打，都已經賞了三發……！」

在齊歐卡艦隊旗艦「白翼丸」艦尾甲板上，艾露露法伊也注意到「槍魚號」大幅改變航向的動作。雙方的距離大概比一百公尺還近一點，為了避免在開炮攻擊時誤擊僚艦，她讓船艦接近到這種位置。

「太母大人！僚艦已經平安脫離！我等也逃往上風處吧！」

「……我是很想那樣做。不過已經說過好幾次，逆風航行時是敵方比較有利。在距離已經縮短至此的狀態下，就算逃走，或許也會在半途就被追上。」

被迫要做出必須審慎評估的判斷，艾露露法伊下意識讓思考加速——和敵人之間的位置關係，彼此的裝備，船艦和船員的損害程度。分析過這些條件之後，她做出結論。

「……決定了，不逃。就這樣航向下風處並迎擊對方。」

聽到太母決定的方針後，副官背後竄過一陣緊張。

「您……您打算和對方一對一決鬥嗎？」

「沒錯。我方是爆炮艦，對方是一般船艦——沒有輸給對方的理由。幸好其他敵艦似乎被葛雷奇他們擋下了，勝利的條件已經湊齊。」

「雖然是那樣沒錯……但事有萬一……！」

「我應該說過，只要由我負責指揮就沒有萬一——準備炮擊！」

*

「來了……！」

看到敵艦開始往下風處移動的模樣，波爾蜜全身都在發抖。大約七成是恐懼，三成是因為興奮。不管怎樣，只有敵人也願意一決勝負是毫無疑問的事實。

扣掉還沒弄清楚狀況就受到致命傷的前一次，對波爾蜜來說，這也是她第一次和爆炮艦一對一正面對決。然而，現在的她有知識和決心。

——聽好了，小波兒。面對爆炮艦的課題只有一點，那就是要如何邊躲開炮擊邊縮短距離。

這是待在「黃龍號」上時，黑髮少年告訴她的事情。到今天為止，波爾蜜都把每一句話拿來在腦中不斷回想，並和身為船員的自身經驗相對照。

——爆炮裝設在船體的側面，所以敵人無論如何都會想把側面對準我們這邊。在這種情況下，過去常用的反航戰或同航戰會是對手占有完全優勢，這妳懂吧？

當雙方船艦平行並排時，對敵人來說正是炮擊能打中的最佳機會。只要基於這個前提，再站在敵方的觀點思考就行，應該能推算出有一定準確度的敵方炮擊時機。

「……就是現在！右滿舵！」「是！」

船頭方向可以看到隔著四十公尺多一點的敵艦從面前駛過。波爾蜜推測出從敵艦船體側面往前延伸的射線和「槍魚號」重合的時機，對船員下達迎風換舷的指示。配合船舵和船桁的動作，船體流暢地回頭——下一瞬間，左舷旁邊立刻濺起伴隨著衝擊的水柱。

「好，躲過了……！」

波爾蜜握住拳頭，體會成功的感覺。由於她的推測正確，在避開炮擊的同時還大幅縮短彼此間距——下一個問題是，看到炮擊失敗的敵人會如何行動。

既然已經開炮，右舷側的大炮需要一段時間才能準備好下一次炮擊，最快也要到兩分半後。為了對應那時機，敵人會繼續維持這個前進路線呢？還是會逆風航行呢？或者是會往下風處前進——波爾蜜屏氣凝神地觀察敵艦的行動。

「……沒有改變航行方向，那麼！」

如果彼此都繼續維持這種航線與速度，「槍魚號」很快就會追上敵艦的斜後方。當然應該判斷敵人也會想要避免這種狀況，所以大概會在即將被追到時採用什麼手段。例如會讓船帆背風好放慢速度讓雙方並排，或是會趁著還領先時乾脆把船舵切往下風處，一邊展開炮擊一邊垂直通過「槍魚號」的船頭。

「如果是前者，我方要再度迎風換舷……趁著對方放慢速度時超過艦尾，然後趁勢搶下上風位置。如果是後者，就只要配合敵艦掉頭時，我方也轉動船舵並趁機撞擊對方船體側面。根據時機，或許會遭受炮擊，但那時毫無疑問，我方的撞角大概也已經撞上對方……」

不管事態會往哪邊發展，都能夠確保有利形勢。然而下一瞬間，波爾蜜立刻明白自己的判斷有多天真。

「——什麼……！」

在她的視線範圍內，齊歐卡船艦用力甩動船尾。靠著只用前桅船帆受風，同時讓風直接通過其他船桅的船帆，讓船頭部分一口氣朝向下風處。受此影響船尾也以順時鐘方向轉動——結果敵艦成功做出波爾蜜根本沒預料到的一百八十度以上的掉頭動作。

這瞬間，女海盜的背脊竄過一陣寒意。超過一百八十度的掉頭——這代表敵艦的左右側將會逆轉。換句話說目前面對「槍魚號」的這一面並不是剛剛開炮過還在裝填中的右舷側，而是尚未用過的左舷側……！

「右滿舵！」

這判斷完全是千鈞一髮。「槍魚號」瞬間逃往下風處，而炮彈則從船尾驚險掃過。而且更讓人心驚膽跳的是，這次的炮擊是瞄準吃水線下方的極低空彈道。要是命令再晚個幾秒，船體肯定會受到致命傷。

「剛剛的發展……難道是故意引誘我們嗎……？」

尤爾古斯的後裔帶著沒有極限的恐懼，凝視從左舷側逐漸遠離的齊歐卡艦。

*

「——居然能在那時把船舵往下風處切換，瞬間判斷力值得稱讚。」

看到真正想打倒敵人的炮擊沒打中的結果，艾露露法伊率直地稱讚敵方將領。由於她原本以為剛才的陷阱有八成機會能夠解決對方，所以對成功打破這預想的對手更感佩服。

「是不是該判斷自己對帝國海軍的技能水準評價過低呢？還是要再度稱讚還未見到的對方參謀的洞察力呢……不，應該兩者皆是吧。如果只有一邊條件，應該不會演變成現在這種互相競爭的事態。」

艾露露法伊的自言自語也是在告誡自己，現在的她已經完全沒有輕視對方的意思。

「不過——即使如此，我方的壓倒性有利還是不變。就算把剛才當作是第一回合，結果也是六比四，我方占有優勢。只要繼續打下去，這個差距就會確實累積。差別只有能早點還是晚點分出勝負而已。」

被拉近的距離也因為敵人在閃躲炮擊時回到下風處而一切歸零。只要重複同樣的戰況，艾露露法伊有絕對不會輸給對方的自信。

「我可以認同技術和智慧——即使如此，你們還是沒有風的庇佑！」

嗶……天空傳來愛鳥的鳴聲。她毫無遺漏地接收愛鳥傳達的訊息，對船員下達下一個命令。

「——喝！」

在齊歐卡軍艦「蹂躪丸」上。葛雷奇往前刺出的槍尖不知道揮空了幾次，每一次都會有個迅速移動的紅色影子試圖從左右繞過來，卻被他持續以左手的大盾頑強守下。

「太棒了，不愧是隊長！」「占了上風！要保持下去！」「為同伴報仇吧！」

一邊聽著來自背後的部下聲援，長相猙獰的海兵隊長在內心咒罵——每個傢伙都只會在那邊放一些不負責任的嘴炮，你們到底知不知道自己的長官正在跟什麼玩意戰鬥？

「嗚喔！」

配合他刺出槍的動作，軍刀的突刺沿著空檔從手腕旁邊驚險掃過。葛雷奇帶著焦躁，感受到每交手一回合，對方往前攻的動作就會變得更大膽更精準。

「這個怪物……！」

不管是船上的狹窄空間，還是因為惡劣天候而不斷搖晃的立足點，對於身為海兵的葛雷奇來說都是日常的一部分。長槍和大盾的組合也是為了在狹窄環境中讓敵人的動作受到更多限制而再三研究出的答案。所有條件應該都會為葛雷奇帶來最大的優勢——不，實際上的確有發生效果吧，因為他現在還能站著。

「妳這傢伙也該差不多一點！」

重新拉開距離的雅特麗背對投錨台。看到等待已久的這個好機會，舉起盾牌的葛雷奇整個人往前衝。對方的右側堆著繩索，如果不想被撞下海只能往左邊逃。先看穿這些的葛雷奇為了截斷對方的唯一退路，同時把長槍往前刺——結果兩個攻擊都落空。

「——嗚！」

下一瞬間，利刃從頭頂襲來。以撐在大盾上的左手作為支撐點來跳過葛雷奇的巨大身軀後，炎髮少女靠著類似空翻的動作來使出斬擊往葛雷奇身上招呼。葛雷奇能做的事情，只有反射性地把手從盾牌上拔出，然後整個人往下倒。

「嘖……！」

千鈞一髮保住一命的他站起來，雅特麗已經在眼前重新舉好軍刀。即使單手拿著武器，她的空翻似乎還是順利著地。和滿身大汗的葛雷奇相反，少女甚至連大氣都不喘一下。

——真不是人。

裂到耳邊的嘴有點抽搐。失去支撐的大盾從投錨台落進海裡，但現在不是介意那種事的時候。葛雷奇一邊重新用雙手拿好長槍，同時冒著冷汗往後退。這時他以若無其事的態度想把腰包朝向對手——

「這招我之前也有看過。」

看穿他意圖的雅特麗立刻腳踏甲板往前衝。隔著些微距離閃過葛雷奇直覺使出的迎擊後，接著從低姿勢使出斬擊來切斷腰包的固定處。

「什麼……！」

腰包掉到甲板上發出聲音，裡面滾出葛雷奇的搭檔風精靈。看到裝在風精靈腹部的槍管極短風槍後，雅特麗稍微嘆了口氣。

「又是個下功夫準備的東西……不過，瞄準的動作有點太明顯。而且因為注意力放到藏起來的王牌上，長槍的動作也變隨便了。」

「……嗚！」

「基本上，把遠距離武器拿到決鬥裡來使用根本可以算是違規。居然做出這種行為，讓我相當不愉快——雖然我不會要求在此終止，但如果要繼續，接下來我可不會手下留情。」

劍尖帶著壓力的雅特麗開口宣言。然而換個角度，也可以聽出「到目前為止是以不殺人的程度手下留情」的意思。葛雷奇感覺到肚子深處湧上想乾笑的衝動。

——沒錯，這傢伙從一開始就不打算殺我。

這點葛雷奇自己也有察覺。對實力上擁有壓倒性優勢的炎髮少女來說，與其殺死對手，以不會致命的程度打倒並逼迫對方投降會是比較好的做法。失去指揮官的士兵還能戰鬥，但被指揮官下令投降的士兵只能乖乖服從。基本上雅特麗打從一開始，就不相信葛雷奇那句「自己在決鬥中輸掉就會整艘船投降」的事前承諾。

面對實力在自己之下的對手，不需要殺掉對方，而是要讓對方承認敗北。這正是最強之人的風範。然而，葛雷奇在心中否定——這份自尊以相反角度來看，也可以稱為驕傲。

「可惡！」

他以長槍牽制，同時慢慢後退。一邊沿著船舷旁邊的通路朝著船頭移動，並且在心裡偷偷計算時機……唯一有機會解決怪物的最佳時機。

——我從一開始就跟妳這傢伙相反。

在走到通路半途時，葛雷奇停下腳步。看在對方眼裡，一定會覺得是因為走投無路而準備下定決心吧。實際上，握著長槍的發抖雙手絕對不是演技。然而……

——即使無視所有的決鬥規則，我的腦裡也只有要確實殺死妳這傢伙的念頭！

在這個關鍵時刻，葛雷奇下的決心並不是赴死的心理準備，而是必殺的決心。

「給我倒下吧！」

葛雷奇邊怒吼邊用力蹬向甲板。吼聲成了信號，他的頭上有三個殺意蠢蠢欲動。

在前桅的船桁上，對旁觀決鬥的帝國兵們來說是個死角的角度後，藏著葛雷奇的三名部下，每一個手上都拿著十字弓。由於開始決鬥的位置靠近艦尾，所以船頭這邊的伏兵並沒有受到警戒。這是在舉起交涉旗前就已經先做好的安排，也是葛雷奇的真正策略。

——解決了！

海兵隊長如此確信。這個距離內部下們不會射偏，放出的箭矢應該會一起貫穿對手。還可以在對方畏懼時再賞個致命一槍，直到決出勝負的那瞬間為止，他在腦中做著各式想像。

「——呼……」

在葛雷奇的視線前方，雅特麗的左手拔出原本還插在腰間的短劍。事到如今才想認真起來已經太遲了——這樣嘲笑她的葛雷奇下一瞬間就目睹惡夢。

雅特麗一邊往前踏，手中的雙刀一邊描繪出像是漩渦的弧線。為了貫穿她而射出的三根箭矢每一根都像是被吸引過去那般撞上軌道——然後被雙刀互補畫出的橢圓彈開，全都落到甲板上。

「——怎麼可能——」

只有一個橢圓就解決了三根箭矢。這神技帶來的絕望性美麗讓葛雷奇忘記狀況看得出神。接著他回想起——過去曾被自己嘲笑為瞎掰的傳言。也就是在士兵們之間，和畏懼反應一起流傳的伊格塞姆「彈開箭矢」的傳說。

「你真是學不會教訓！海兵！」

吼完這句的雅特麗往前衝，輕鬆閃過因為訝異而變遲鈍的槍尖，直探葛雷奇的胸口。來自下方的斬擊稍微割開他的臉，在對手因為激痛而畏縮的瞬間，雅特麗用軍刀的刀柄前端瞄準下巴狠狠敲擊。

「嗚啊……！」

船上響起下顎骨頭裂開的聲音，腦部也受到衝擊的巨大身軀毫無抵抗力地屈膝跪地。炎髮劍士把劍尖指向他的眼前，以嚴厲的語氣開口發問：

「這是最後的機會，選吧──要投降，還是死？」

鮮紅的雙眼透露出最明顯的訊息，根據聽到的答案，她有可能會立刻動手砍下腦袋。葛雷奇也不得不領悟，除了還能撿回一條命，自己已經不剩任何好運了。

＊

在依舊展開亂戰的雙方艦隊東側，「槍魚號」和「白翼丸」持續一進一退的攻防。面對試圖邊閃避炮擊邊接近的波爾蜜等人，艾露露法伊利用巧妙的駕船技術和爆炮運用讓他們無法得逞。在彼此都欠缺決定性一擊的情況下，一對一的對戰愈來愈白熱化。

「齊歐卡居然有這種水準的船員……！」

波爾蜜口中講出對敵方將領的稱讚。天候愈來愈惡化，已經到了還能航行就等於奇蹟的地步。

要巧妙駕馭隨性風勢並操控船隻的行為幾乎和走鋼索一樣充滿風險。處於這種情況還可以偶爾表現出雜耍般的動作，讓人不由得認為敵艦擁有風神的庇佑。

「怎麼能輸！我也能夠看見風！聽見風……！」

波爾蜜讓五感提升到最敏銳的地步，直覺讀出狂風的動向——這毫無疑問正是天賦的才能。能夠直接串起環境和感性，身為尤爾古斯後裔才擁有的能力。

「炮擊又要來了！迎風換舷！」

在掉頭的那瞬間，前一刻船體的所在位置掀起水柱。波爾蜜已經逐漸習慣要如何去閃躲彼此還保持距離時的第一擊，問題是接近後的第二擊。既然敵人也死守著那條界線，要避開致命傷衝到對方面前是極為困難的事情。

「嗚——」

波爾蜜甩甩頭抵抗突然襲來的輕微頭暈。這是嚴重的問題，因為在第三次被擊中時遭到碎片波及的左手現在依然流著鮮紅血液。

「我得振作一點！這點小傷……！」

雖然用繃帶做了緊急處理，但這並不是靠這樣就能完全止血的傷勢。其實嚴重到必須先縫上好幾針再好好靜養的程度。

另一方面，微胖少年站在有點距離的位置，露出嚴肅表情看著靠意志力來掩飾貧血的波爾蜜身影。

「那傢伙不妙……看來已經撐不久了。」

比起剛才，明顯失去血色的波爾蜜臉色讓從船頭過來看看情況的馬修也產生危機感。實際感受到要是演變成長期戰就沒有勝算的他狠狠搔著後腦。

「光是等待敵人犯錯行不通，必須主動製造我方能掌握的破綻。」

馬修當然已經試過利用對物膛線風槍來狙擊。然而敵方也已經提高警戒，很難狙擊船舵周遭的重要部位。而且基本上受到強風影響，狙擊的精準度已經下降。如果是托爾威還可以另當別論，這艘船上的狙擊手難以期待成果。

「可惡！沒有什麼目標嗎！在我們能打得到的範圍內，還有沒有其他東西……？」

為了尋求尚未找到的活路，馬修透過望遠鏡瞪著敵方船艦，這瞬間他的右眼——突然注意到上空有令人在意的東西。

「那是什麼……鳥……？不，是老鷹……？」

擁有白色羽翼的猛禽在狂風暴雨的天空中瀟灑翱翔。野生的鳥不可能在這種惡劣天候中飛上天，所以該判斷這是那艘齊歐卡船艦利用某種形式控制的動物吧？即使這樣，馬修還是覺得不太對勁。到底為什麼要這樣做？

「等一下，老鷹……？話說起來，我以前在哪裡聽說過……」

微胖少年腦中的記憶抽屜正在發出喀喀聲響。他靠著些微的突兀感在過去的回憶裡翻找一陣，不久之後就在意外的地方找到一致的情報。

小時候別人讀給他聽的喀爾謝夫船長東海冒險記，書中的第四章描述了在大陸東方海岸遇到的異民族。名為「鷹匠之民」，他們不是把精靈而是把猛禽作為搭檔，在一生中，都接受愛鳥教導關於天空與風的智慧。

「……該不會是那個吧？」

敵艦那宛如神技的駕船技術和從記憶深處挖掘出的情報一致。畢竟齊歐卡自認是多民族國家，所以這也不是絕無可能的事情。馬修認為自己的聯想具備一定的價值。

「值得試試看……！」

做出結論後，少年一直線衝回有部下們在等待的船頭——現在總之就是要把能試的事情全都試過一遍！

「所有的槍兵都變更射擊對象！要瞄準在敵艦上空迴旋的那隻鳥！」

這讓人摸不清意圖的指令雖然讓槍兵們感到困惑，但看到長官表情非常嚴肅後，他們暫時把疑問放到一邊，遵守命令。超過二十的槍口朝向一隻猛禽，接著他們一起扣下扳機。

＊

「咬得真緊……！雖然是敵人，但這糾纏值得尊敬！」

艾露露法伊毫不介意拍打臉頰的雨滴，繼續指揮旗艦「白翼丸」。雖然無法完全靠炮擊逮中敵艦，但她堅持沒有讓出上風處的優勢位置。

「事到如今雖然很想徹底競爭，但老實說，繼續把時間耗在這裡不是好事。下一次要分出勝負──拜託了，米札伊！」

艾露露法伊把視線看向位於上空的愛鳥，同時再度對船員下達命令。「白翼丸」以從上風處橫越對方船頭的形式來開往新航向。她打著要在爭奪位置的競爭中獲勝，而且這次一定要造成對方致命傷的算盤。

雖然雙方船艦到此都不斷使出大膽的駕船動作，但另一方面，上風處和下風處的位置關係卻一直沒有改變。換言之平均來說「槍魚號」那邊會被迫面對比較嚴苛的駕船條件，這個差異的影響微弱但確實地以航行速度減緩的形式顯現。

「敵人已經沒有當初的俐落。不管對方會怎麼行動，看了之後再反應就足以應付。」

只差一步就可以把敵人逼上絕路，艾露露法伊如此確信。至今為止駕船的相互預測之所以能夠成立，是因為彼此的航行速度沒有太大差距。既然現在速度的優劣已經拉開一定程度，敵人也失去了推翻這劣勢的手段。

「兩舷都準備炮擊！要在這裡確實解決對方！」

和敵艦的距離已經來到五十公尺以下。在即將衝入炮擊射線之前，「槍魚號」又讓船逆風航行。

然而很遺憾，動作本身太慢所以沒能形成迴避行動。「白翼丸」從容打過船舵追上敵艦。

「哎呀危險！右舵二格！」

嗶──愛鳥的叫聲傳入耳裡。藉此得知風勢會轉換的艾露露法伊命令舵手調整船舵。才剛回頭，凶暴的橫風就穿過船帆之間。

這個合作行動正是艾露露法伊．泰涅齊謝拉身為「鷹匠之民」的緣由。在船艦上空迴旋的米札伊會正確讀出風的動向並告知主人，只有艾露露法伊能辨別出叫聲中的微妙不同。

只要有這個，對於「白翼太母」來說，無論天候多麼惡劣都不足為懼。不需要畏懼突如其來的疾風，隨時可以維持從容沉著的駕船。是過去收留她的男子提案把鷹匠的技術轉用到軍事上。

「右舷和敵艦並行！從進入射線的炮眼開始攻擊──」

當她正打算下達這個命令的瞬間，頭上響起愛鳥的叫聲。然而這次並不是通知風向的信號，聽起來異常尖銳緊急的叫聲毫無疑問是慘叫。

「──米札伊？」

她反射性望向空中，於是親眼目睹──被風吹來吹去並往下墜落的白色影子，那是從幼年時期就一直同甘共苦的搭檔毫無抵抗力地被吸向大海的模樣。

「嗚……！」

由於途中被船帆遮住視線，因此艾露露法伊無法看清愛鳥是不是落進海裡。為了確認她想從艦尾趕向船頭，卻被旁邊的副官慌忙叫住。

「請等一下，太母大人！敵人有行動……！」

因為這喊聲而回神的艾露露法伊回頭望向左舷，發現原本幾乎已經要並列的敵艦現在大幅落後。

是趁著她稍微轉開視線時，用了逆帆強制減緩速度。

注意到自己失誤的太母臉色緊繃。對於敵人來說，用逆帆強制減緩速度也是苦肉之計，要是能冷靜對應，應該能反過來造成重大傷害。然而，因為她的注意力在該做出判斷時被愛鳥引走，因此艾露露法伊錯失了最好的機會。

「糟了，失去炮擊機會……！」

「怎麼辦，太母大人。要回到上風處重來一次嗎？」

即使副官如此提問，她也無法像過去那樣立刻回答。至今為止都有米札伊的幫助所以才能毫不猶豫地行動。既然現在已經失去牠的庇護，接下來的駕船就會伴隨著重大風險。艾露露法伊感覺到背後留下讓人不舒服的冷汗。

「太母大人，請下決斷！」

「……嗚！」

話雖如此，現在也沒有空慢慢煩惱。短短思考後，艾露露法伊抱著彷彿在空中翱翔到一半卻被剝奪翅膀的心情，終於提出下個命令。

「迎風換舷……不，順風換舷！把船舵往右打！」

由於過於畏懼沒有抓準風勢的風險，太母的判斷轉為慎重。至今為止的大膽彷彿只是一場夢境，這個指示非常消極——厚重的羽毛下方逐漸顯露出她作為船員的不足之處。

「所有船桅都要儘速縮減船帆面積！保持現狀會很危險——」

而隨心所欲的風神並沒有放過艾露露法伊的失誤。

「──什麼！」

在閃電照亮黑暗天空的那瞬間，彷彿是受到天罰，「白翼丸」的船體受到強烈風壓的襲擊。繩索還來不及發出嘎吱聲就直接斷裂彈開，正面遭受烈風吹襲的前桅船帆有兩面被撕成碎片在空中飛舞。破壞在瞬間發生，不允許船員們做出任何抵抗。

「嗚哇啊啊啊！」「混帳！前桅的大橫帆和上桅帆都破損！」

他們的指揮官茫然地聽著響遍整艘船的慘叫合唱。風只是隨性一擊，「白翼丸」就受到無法估計的損失。而且在艾露露法伊接受這現實前，更大的威脅已經從左舷襲來。

「太……太母大人！您看那個……！大浪來了！」

回神的她轉過視線，發現有大量海水化為超過船體的高牆逐漸逼近。面對這巨大的逼迫感，艾露露法伊心驚膽跳──再沒多久浪就會來了！

「左──左滿舵！把船頭對準大浪！」

再這樣下去，船隻本身會被海浪吞沒並翻覆。如果想避開這種後果，只能把受浪面積減少到最小並想辦法撐過去。沒有任何人提出異議。收到命令的舵手強行轉動因為速度降慢而非常不聽使喚的船舵。

「要來得及啊……！」

艾露露法伊屏氣凝神地在心中祈禱。然而這時，她的視線角落卻出現讓人難以置信的東西。

「——什麼！」

只能縮起身子承受。同樣面對讓太母做出如此判斷的威脅，敵人卻沒有堅持防守。「槍魚號」從斜角衝入海水形成的斜面，就這樣乘浪前進！

*

「往前衝啊啊啊啊啊！」

在船體極度傾斜的船上，女海盜近乎嘶吼的喊聲響遍整艘船。其他船員也振奮氣勢不輸給她，但馬修和他的部下卻沒辦法跟進。他們光是要抓住繩索或扶手來忍耐恐懼感就已經竭盡全力。

「這……這種事情合理嗎……！」

也難怪他的聲音會變了調。主動乘浪的「槍魚號」船身已經傾斜到極限，到了看在目前船上人員的眼裡，過去都處於下方的大海現在卻出現在旁邊。只要船體再稍微傾斜一點，立刻就會翻覆成為海裡的海藻碎屑吧。不要命的冒險行徑在此衝上最極限。

「怎麼能輸給對方！」

和發青的臉色相反，波爾蜜的雙眼發出燦爛光芒。某種瘋狂促使她行動，而且也確實傳染給同一艘船上的船員們。被熱意沖昏頭的他們眼中都傳達出一樣的意見——沒有什麼好怕，這條命已經丟進海裡了！

「撞擊敵人啊啊啊啊啊！」

位於航線上的艦影已經非常靠近。面對大浪逼近，試圖以船頭相對並撐過去的敵艦一發現乘著同一波大浪來犯的「槍魚號」瘋狂行為，立刻在原地奮勇發動炮擊。船頭突出的船首斜桅被炮彈打斷，然而敵人已經近在眼前，無法停下！

傳出厚木材被撞破的轟隆聲響。通知賭命乘浪攻擊的終點已經到達的劇烈衝擊竄過「槍魚號」的船體。撞角深深刺進敵艦側面，慢了一拍，大浪整個蓋了下來。在最後的最後才轉動的船舵讓船頭倒向海浪那邊，驚險地避過翻船——以「槍魚號」的船頭甲板作為中繼，現在兩艘軍艦幾乎完全相連。

「逮到了……！」

確認結果的瞬間，緊張情緒終於解脫，波爾蜜雙膝一軟。超過極限的貧血讓靠著意志力維持到現在的意識逐漸遠去，雙手雙腳也已經無法支撐身體，她倒在甲板上。

「波爾蜜紐耶海尉……！」「快點把她送進船艙內！醫護兵——！」

大喊之後，醫護兵們立刻從樓梯口衝了出來。波爾蜜被他們抬上擔架，同時以勉強能移動的眼睛稍微朝向船頭。

「接下來……就交給你了……」

她幾乎擠不出聲音。然而波爾蜜卻覺得自己似乎透過三根船桅，看到船頭甲板上的少年點了點頭。

在艦尾甲板上的波爾蜜倒下的同時，微胖少年在另一側的船首甲板站起身子。眼前是彼此相連的敵艦。只剩下一點點的冷靜思考呼籲滿心焦躁想要立刻帶著部下衝上去的內心先等一會。

「……能贏嗎？要是直接打起總體戰……」

受到無法忽略的擔憂影響，馬修把視線朝向後方。趕來船頭甲板的水兵數量即使放寬標準也不能算多，但這也難怪，原本就已經因為受到多次炮擊而出現許多傷患，還有很多人因為剛才的亂來駕駛而筋疲力竭。

「要……要進攻嗎……少尉……嗚噁……」「你……你們快站起來……」「……噁噁……」

再加上馬修自己的部下也大部分呈現這副德性。只是吐了的還算好，還有些人因為暈船太嚴重而根本站不起來。馬修本身也是處於靠意志力壓抑嘔吐感的狀態，他完全不認為這樣能打一場像樣的白刃戰。

「……敵人狀態應該不會比我方更慘。基本上對方沒有受到炮擊的損害，想必還保存著這部分的戰力……可惡，該怎麼辦！」

愈思考愈覺得戰況不利，讓馬修抱頭苦思——沒時間讓他慢慢煩惱。現在敵人還沒從畏懼中回神，可是一旦明白我方不會進攻，對方就會反過來攻擊。那樣一來連氣勢都會被對方搶走，敗北也會成為確實結果。

「話雖這麼說……但這種情況下還有辦法嗎！明明眼前有敵人，我方能戰鬥的士兵卻不足夠，根本已經束手無策……！」

馬修的思考因走投無路而快要瘋狂。這時，突然有個聲音像是自己跳出記憶抽屜那般響起。

──「輕鬆的戰爭」才是「正確的戰爭」！

「──啊……」

這瞬間，原本僵硬的意識突然不再緊繃，放鬆到幾乎不可思議的地步。

「……是嗎？不能被限制住。」

馬修自言自語，提醒自己的視野太過狹窄──白刃戰勝利並不是目的。那只是戰術目標之一，簡而言之，只不過是為了「戰勝」的手段。既然這方法無法使用，換成其他方法不就得了？想要在戰爭中獲勝。然而，無論如何都想避免進一步的戰鬥。有這種想法的指揮官在現場該做什麼事情？當馬修思考到這一步的瞬間，答案幾乎已經自己脫口而出。

「……快準備交涉旗！」

微胖少年以強烈語氣下令，聽到命令的副官從行李中拿出折疊成一團的旗幟並展開，附近的另一個士兵也跑去拿用來舉起這旗幟的旗竿。

馬修一邊以眼角餘光看著他們準備，同時開口對船頭甲板的所有士兵下達命令。

「還站得起來的傢伙整理好服裝和姿勢跟我走！──前往敵艦！」

遭到攻擊的齊歐卡艦隊旗艦「白翼丸」船上，艾露露法伊正在拚命統整快陷入混亂的士兵們。預測到敵人應該會立刻前來攻擊，他們也才剛做好準備。

「聽好了，大家！敵人會拚命進攻，不能讓他們攻到船上！」

聽到太母的命令，排成整排的槍身全朝向鄰接的敵艦——只要敵人一出現，立刻要把他們打成蜂窩。如此決定並做好準備後，下一瞬間卻有意外的東西在他們的視線中出現。那是被長長旗竿舉高的紅白直條紋旗幟。

「交涉旗……？先不要射擊！所有人拿好武器待機！」

太母雖然對敵人的意圖感到懷疑，但依然決定總之先看看對方在演哪一齣。她命令副官舉起代表「接受交涉」的紅白橫條紋旗幟後，對著敵艦大喊：

「我方願意回應交涉！以少人數前來本艦！」

聽到這句話後，帝國兵終於從「槍魚號」上移動到這邊。根據軍服，這群人似乎不是正規海軍而是陸軍。看起來像是指揮官的人物是十幾歲的少年，這事實讓艾露露法伊吃了一驚。

「呃……那個……我是帝國陸軍……不對！我……我是帝國軍艦『槍魚號』的船員，馬修・泰德基利奇少尉！身為『槍魚號』代表，想和指揮官交涉。」

看對方一臉慘白又吞吞吐吐的模樣，就連太母也不由得有些意外。

「……我是齊歐卡軍艦『白翼丸』代表艾露露法伊・泰涅齊謝拉。我願意回應交涉。不過讓我先弄清楚一件事，身為陸軍少尉的你為什麼是船艦的代表？」

「到此為止的戰鬥中，艦長和之後的代理人共三人都已經倒下。現在留在艦上的軍官要是有了萬一，就會沒有人能負責指揮駕船，所以由我出面交涉。」

聽到對方老實招出自軍身處的絕境，艾露露法伊不由得瞪大雙眼。以苦澀表情說明的模樣看不出試圖欺瞞的痕跡。

「……我明白你們的情況了，那麼，就聽聽提案吧。」

聽到艾露露法伊的催促後，微胖少年先做了兩次深呼吸，才如此回應。

「——首先，中斷戰鬥。接下來，我希望彼此互相協助並開回港口。」

講出口的提案有著讓齊歐卡士兵們全都不解地歪著腦袋的內容。

「——我現在還無法判斷，但這是在說你們願意投降嗎？還是在要求我方投降？」

「兩邊都不對。如果只針對這兩艘船，勝負已經沒有意義。」

突然聽到充滿領悟的發言，讓艾露露法伊滿心困惑。馬修這時繼續說道：

「……已經受損的船隻繼續留在風浪這麼激烈的海上未免太過危險。剛才受到我方撞擊，我想你們的艦內應該也開始進水。繼續交戰已經不具備現實意義，應該要互相幫助並回到陸地。」

聽到對方從意外的角度如此苦勸，太母也把視線放往愈來愈失控的海面。

「原來如此，的確有道理……不過，也要先弄清楚勝敗結果才能那樣做。就算現在是緊急時刻，我方也無法接受不確定是否會投降的敵軍進入港口。只有你們全面降伏後，我才能接受這提案。」

「所以我說這件事已經沒意義了……」

馬修還是堅持重複先前的發言。感覺雙方對話只是在浪費時間，讓太母終於失去耐心。

「當然有意義！把解除武裝的你們送進海面平穩的灣內後，我們必須繼續進行海戰！在賭上艦隊命運的戰爭中，當然不能把俘虜以外的敵人送往後方！」

聽到艾露露法伊以強烈語氣提出反論，馬修看著下方搖了搖頭。

「妳從這部分就已經錯了——有望遠鏡吧，用那東西看看那邊。」

少年指向下風處的方位，也就是帝國、齊歐卡雙方艦隊打成一團的海域，目前應該還在激戰的場所。艾露露法伊從懷裡拿出望遠鏡，把帶著不耐的視線朝往那方向——不到幾秒，她就全身僵硬。

「看出來了吧？——海戰已經結束了。」

＊

「——哦呵呵呵呵！大豐收！大豐收！」

帝國艦隊旗艦「黃龍號」船上響起嘹亮的笑聲，這笑聲來自美貌的男性——耶里涅芬・尤爾古斯海軍上將看到跟在自己搭乘的巨艦左右及後方的僚艦，心情非常愉快。

「鄧米耶，盡量以開朗態度提出報告！我們現在的情況如何？」

「……是，除了殘存的二十四艘艦艇，還有俘虜的齊歐卡艦十一艘——總數三十五艘。即使和開戰當初相比，全體加加減減後，戰力損耗非常輕微，上將。」

「就是這樣！哦呵呵呵呵！」

大笑化為勝利的歡呼聲，傳遍波濤洶湧的海面。在他搭乘的「黃龍號」周圍，數量和開戰當初並不遜色的軍艦排成隊列在海上航行……然而構成卻和之前不同。三分之二是歷經激戰仍舊殘存的帝國艦，但剩下三分之一是三桅帆船型的齊歐卡軍艦。不過無論哪一邊，主桅上現在都一樣揚起帝國軍旗。

「──哎呀呀，我是有想過能辦得到，但這成果倒是高過預估。」

擔任艦隊一分子的帝國軍艦「新月號」的船頭甲板上，黑髮少年露出帶著訝異的佩服表情。包括蘇雅在內的部下們也在他背後點頭附和。

「壓制敵艦後立刻奪走控制權。嘴上講起來簡單，實行起來可不是那麼容易的事情。必須先讓敵方船員徹底失去抵抗力，完成這步驟後，接下來還得派適合的人員前往船內各處，也就是要能控制構造和環境都不同的敵國軍艦──把受過這種訓練的水兵們派出去。」

「──不過對當事者們來說，這一定不是特別的事情吧。壓制就等於是奪取，奪取的東西從那瞬間起就屬於自己。他們大概是從以前就堅信這種理論。」

帝國軍艦「日輪號」艦尾甲板上，在炮身還留有溫度的對物膛線風槍旁邊，完成任務的托爾威也同樣眺望著艦隊的模樣。

「齊歐卡艦隊向來都是採用從上風處衝撞後，再不濟也能把我方船艦拖下水陪葬的作戰。不是一人殺死一人，而是一船撞沉一船……不過，這種判斷有點太天真了。正常來說，俘虜敵艦並拿來轉用是需要花費好幾個小時的辛勞工作，敵人應該也是基於這種判斷才建立作戰計畫——」

「但是帝國海軍卻成功在短時間內就完成這種困難工作，輕鬆得像是在呼吸。正可以說是完全發揮出海盜軍的特質。還有俘虜新船艦並操縱時，能從『黃龍號』上補充不足人員也是很重要的因素吧。」

從「猛虎號」船頭眺望周遭的雅特麗也自言自語。在她身邊，有基於「丟著不管可能會帶來危險」這理由而受到監視的葛雷奇。不但手腳被繩索綁住，嘴巴也被封住的海兵隊長只能以充滿怨恨的眼神瞪著旁邊的少女。

「隨著殘存船艦數量的差距變大，戰鬥也變輕鬆，所以只看結果的話應該是大勝吧？雖然我方的損害也絕不算少……不過回想起當初的不利，應該要認定這是很棒的結果。畢竟，此時大勢已定。」

＊

「——妳應該看得出來吧？憑剩下的爆炮艦，已經無法推翻這個戰況。」

馬修盡可能以沉重的語氣對看著望遠鏡動也不動的艾露露法伊這樣說道。他在嘗試的事情，正是要讓敵將承認敗北的說服行動。

「就算在此繼續一決勝負，也沒有任何意義。只是會流下更多無意義的鮮血。如果彼此都不希望出現更多犧牲，兩艘船就這樣一起入港是最好的選擇。」

「…………」

「要是你們依舊堅持繼續戰鬥，那也沒辦法……我們只好下定決心，在僚艦追上來之前把你們困在這邊。雖然我方已經成了如妳所見的慘狀，但如果只是要爭取時間，未必無法做到。畢竟比起讓你們和其他爆炮艦會合，這樣做似乎也會讓我方受到較少的損害……」

最後的發言聽起來有點擺爛，這是因為馬修已經沒有玩弄詭辯的理性。嘔吐感和昏眩感嚴重到絕望的程度，如果這種痛苦還要繼續下去，老實說隨便怎樣都好——只因為他已經半真心抱著這種想法，所以語調也具備莫名的魄力。

「……沒想到在注意力被你們吸引住的期間，我卻忽略了關鍵的戰局……」

總算放下望遠鏡後，艾露露法伊以苦悶的表情如此說道。雖然連聽清楚對方說什麼都已經很痛苦，但馬修還是擠出幾近於零的力氣。

「嗯……不，嗯，這該說是結果論還是什麼呢……我們原本的目的是要壓制住爆炮艦，也沒想到會和旗艦一對一展開那樣的戰鬥……」

「你知道這艘船是旗艦？什麼時候發現的……」

「是我方同伴根據發出信號的方式看穿的……不過怎麼說，真的很不好意思，這部分的說明能夠以後再談嗎？應該無所謂吧？我想早點先把交涉完成。畢竟妳看，天氣非常惡劣，再這樣下去船本身也很危險吧？」

其實從語氣和臉色都可一眼看出，真正危險的是馬修的胃。艾露露法伊仔細觀察交涉人的這個模樣，不知道為什麼覺得原本緊繃的精神突然急速放鬆——在自己也不太理解的苦惱猶豫之後，她嘆了口氣。

「——你真狡猾。明明是殺死我心愛孩子的帝國兵之一，但很不可思議，我並不想把怒氣發洩在你身上……甚至還覺得要是讓交涉繼續拖延下去，似乎會成為我方的過失。」

微胖少年已經沒有力氣做出任何回應，只能堅持直立不動的姿勢看著對方。白翼太母一邊面對這樣的少年，同時在內心對著自軍的士兵們謝罪——另一方面她也承認，自己的雙翼終於無法把勝利帶給心愛的孩子們。

「——我接受提案。本人個性也不願意看到無謂的流血，彼此合作入港吧。」

聽到敵將講出期待已久的回答，那瞬間馬修本來想按照禮儀說出：「非常感謝您的英明判斷」

——他的確試圖這樣說。

然而，代替這句話衝出他嘴裡的東西卻是至今為止明明拚命忍耐再忍耐，到最後還是從胃裡逆流而上的一切。少年出生至今，第一次體驗到什麼叫做讓人覺得自己全身上下似乎全都吐光了的經驗。

第三章

Alderamin on the Sky

身旁的黑影

「——我說，艾露露法伊候補生。妳覺得我這人看起來像是喜歡干涉他人性生活的人嗎？」

在西向窗口照進來的陽光照耀下，房間內顯得明亮健康。然而對於坐在房間中央椅子上的軍服少女來說，反而因為逆光所以很難看清窗戶前方座位上的男子臉孔。

「好像也給人那種感覺吧？」

少女嘴上不服輸地說道。在光影形成的極端對比中，男子的雙手正放在厚重櫟木桌上，固執地試圖拆解數個相扣的金屬圈。而少女則盯著他的動作。

「我要解釋一下，那是誤解。雖然我會根據當時的情況去捏造、消除或扭曲各式各樣的事情，卻只有在『我本身比任何人都熱愛自由』的這一點上不存在著任何捏造和虛偽。當然，性生活的自由也包括在內。只要不違反公共的利益，無論有什麼性嗜好都完全沒有問題。即使對性生活特別投入也無所謂。」

「如果是那樣也幫了我一個大忙。」

「所以說，前提是不能違反公共利益。很遺憾，一個高等軍官的候補生每天晚上都隨便找人上床的行為再怎麼說都有傷害各種利益的危險。」

嘰……男子坐著的椅子發出嘎吱聲。身上筆挺的外套和褲子呈現深藍色，和皮革製座椅的黑色在交會處融合，形成調和的樣貌。

「就算是大白天在街上正大光明做那檔事，我也覺得沒差。」

「關於暴露癖會對公共造成什麼樣的負面影響，這一點有討論的必要。但，那不是今天的論點主題。」

男子暫時停下擺弄智慧環的雙手，凝視少女。

「我認為像妳這種年齡的女孩再三重複極端性行為的舉動，是內在有某種缺陷的象徵。希望妳可以老實回答，不要有所隱瞞。實際上，妳想透過和男性接觸得到什麼？」

「…………」

「妳有聰明的腦袋，起碼聰明到無法沉溺於只是以快樂為目的的性行為裡。我猜，妳對於自己的缺陷應該具備自覺。例如說……對了——憧憬即使追求也無法獲得的父愛之類。」

男子揚起嘴角，彷彿在表示「怎樣，是正確答案吧」？然而，看到當事者的少女愣愣地歪了歪頭之後，他迅速換回認真表情，再度開始對抗智慧環。

「不必介意，我的第一個推理經常落空。」

「既然知道是那樣，為什麼要擺出充滿自信的樣子？」

「對發言內容愈沒有自信時，就要擺出愈有自信的樣子，這可是政客的基本。妳最好也記住這點。」

這莫名其妙的理由讓少女嘻嘻一笑。看著在這段期間內依舊持續挑戰智慧環的男子，少女先猶豫了一會，才輕輕表白內心的想法。

「和剛才的推測算是正好相反吧……我想要的不是父親，而是小孩。」

「哦？」

「我想要和自己有血緣的孩子，想在接下來的人生中，把愛灌注在那孩子身上。」

「那是因為妳想要能傳授鷹匠技能的繼承人——是這樣嗎？」

「這也是一部分原因。只是，一個人太寂寞是更大的因素。雖然這個國家的人們並不會排擠我，但是也不會張開雙手接納我。總覺得和每個人之間都隔著無法越過的鴻溝，實際感受到這點時，真的很心酸……」

少女伸手抱住自己的肩膀，如此說道。這時，男子手中複雜相扣的金屬環有一部分被解開。

「是嗎，意思是住在齊歐卡的生活讓妳感覺受到排斥嗎？」

男子以能理解的態度點點頭，接著隔著智慧環讓雙手交握。

「我很高興妳坦白說出來，也會好好反省。既然讓妳感覺這國家住起來不舒服，我必須負起一部分責任。」

他先強而有力地表示負責後，才把視線放回少女身上。

「——但是，在考慮具體對策之前，我想先確認一件事。」

「？什麼事？」

「很簡單，妳說妳是因為想要小孩才和男性多次進行性行為。既然是這樣的緣故，妳應該沒有避孕吧？」

「噢……嗯，我連想都沒想過。」

「那麼，這行動是從什麼時候起開始化為日常行為？」

「大概是……三年前左右？」

「性行為的頻率如何？大約是一個月數次嗎？」

「一個月……呃……等我算一下……」

看到少女先使用雙手手指計算，結果還不夠用只能開始心算的模樣，男子重重點頭並回答「我明白了」。

「果然，我的擔憂似乎沒有錯。這樣一來，對妳來說大概會是個痛苦的消息——不，就算順利懷孕，那也是另一種棘手狀況。」

「……你在說什麼？」

「是醫學上的見解——三年以來，妳持續和不特定的多數男性頻繁從事性行為，卻沒有懷孕的跡象。到此為止都沒錯吧？」

「……嗯……」

「既然如此，那麼很遺憾，我不得不做出診斷——妳是不孕體質，艾露露法伊候補生。就算妳今後和再多男性上床，恐怕也沒有機會懷孕產子。」

聽到這宣告的瞬間，少女的世界從根源受到了震撼。男子手中的金屬環再度有一部分發出聲響並被拆離。

「……怎麼可能……是那樣……」

「妳想必不願相信吧，然而同時，妳也不認為我是在說謊。妳本身應該也一直抱著焦慮和懷疑，畢竟過了這麼久卻一直沒有懷孕。」

「………」

「如果妳要求，我可以介紹醫生。只是除了祈禱偏方之類的等級，現在的醫療裡並沒有治療不孕的方法。到妳接受這事實為止，診斷結果大概都會一直重複先前的結論。」

男子平靜講出口的發言毫不留情地貫穿少女的內心。在異鄉的孤獨生活中懷抱的唯一希望發出破碎的聲響，逐漸崩壞瓦解。

當少女失去精神中心的靈魂浮上虛空的那瞬間，男子惡魔般地抓準時機，再度開口說話。

「但是艾露露法伊候補生，只要稍微改變想法，妳的願望並不難實現。」

「……咦？」

「妳只是想要能付出感情的對象吧？那麼，這個對象應該並不一定絕對要是和妳擁有同樣血緣的親生小孩。只要有能坦率接受妳的感情，並把妳當成母親仰慕的對象，這就是夠格稱為親子的關係性，妳的孤獨也會在交流中獲得治癒。這方法至少值得一試。」

「……意思是要我收養孤兒嗎？」

「沒錯，除了妳的故國拉歐，齊歐卡也接納了其他周邊滅亡國家的許多難民。其中當然包括很多因為戰亂而失去雙親的人。」

「…………」

「妳明白吧？他們正是和妳懷抱著相同孤獨的存在，也是該由妳擔任母親的孩子們。」

男子的提案溫柔擁抱少女懸在半空中的心，被賜予新光明的精神也再度開始脈動。

在露出滿足微笑的男子手中，智慧環發出咔鏘聲，完全解開。

「妳今後只需克制隨便找人上床的行為，不必做任何特別的行動。好好按照過去那樣繼續待在海軍軍官學校裡學習，再稍微忍耐一陣子。我會幫忙安排妳期望的東西，不會花太長時間。」

時刻接近傍晚，從窗口照入的夕陽光線更為強烈。少女因為逆光而瞇起眼睛，同時對男子露出求助般的眼神，她只能清楚看見對方笑意更深的嘴角。

「我保證──在不久之後的未來，妳就會被心愛的孩子們喚作母親。」

「──唔。」

一聽到房門外傳來的腳步聲，原本坐在質樸木椅上打盹的艾露露法伊立刻清醒。她集中精神站起身，穿上軍服外套，把鈕釦扣好時，敲門聲很湊巧地響起。

「請進。」

她回答之後，房門靜靜打開，一名男性進入室內。對方的陸軍軍服上別著中尉的階級章，是個比預想還年輕很多的黑髮少年。

「早安，泰涅齊謝拉小姐。昨晚睡得好嗎？」

聽到對方親切問候，讓太母驚訝得瞪大眼睛。居然以「小姐」稱呼俘虜的敵方將領，明明才這種階級，這人倒是相當會套近乎——即使心中訝異，但艾露露法伊依然冷靜應對。

「睡得很熟，因為此處本來就是我方的基地，想也知道吧？」

「如果是這樣，妳的睡相一定好得讓人吃驚呢。」

黑髮少年看向位於無窗房間角落的床鋪，似乎很佩服地說道。艾露露法伊保持沉默，畢竟一眼就能看出床單根本沒被躺過。

「不好好睡覺會讓皮膚變差喔，那樣就太可惜了。」

「這不是你該擔心的事情，帝國軍人。我甚至還不知道你叫什麼名字。」

艾露露法伊投出帶著責備的視線，少年則笑著點了點頭。

「真抱歉，我是帝國陸軍中尉伊庫塔．索羅克，這是我的搭檔光精靈庫斯。請不必客氣直接叫我阿伊吧。」

一聽到這名字，艾露露法伊的表情立刻整個繃緊。

「……原來你就是讓那個約翰嘗到苦頭的英傑嗎？」

「雖然我很高興自己被人認識，不過這種印象倒是有點……」

「你要我們有什麼其他的印象？話說回來，真是的，原來是這樣嗎……這下我總算能接受之前的敗北。就是你把能擊敗我方的智慧傳授給帝國海軍吧？」

「不不，我只有偷懶而已，這次都是同伴們在努力。」

少年聳著肩膀如此回答，然後走向房間深處，很自然地在床邊坐下。

「我想跟妳談一談，沒關係吧？」

「我是俘虜，你們是勝利者，想審問就問吧。」

「不，這是和軍事方面幾乎無關的話題，該說是我個人的興趣吧。」

黑色眼眸直直望向太母的臉孔，其中沒有任何一絲敵意，甚至反而帶著親近的光彩。艾露露法伊無法判斷對方有何意圖。

「妳為什麼會被海軍的士兵們稱呼為『母親』呢？」

這是出乎意料的問題。艾露露法伊更無法猜透少年的心思，只能以問題回答問題。

「……知道這種事又能怎麼樣呢？」

「我想認識妳。這就是目的，艾露露法伊・泰涅齊謝拉小姐。」

太母不高興地保持沉默。即使身為俘虜，也沒有義務必須連私人過去都老實招認——或許是感覺到這樣判斷的她打算封閉內心，伊庫塔主動開口。

「大約十年前，我也曾有母親，她是世界上最溫柔最美好的女性。如果現在的我內心還有能稱得上善性的部分，大部分應該都是從母親那邊繼承而來。」

「……………」

「或許是因為這樣，我總是會去注意比自己年長的女性。尤其是無法丟下在哭泣的女性不管。」

「……你是指誰在哭泣？」

「妳是母親，失去孩子的母親當然會流淚。」

少年平靜講出的發言是出乎太母預料的一擊。就像是堅硬外殼的內側受到直接攻擊，她的嘴角微微顫抖。

「海戰結束後，被俘虜的士兵們全都異口同聲地為妳求饒。說自己等人不管遭到什麼處置都無所謂，只希望我們能手下留情放過太母的命……正常來說應該會相反才對。所謂敗戰的部下通常會主張全都是下令的指揮官不好，所以希望自己能逃過一死——這樣才正常吧？」

「……他們……居然做那種事……」

「而且只要一有空就會大合唱喔。託此之福，對妳的隔離處置已經差不多來到極限。我想大概今明兩天就會找妳過去，麻煩安撫一下他們。」

「如果可以的話請讓我那樣做，因為我有責任該保護那些孩子。」

太母不斷重重點頭。伊庫塔以不忍眼神望著她的模樣，開口說道：

「……他們每一個人的膚色和口音都有點不同。在那些士兵中，大部分的人恐怕已經連故國和家人都不存在。我推測齊歐卡第四艦隊就是特別集合這樣的人員來成立的艦隊。而——被稱為『白翼太母』的妳本身，也是『鷹匠之民』的殘存者，來自已滅亡的拉歐國。」

「……的確是那樣沒錯，我的艦隊聚集了失去故鄉的人們。」

「原來如此……說是很有齊歐卡風格也沒錯。一方面利用多民族國家的名義來培養愛國心，同時製造出能和軍隊組織劃上等號的模擬家庭。這做法巧妙利用了人們在失去根源後會產生的缺陷，高明得甚至令人佩服——不過構思者低俗至極的興趣不包括在內。」

伊庫塔帶著苦澀表情如此評價。聽到這句話的瞬間，太母感到一股氣往腦門衝。

「……你能夠體會生不出小孩的女性是什麼心情嗎！」

衝口而出的吼叫在沒有窗戶的房間裡迴響很久。聽懂這句話的意義後，少年的表情也很快繃緊。

「該不會這就是理由……？妳擔任許多士兵母親的理由？」

「沒錯！就是那樣！我的肚子無法懷上孩子，和大部分人相同的做法永遠無法讓我成為母親！正因為如此，我決定要把所有感情都灌注在把我當成母親仰慕的他們身上……！」

「這不科學！」

瞬間沸騰的伊庫塔從床上站起。他快步逼近艾露露法伊，抓住她的雙肩用力搖晃，同時以顫抖的聲音繼續說明。

「妳不懂嗎！沒有不會死人的戰爭！指揮官的工作就是要以高價出賣士兵的生命！只要妳繼續把艦隊當成模擬家庭經營，每次發生戰爭，妳就要再三嘗到失去自己孩子的痛苦！因為妳身為他們的母親，所以會一而再再而三地嘗到光是一次就足以撕裂人心的痛苦……！」

少年激動發言的強烈氣勢讓艾露露法伊忘記怒氣，只能愣愣呆站。少年到底對自己說了什麼，又是為了什麼生氣——她無法立刻理解。

「用這種方法不會得救！只會讓感情在投入後就立即流失，並不斷累積母親失去孩子後的悲傷哀嘆而已！總有一天當妳無法承受這重量時，就會在絕望的底部毀滅！面對沒有任何回報的人生末路……！」

「伊庫塔，你冷靜一點，伊庫塔。」

腰包裡的庫斯開口勸解。少年這下才猛然回神，從太母身旁退開。

「……對不起，我太激動了。抱歉做出這麼粗魯的行為。」

「……你到底是對什麼感到如此憤慨……？」

艾露露法伊臉上出現明顯的困惑，向眼前的少年表達疑問。伊庫塔原本想再多說些什麼，卻在即將實行前注意到一個問題並用力閉上嘴——無論是要接觸她的內心，還是想幫她化解精神上的糾葛，目前的時間都完全不夠。

「……等這場無聊的戰爭告一段落之後，我一定會再來見妳。拜託妳到那之前都老實地當個俘虜。」

伊庫塔以苦悶表情這樣說完並轉過身子。他以沉重腳步走向房門，同時像是突然想到般地追加了一句。

「——對了，關於妳的愛鳥，被我們的士兵發現牠窩在『白翼丸』的炮台甲板角落裡並已經予以保護。雖然牠的翅膀被子彈打中，但至少骨頭似乎沒有受傷。不過目前尚無法確定以後還能不能飛……」

「——你是說米札伊嗎！真……真的……？」

「我想妳今天之內應該就能見到牠。原本打算一開始就提這件事，沒想到卻成了最後，實在不好意思……那麼，就此告辭。在下次見面前，請多保重。」

留下這些話的黑髮少年離開房間，靜靜關上房門。艾露露法伊半歡喜半困惑地目送對方離開。伊庫塔・索羅克是為了什麼才來見自己？直到最後，她依舊無法判斷。

歷經激烈戰鬥後，在海戰中獲得勝利的帝國海軍第一艦隊接受了敵方總司令官艾露露法伊・泰涅齊謝拉的投降。在入港的同時壓制了尼蒙古港，俘虜大部分敵兵，達成奪取舊東域南方海域制海權的任務——這是兩天前的事情。

「——哎呀，妳還沒上岸嗎，伊格塞姆小姐。」

在戰時惡劣天候宛如只是一場夢的萬里無雲晴空下，旗艦「黃龍號」正停泊於港口內。船上處理雜務的剛隆海校注意到獨自站在船頭甲板一角的炎髮少女，親切地對她搭話。

「是的，剛隆海校。我在等部下的報告。」

「等報告是無所謂，但你們今天就要出發前往希歐雷德礦山吧？如果出發前沒有先在陸地稍事休息，身體會拖比較久才能擺脫潮水濕氣喔。」

「非常感謝您的關心，只要一拿到報告，我就會按照您的建議行動。畢竟我也開始懷念起不會搖晃的地面。」

「哈哈，是嗎。畢竟經歷過那種驚濤駭浪，也難怪會有這種感覺。不過，我聽說妳闖上敵艦後發揮出三頭六臂般的活躍表現。」

「沒那回事。雖然是不習慣的戰場，但很幸運敵方採用了錯誤的對策。」

雅特麗帶著微笑回答，這時部下們正好也從陸地沿著舷梯回到船上。他們把一個非常小的物體交給長官，並湊向耳邊低聲報告。從旁看著這光景的剛隆海校明白對話已經結束，為了繼續自己的工作而準備轉身……

「——請等一下，剛隆海校。」

然而雅特麗卻以有點強烈的語氣硬是留住了他。

「？怎麼了嗎，伊格塞姆小姐？」

「是，很遺憾……在回到陸上之前，似乎還有一個工作必須處理。」

炎髮少女散發出的氣勢變嚴肅了。前來報告的部下們全都一起跑走，就像是要從她身旁逃離。剛隆海校也因此察覺事態並不尋常。

「不久之前，這艘船上送出了信鴿。而剛剛的那些部下就是來向我報告這行動的結果。」

「……怎麼回事？」

剛隆海校表現出懷疑的態度並開口發問，雅特麗則以生硬語氣開始解釋。

「在開始海戰前，除了戰術面的課題，我還有另一個隱憂，也就是顧慮到關於情報洩漏的可能性。出乎敵人意表從下風處進攻的方法是這次作戰的關鍵，但這也屬於那種一旦被敵人事先得知就會瞬間化為泡影的奇策。」

「……唔……？」

「只是，仔細觀察狀況並進行推論後，也有機會判斷這不安只是多餘的顧慮。畢竟當時我等全都待在大海的正中央，就算艦隊內部有什麼不穩份子，也沒有和敵人互相聯絡的手段。

然而即使明白這點，我還是無法完全排除不安。因為在我搭乘的『黃龍號』艦上，存在著唯一能讓聯絡化為現實的手段。」

「……也就是鴿子……嗎？」

「是的，利用歸巢本能的信鴿有時候能飛行一千公里以上的距離並傳達情報，因此也有機會成功從大海正中央把情報帶往敵方艦隊。當然這絕對需要在敵人基地尼蒙古港飼養的鴿子，但也無法斷定潛伏份子沒有事前就做好準備。」

此外，信鴿中還有受過更進一步訓練的類型。然而在這次的案例中並不需要特別的傳令，因此雅特麗認定這是幾乎無關的情報並省去說明。

「……的確有這種可能，不過我還是認為未免過分猜疑。」

「假設潛伏份子已經事先準備好信鴿，我認為能保管鴿子的地點應該也有限。俗話說想藏樹就該藏在森林裡——換言之，應該被混在正規的軍鴿裡。這是最合理的做法。畢竟在漫長的船上生活中，要一直偷偷飼養活鴿子是很困難的事情，就算真能辦到，也有可能導致鴿子在真正要放飛時已經變虛弱了。況且信鴿的歸巢成功率並不是那麼高，無法準備太多隻想來也是困難點之一——因此我把警戒的對象集中在正規的軍鴿上，判斷如果有正確答案，就會從此處出現。」

「……如果是那樣，對策也很簡單吧？只要不放出信鴿就能解決。」

「是的，我最初也想到了這個辦法。然而，那樣做只是治標不治本。因此我產生了更貪心點的想法，認為若是能特定出潛伏份子會更好──於是去見了尤爾古斯上將。」

「…………！」

「說明情報有洩漏的風險後，上將立刻接納不放出信鴿的方針。一方面是因為並沒有什麼需要緊急和後方聯絡的事項，另一方面也因為當時天候已經開始惡化，從一開始就判斷聯絡的成功率並不高……這時，我提出了更進一步的提案──裝作把鴿子放出去但實際上卻藏在別處。」

「…………嗚！」

「如果我的擔憂成真，那麼正規的軍鴿裡應該混有尼蒙古港飼養的鴿子。換句話說，那種鴿子飛出去後，會回到位於這港口某處的鴿籠。我認為只要能找到那鴿籠，就是顯示內賊存在的最有力證據。」

講到這邊，不知何時兩人身旁已經聚集了大量士兵，其中還包括托爾威。除了他和雅特麗的部下，手持彎刀的水兵們也若無其事地加入包圍圈。

「在海戰前假裝放出的鴿子被暫時藏在巨大的『黃龍號』船底，二十分鐘前才真的離開這艘船。而且已經事先掌握了港口內的鴿籠，並全都安排好確認人員。而剛才的報告就是關於這件事的結果……很遺憾，在這港口的鴿籠裡，找到了三隻從船上放出的信鴿。」

雅特麗邊說，邊把左手伸向胸前軍服的內側，拿出一張被多次折疊的紙張。

「這紙條是這次找到的鴿子運送的聯絡文之一，我剛剛才從去確認鴿籠的部下手上拿到。」

接著她張開從至今為止一直緊握的右手，攤平並展示另一張紙條。

「鄧米耶．剛隆……上面簽署著名字——海校，這的確是你寫的東西吧？」

雅特麗一邊揭示左手上那些寫滿文字的紙條，同時以平靜態度進行確認。在周遭士兵的屏息圍觀下，剛隆海校面無表情地開口：

「……伊格塞姆小姐，妳是想指稱我就是內賊嗎？」

「綁著這聯絡文的鴿子應該是被放往這個港口，而寫下聯絡文內容的人是你。這就是我查明的所有事實。」

「那麼關鍵的聯絡文內容呢？上面寫著這次作戰的綱要嗎？」

「乍看之下，內容似乎是給後方的狀況報告。然而多讀幾次之後，可以找到許多在文法和表達方面顯得突兀的部分。我懷疑這有可能是暗號文。」

「這充其量只是妳的主觀，但是妳並不清楚我平常的文章是何種風格吧？」

「正是如此。我並不打算在此時就證明這是暗號文，剛才的發言已經包含所有我想提出的事實——綁著這聯絡文的鴿子應該是被放往這個港口，而寫下聯絡文內容的人是你。」

雅特麗重複自身的發言，像是在強調每一字每一句——她沒有興趣配合偏離問題本質的不重要議論，也讓剛隆海校充分感受到這種態度。

「……真是難看呢，鄧米耶。」

這時一名高大的美貌男性──尤爾古斯上將帶著緊繃表情，從圍著兩人的士兵外側走了過來。

剛隆海校以不客氣的視線望向長官。

「上將也是同樣意見嗎？認為我是齊歐卡的間諜？」

「我不知道。然而無論真相是哪一邊，現在的你都非常難看。如果你真的是間諜，那麼就是個被看穿真實身分的蠢貨；如果不是，就會成為被哪個人陷害的蠢貨……至於把這種傢伙任命為副官的人家本身，也會從今天開始成為蠢貨的一員，可喜可賀。」

「……確認有無嫌疑之前，先責備我的失態嗎？的確很有你的風格。」

身受嫌疑的軍人如此說完並露出苦笑後，平靜地原地舉起雙手。

「我暫時投降。雖然很想展示自身的清白，但目前似乎難以達成。不管是要拘捕還是要監禁都隨便處置，在這段期間內，我也會思考能證明自己無罪的方法。」

「嗯，我很期待。因為若以這種形式和你那張欠揍的嘴巴道別，其實也並非我所願。」

依舊保持苦澀表情的尤爾古斯上將對周圍的士兵們下令。

「話說完了，把剛隆海校帶往倉庫。」

舉著彎刀的水兵們圍住並堅守嫌疑犯的兩側和背後。在他們無言的催促下，剛隆海校安分地開始往前走。雅特麗和托爾威也帶著少數部下一起往艦內前進。

「我可以問一件事情嗎？伊格塞姆小姐。」

剛隆海校邊從樓梯口往下層走，同時開口發問。隔著水兵看到旁邊的雅特麗輕輕點頭後，他繼續說道：

「關於剛才的事情，有個根本性的問題讓我想不通……根據對情報洩漏的嚴重警戒態度，我推論在這件事情上妳並不是只打算以備萬一吧？而是在比海戰還早很多的時期就已經強烈懷疑有內賊存在。」

「正如你所說，我的確認為應該有內賊。而且講得更明白一點，我懷疑你就是內賊。」

「為什麼？難道是我曾經在妳面前表現出什麼可疑的舉動？」

「我是在和爆炮艦接觸後緊急舉辦的軍事會議上，才產生明確的不對勁感。還記得嗎？那時你從頭到尾都堅持主張該避免海戰的慎重做法。」

「嗯，當然記得，因為我確定以我方裝備挑戰爆炮艦是有勇無謀之舉。即使是已經獲得勝利的現在，我依舊不認為自己當初有說錯話。」

「我雖然基於立場而表示反對，但那的確是很聰明的意見。不但具體指出爆炮艦的威脅，更重要的是還針對高官們那種『已經沒有退路所以打吧』的僵硬思考提出批評。所以對於你以及願意聆聽這種主張的尤爾古斯上將，我都打心底感到佩服。」

「上將雖然看起來是那副樣子，卻是欣賞乾脆批判勝過阿諛盲從的人。」

「身為將領，上將值得尊敬——然而，即使基於這前提，你的意見還是有讓人無法理解的部分。也就是說，你對爆炮艦的說明過於詳細。」

「……這部分哪裡可疑？的確爆炮是帝國國內沒有製造的武器，但透過東域和北域的戰事，已經收集到不少情報。要從情報假定出具體射程和威力並不是難事，我只不過是基於自身知識來進行推論而已。」

「你有機會獲知這些情報的狀況本身的確沒什麼好奇怪，讓我感到不可思議的問題是，海軍全體並沒有共享這些情報。」

剛隆海校的肩膀一震，雅特麗淡淡地繼續說明。

「你是尤爾古斯上將的副官，基於這立場，應該有能力讓帝國海軍全體都普遍了解爆炮的威脅。然而實際上，直到『暴龍號』第一次接觸爆炮艦為止，整個艦隊幾乎完全沒有針對爆炮艦進行警戒。『暴龍號』之所以慘敗，也有一部分是因為這樣吧。」

「……的確，我具備關於爆炮的知識。但是如果可以讓我辯解，老實說在海上實際遇到之前，我也沒想過那武器會被裝到船上。我一直以為爆炮是在陸地使用的武器，這是思考的死角。」

聽到這說明，雅特麗帶著微微苦笑搖了搖頭。

「……你還記得我們剛來支援那時，曾經在船上進行過的對話嗎？『這艘旗艦因為體型龐大而動作遲緩，作為軍艦如何呢』——這是你說過的話。就算對象是能稱為帝國海軍象徵的『黃龍號』，也能提出極為冷靜又實際的指責。讓我產生一個印象，就是這個人的思考很靈活。」

「…………」

「我不認為這種人無法推論出『結合爆炮和船隻』這種程度的聯想。如果明明有想到卻沒有知會其他人，就表示你可能抱持著要把帝國海軍導向劣勢的意圖——或許你不知道，剛隆海校，但我從一開始就對你的能力有很高評價。」

「真是傷腦筋啊，早知道是這樣，或許我該表現得更愚蠢一點。」

剛隆海校以僵硬的笑容如此抱怨。雅特麗沒有回答，於是對話在此結束。

「那個……雅特麗希諾中尉、托爾威中尉，兩位陪到這裡就可以了。到倉庫前，我等會負責確實監視。」

水兵之一以略帶顧慮的語氣如此說道。除了不算寬廣的走廊因為擠了太多人而不方便行動，而且在這些水兵心中，總覺得這次事件是海軍內部的問題。要是陸軍繼續參與或許算是太多管閒事

——察覺到這點的雅特麗帶著部下一起停下腳步。

「那麼，之後就交給各位了。」

敬禮之後，水兵們也以眼神致意。於是雅特麗回過身子，負責任務的士兵們也正準備把視線放回前方——就在此時。

前方不遠處的走廊十字路口傳來匆忙的腳步聲。晚了一拍，懷中抱滿待洗床單的醫務兵女性

——哈洛從轉角現身。

「嗯咻、嗯咻……咦？哇！」

小跑著往水兵方向移動的哈洛或許是被懷中的床單遮蔽視線，似乎晚了點才注意到這群擋住走廊的人們。雖然在即將撞上最前方士兵前已經慌忙停下，然而勉強煞車的動作卻讓她的身體往前傾。

從懷中甩出的床單一口氣飛向半空，吸引住士兵們的注意力。甚至連雅特麗的意識都反射性地比較偏向即將摔倒的同伴身影——這時產生一瞬間的破綻。

鄧米耶．剛隆不只被懷疑是間諜，而且還有足以佐證的證物。然而即使如此，他還是有一點徹底瞞住了所有人。很難算是強壯的體格，甚至會被挖苦是侍童的長相，還有「擅長舌戰的頭腦派參謀」的印象——在這些條件的掩護下，藏著連炎髮少女也沒能看穿的最後祕密。

那就是，他身為亡靈的本性。

「——嗚！」

雅特麗慢了一點點，才察覺到有個動靜無聲無息地穿過士兵之間。沿著人群隙縫往前衝的人影從半空飛舞的床單下鑽過，到達另一端。

「所有人都不准動！」

在遮蔽視線的白布全都落地後，眾人眼前出現一個架住哈洛並以小刀抵著她喉嚨的男子。

「咦？咦……？」

「妳也一樣，哈洛瑪．貝凱爾少尉。最好保重自己的性命。」

用刀刃抵住哈洛喉嚨的男子說道。推開水兵們衝到最前方的雅特麗把手放在軍刀刀柄上，狠狠咬牙。

「我太大意了，你也是亡靈之一……！」

「在這種狀況下被人這樣稱呼，實在丟臉到臉上快要噴火。在潛伏的地方被逼上絕境還在眾人面前現出真面目——對於躲在陰影中工作的我等來說，這是最大的屈辱。」
男子帶著自嘲如此說道，下一瞬間，他的視線銳利地看向士兵們後方。
「把槍丟了，雷米翁家的青年！你不在乎同伴的生命嗎！」
「……嗚！」
原本想從人牆縫隙中針對敵人狙擊的托爾威因為這句話而完全停止動作。他被迫把風槍放到地板上後，剛隆海校也點點頭把視線放回正面的所有人身上。
「好了，帝國軍人鄧米耶・剛隆似乎要在這裡放下職務。我必須回去報告來龍去脈，能麻煩各位幫一點忙嗎？」
「……你想要什麼？說來聽聽。」
「只是一點小東西，一匹載有三日份飲水和食糧的馬，只要這樣就可以了。當我逃到離這個港口夠遠的地方，就會把貝凱爾少尉還給你們。」
「我完全無法接受。你可以直接把哈洛帶走，也可以在逃走的途中殺害她。沒有辦法保證你會歸還人質。」
雅特麗也毅然反駁。剛隆海校一邊把刀刃壓向哈洛的皮膚，同時笑得更開。
「是嗎，比起同伴的命，伊格塞姆小姐更想要保證嗎？」
「我很確定你無法在這裡殺掉哈洛。一旦失去人質，你在那瞬間就會遭到壓制。」
「原來如此，這話有理——那麼，先削下一邊耳朵如何？」

「你動手試試？如果你認為在削下哈洛一邊耳朵的期間不會失去自己腦袋的話。」

雅特麗擺好姿勢，做出會在往前踏步的同時拔刀攻擊的準備。她的堅毅態度動搖了剛隆海校的主導權——這不是虛張聲勢。只要稍微做出多餘動作，那瞬間自己的腦袋就會被砍掉。亡靈的一份子不由分說地實際感覺到彼此之間的確有如此大的實力差距。

「……我實在贏不了妳呢。好吧，既然話都說到這個份上了，我就提出保證吧。這種形式如何呢？」

亡靈舉出提案。在危險的對峙中，雙方開始針對人質安危進行交涉。

注意到異變而從船上趕來的尤爾古斯上將也加入後，充滿殺氣的交涉大約在十分鐘後得出結論。既然來自陸軍的「寄放品」騎士團成員之一被對方當成活盾牌，就算是海盜軍的首領也無法太強硬。

等待五分鐘後，在尤爾古斯上將的安排下，陸地上準備了裝好飲水和食物的馬匹。剛隆海校和身為人質的哈洛一起下船，和他們保持一定距離的雅特麗則跟在後面同行——最後就是演變成這種狀況。

「真是難看到極點——不管是你，還是我。」

在三人即將下船前，海盜軍的頭目以駭人表情瞪著過去副官如此說道。應該已經拋下鄧米耶．剛隆這假象的亡靈開口回應。

「我有同感。雖然只是演戲，但當你的下屬的確還不壞。」

結束或許是這輩子最後一次和尤爾古斯上將的對話後，亡靈帶著人質下船。在緊繃的氣氛中，依然保持沉默的三人離開港口，來到寬闊的道路。按照預定，有一匹被拴在樁上的馬在此等待。

「好了，貝凱爾少尉，請解開樁上的繩索。」

在亡靈的指示下，哈洛把發抖的手伸向繩索。雅特麗站在和兩人有一小段間隔的位置上旁觀。亡靈一邊慎重地測量和她之間的距離，同時慢慢從哈洛身邊退開，把手放到馬鞍上。

「我這邊已經可以了。」

「我這邊也可以。哈洛，解開繩索吧。」

亡靈在評估的是能確實逃離炎髮少女的間距，至於雅特麗則是在測量無論發生什麼事情都可以介入並救出哈洛的距離——在明白雙方條件都已經達成時，哈洛下定決心解開繩索。

「喝——！」

馬匹在男子翻身上馬的同時往前衝去。另一方面，雅特麗也擋在以全速衝過來的哈洛身前，目送亡靈的背影逐漸遠去——她心中湧起被對方擺了一道的悔恨，然而因為同伴平安歸來的放心感卻更加強烈。

「哈洛，幸好妳沒事……！」

雅特麗的雙手放開雙刀的刀柄，抱住無傷歸來的同伴。哈洛在她懷中低下頭，同時低聲喃喃說道：

「對不起，雅特麗小姐……」

「妳在說什麼，要道歉的人是我。我應該對他更加警戒。」

是自己的判斷失誤導致同伴遭遇危險——這是雅特麗的想法。面對明顯表現出強烈自省態度的雅特麗，哈洛依舊重複著和先前相同的發言。

「對不起……對不起……」

她眼角浮現淚水——只有謝罪的本人，明白這句話的真正意義。

雖然這出乎預料的意外事件帶來的衝擊尚未完全沉靜下來，但是在同一天午後，騎士團成員還是要按照預定朝著希歐雷德礦山出發。他們以自己指揮的兵力來組成營規模的輸送隊，正準備離開尼蒙古港。

「喂～我們這個排也準備好了……」

臉色還有點差的馬修完成點名，回到同伴身邊。如此一來，騎士團成員加上夏米優殿下的六人終於到齊。

「辛苦了，吾友馬修。你看起來似乎還沒有完全恢復。」

「我吃不下飯……總覺得地面還在搖晃，老實說，真希望能在這裡再休息三天左右。」

「我也有同感，但我們入港的時間已經比預定晚了一點，必須提早出發才能趕上。」

托爾威拍了拍馬修無力往前倒的後背，這時微胖少年稍稍抬起頭。

「話說回來，我躺在床上掙扎的期間，又發生了誇張的狀況呢……聽說那個剛隆海校是和齊歐卡私通的內賊？」

「講正確一點，他似乎是以此為目的而刻意潛入海軍的間諜。我沒看穿他居然是亡靈的成員之一，都是因為我的判斷太天真，才會害哈洛遭遇危險……」

「不……不是的，不是雅特麗小姐的錯！全都是在那種狀況下還跌倒的我不好……！」

由於雅特麗只要稍微放著不管就會開始自我反省，哈洛只能每一次都含著眼淚解釋。當現場空氣正要因此變沉重時，伊庫塔介入兩人之間。

「好了好了，既然已經平安結束，那不就得了？雖然讓犯人逃了，但光是把間諜趕出海軍內部就是很重大的成果。萬一沒能看穿剛隆海校的真面目，說不定接下來的情報都會一直洩漏。就算把雅特麗稱為海軍的救世主也不為過。」

「夠了，接下來才辛苦。因為內賊不一定只有那傢伙一個，尤爾古斯上將想必會為了審查部下而極為忙碌吧。」

雅特麗再度嘆氣。聽到她這番話，公主把視線朝向微胖少年。

「講到尤爾古斯上將，馬修似乎相當受到他的賞識。之前好像也有去詢問你要不要加入海軍。」

「拜……拜託請饒了我吧，光是想到要再搭船，就覺得我的胃……」

馬修按著胸口搖頭，黑髮少年露出不懷好意的笑容插嘴。

「不不～根據你這次的活躍表現，就算特別被針對挖角也沒什麼好奇怪。我從搭乘『槍魚號』的士兵們那邊聽說了，你似乎是靠著巧妙的交涉技術，成功促使敵方的總司令官投降。」

「交涉……？啊，不，那是……」

是因為想到你說過的話所以才總算找出辦法……馬修正想這樣說，卻在即將出口前又閉上嘴巴。要他當面對著本人講出這些話，總覺得有點不太甘心。馬修正為了這種事情煩惱，伊庫塔卻搶先繼續發言：

「哎呀，真的超乎預想。沒想到不是眼淚攻勢而是嘔吐攻勢。這獨創性值得尊敬。對於開拓出『嘔吐外交』這種新境界的自身功績，你該更感到自豪啊，馬修！」

「原來你是要講這個！畢竟在交涉之前都被迫接受簡直跟胡搞沒兩樣的駕船方式，我有什麼辦法！而且基本上，我不是在交涉中就吐了，是在交涉結束後才吐！」

被挖苦的馬修把身體上的不適都拋到腦後，提出猛烈的反論。伊庫塔本來還想繼續狠狠鬧他，但不知為何卻把已經張開的嘴巴又半途閉上，接著把食指朝向前方。

「馬修，看後面。看來捨不得你離開的人不只尤爾古斯上將而已。」

「啥？」

少年依言回頭後，才發現一張熟悉的臉孔躲在和這裡有點距離的樹蔭後。對方似乎也察覺到自己已經被發現，過了一會之後，才以下定決心的態度靠近。

「波爾蜜紐耶海尉……」

她在海戰中負傷的左手使用三角巾掛在胸前。或許是貧血還未完全復原，腳步也不是很穩。然而來到馬修面前後，波爾蜜盡全力挺直背脊望向他。

「你……你要走了？」

「咦？啊……嗯。因為比預定還晚入港，所以不能悠哉休息。」

「是嗎……」

講完這句話之後，波爾蜜不再發言，讓馬修好一段時間都不知該如何對應才好。最後波爾蜜似乎終於下定決心，把右手塞進口袋，接著把從口袋中拿出的物體遞給對方。

「……把這拿去當護身符！」

被遞向少年眼前的東西是附帶日晷的攜帶型羅盤。看起來似乎相當古老，呈現流線型的金屬部分甚至已經磨損，顯得別有情趣……但是沒有任何地方出現鏽蝕，看得出來持有者一直很認真保養。

「啊……噢……呃，這是……？」

「是喀爾謝夫船長在青年時代使用過的羅盤……尤爾古斯（我家）的傳家寶。」

聽到這句話的瞬間，馬修差點把手上的這東西摔到地上。他先用雙手確實握緊羅盤，才訝異地望著對方。

「真……真貨嗎……？可以把這麼重要的東西交給我嗎！不，老實說我真的感到非常高興，不過……！」

「我……我只是借給你……！下次見面時要還我！絕對喔！」

看到波爾蜜這充滿緊迫感的表情，讓微胖少年忍不住有點膽怯……然而從認真的視線中看出對方的心意後，少年這邊也改變想法，認為老是這麼畏縮實在欠缺禮貌。

馬修盯著手中的羅盤，稍微思考一下後，才把左手伸進軍服胸口。

「……只有我向妳借東西不公平，所以妳也把這拿去吧。」

少年遞出去的東西是一個很小的絲綢袋子。他讓波爾蜜握住袋子後，繼續說道：

「雖然很遜，但這裡面放著扭曲的硬幣。聽說是我的曾祖父在戰場上被打中時，在衣服裡擋下子彈救了他一命的東西。基本上算是泰德基利奇(我家)的幸運物……當然完全比不上喀爾謝夫船長的羅盤啦。」

從苦笑的馬修手上接下護身符後，波爾蜜小心地把那東西壓向胸前。

「……謝謝你，我會好好珍惜。下次見面時一定會還給你。」

「嗯，我也一樣。畢竟我借用了船長的幸運，要是隨隨便便就死掉，去到那世界可沒臉面對他本人。」

把彼此的護身符都收入懷中後，兩人再度陷入沉默。由於雙方在各方面都沒什麼經驗，還以為這次的沉默會持續很久——然而從偉大祖先身上繼承的勇氣在這個關鍵場面讓波爾蜜成功跨越了猶豫。

「你絕對不能死喔，笨蛋！」

她再縮短一步距離，伸出右手乾脆抱住微胖少年。短短一瞬，柔軟的嘴唇碰觸到臉頰——接下來在對方做出任何反應之前，波爾蜜已經先回過身子跑走。而且還試圖藏住自己那張整個通紅的臉。

「…………」

以結果來說，她的判斷應該是正確答案吧。因為在那之後，受到過大衝擊而化為石像的馬修又花了好幾分鐘，才總算能夠行動。

第四章

Alderamin on the Sky

希歐雷德礦山攻略戰

對於大部分的帝國人來說，酷暑是日常。然而東域的炎熱卻有著不同的性質。用一句話來解釋就是濕氣重。而且和乾燥地區相比，潮濕的環境能讓動植物的活動變得更旺盛。再加上各式各樣的條件後，誕生出的東西是熱帶林。內含多采多姿生態系的樹林雖然會賜予人類諸多恩惠，但也會造成同等的麻煩。

「嗚啊，居然連這種地方都可以吸住，真傷腦筋啊。」

薩札路夫少校邊脫下軍靴拉起褲管，同時嘴裡喃喃抱怨。待在中央時剃掉的鬍渣已經在進軍期間完全恢復原狀。而這樣的他皺眉注視的對象，是吸住大腿皮膚的紅褐色軟體動物。

「不管去到哪裡都是泥濘或沼地，幾乎每天都被水蛭吸血，再這樣下去不用多久大概就會貧血。」

少校腳邊有向部下借來的火精靈正在待機。把火精靈手上「火孔」點起的火焰靠近尾巴後，被烤到的水蛭立刻吐出剛吸進的血液並從皮膚上掉落。

「席巴少將，您不這樣覺得嗎？」

在同一頂帳篷中，先處理完畢的長官依然坐在椅子上，哼了一聲。

「……無謂之言。比起貧血，對於水蛭問題更該擔心的是感染症。」

這和平常無異的冷淡反應讓薩札路夫少校在內心嘆了口氣。

庫巴爾哈・席巴少將。在這次以攻下希歐雷德礦山為目標的作戰中，他被任命為陸軍這邊的總司令官。是一位下巴蓄著鬍鬚，臉上掛著嚴正表情的壯年男性，體格也相當健壯。再配上那沉默寡言的個性，是那種光在場不必說話就能帶來壓迫感的類型。

薩札路夫非常煩惱到底要怎麼跟這位新長官溝通。這是因為不管他用什麼當話題，都會確實遭到對方以「無謂之言」這句話駁回。從開始進軍到目前為止，扣掉純粹的軍務交流，薩札路夫幾乎不記得彼此有正常對話過。

——是啦，畢竟是長官和部下，我也不是想要什麼好到哪裡去的關係。

薩札路夫邊想，邊橫著眼偷瞄了一下。那是一張無法看出感情的嚴肅面孔。

——話雖如此，我實在看不出來這位到底在想什麼。這點很不妙。

無法看出總司令官的想法——對於薩札路夫來說，這是很嚴重的問題。因為不管是北域動亂還是更久以前，他都會先掌握長官的個性、能力以及判斷的傾向，然後才藉此在各種局面中靈活反應。碰上那種在全方面都很有能力的長官時，基本上只要遵從對方的判斷就不會有問題。但是如果情況明顯不是那樣，就必須找機會誘導長官修正命令。例如容易畏縮的類型要鼓勵對方做出決斷，會莽撞行事的類型就要勸諫對方改變心意，至於不聽他人意見的類型則是要靠奉承來掩飾——不管怎麼說，最關鍵的部分是首先要掌握對方是什麼樣的人。

——雖然看得出來這位不是蠻幹型的軍人，似乎也不是那種滿腦子都想要立下戰功的傢伙。從這種角度來看，我是很想認為起碼比某一位好多了……

薩札路夫清楚回憶起讓過去長官面臨末路的軍事審判光景。席巴少將那時應該也有列席，但是薩札路夫不記得他有積極發言。記憶中，他應該也是像現在這樣從頭到尾都保持沉默。

——反而是會讓人覺得「這人沒什麼幹勁吧？」的例子呢，該怎麼辦呢……

正當薩札路夫趁著晾乾腳的時間思考時，帳篷入口突然傳來「報告！」的喊聲。席巴少將以低沉聲音回以許可後，年輕的傳令兵帶著開朗表情進入帳篷內。

「來自海洋方面的補給部隊第二陣已到達！第三公主和騎士團的成員們也一起前來！」

聽到這報告，讓薩札路夫的情緒大大提昇。他把還沒全乾的腳塞進軍靴裡站了起來。

「那些傢伙到了嗎……！哎呀，得去迎接一下才行！」

他看向長官希望獲得贊同，然而席巴少將依舊一聲不吭。喂喂，這種時候即使是表面工夫也該表現出高興反應吧——薩札路夫內心吐槽，同時再度向長官建言。

「少將，第三公主殿下大駕光臨。聽說年輕的英雄們也一起到來，我想這應該是鼓舞士氣的絕佳機會。其他高官都已經外出，是不是該由我們去迎接呢？」

薩札路夫邊說，邊心驚膽跳地擔心萬一回應又是那句慣例的「無謂之言」該怎麼辦？然而年長的軍人似乎並沒有遲鈍到那種地步。他輕輕點頭，似乎很沒幹勁地從椅子上起身。

「但是這邊倒是沒有好消息。」

離開帳篷前，少將嘀咕了這麼一句。察覺到這是把留在嘴裡沒講出來的「無謂之言」換了個形式的發言後，薩札路夫也只能嘆氣。

希歐雷德礦山的地形大致可以區分為四個要素。首先是包圍周邊的樹林地區；接著是標高略高於六百公尺的山壁；然後是一個以沿著山往下掏的形式，被挖成缽狀的巨大直立洞穴；最後是在內部以及外圍形成的聚落。大約可以形容成甜甜圈形狀的礦山聚落。

和舊東域全體相同，這個希歐雷德礦山也是被帝國和齊歐卡不斷爭來奪去的地點。所以必然，在造成現在地形的過程中帝國也出了一份力。一方面保持礦山的功能，同時還要提昇防衛能力——抱著這種共通目標的雙方勢力各自累積巧思後，就成了現在這種模樣。

「易守難攻。作為自軍的據點雖然可靠，但相反地，換成敵人窩在裡面防守就會成為非常棘手的地方，就是這麼回事——嚼嚼。」

伊庫塔一邊在山麓上以望遠鏡眺望，同時咬下在進軍途中摘下的野生香蕉。

「——這次我方是進攻方，所以不出所料，戰況似乎處於膠著狀態。」

同樣看著望遠鏡的其他人也點了點頭。帝國軍以圍住山麓樹林並開拓出一條突入道路的形式來包圍住希歐雷德礦山。山上的敵方勢力已經處於孤立無援的狀態，只能堅守在內並和從山麓步步進逼的帝國軍互相開槍攻擊。

當六人正在推測戰況時，前方建設的陣地裡出現兩名軍官率領著大批部下前來此處。其中一人是名體格健壯的壯年軍人，另一人則是對騎士團眾人來說最熟悉不過的人物。

「感謝援軍到來！各位能克服嚴苛海戰來到此處真是辛苦了！不愧是聲名遠播的騎士團！」

才剛開口，薩札路夫少校就邊敬禮邊講了這種話。由於平常總是很隨和的他使用了如此鄭重的語氣，讓馬修和哈洛都驚訝得瞪大雙眼。然而，其他四人只看一眼就明白狀況。他大概是為了利用這次會面來提昇士兵們的士氣，才會故意用幾乎能傳遍整個陣地的大音量說話。因為戰況一旦陷入膠著，士兵們的緊張感總是比較容易鬆懈。

「非常感謝兩位出來迎接，席巴少將，薩札路夫少校。由於前來會合的時間晚於預定，希望接下來能夠挽回這部分。」

「喔喔，妳真是充滿幹勁呢，雅特麗希諾中尉！實在非常可靠，是吧，少將！」

少校向身旁的長官尋求同意。席巴少將理所當然似地以沉默回應，並來到夏米優殿下面前跪下。

「……勞煩您駕臨前線實在有愧，第三公主殿下。很抱歉尚未成功奪取礦山。這裡雖然是炮擊的射程外，還請您務必小心流彈。」

「噢……嗯，明白。」

「實在惶恐——那麼，在下先回去指揮。薩札路夫少校，接下來就交給你了。」

席巴少將在聽到回答之前就轉過身子，頭也不回地走向陣地深處。薩札路夫慌忙對愣愣目送他背影離開的公主和騎士團打起圓場。

「少……少將很忙，雖然外表看起來是那副樣子，不過心裡實際上很高興！總……總之呢，那個……差不多該開始交接補給物資了吧！」

由於少校強行改變話題，雅特麗等人也甩開微妙的氣氛，叫來在背後待機的部下們。士兵們雖然對少將的冷淡態度也感到懷疑，然而在忙著交接物資的過程中，這種心情姑且被應付了過去。在這種狀況下，作業約花了三十分鐘就大致結束。

「好，辛苦了！陣地西側已經做好野營的準備，在有其他命令之前，可以先讓士兵們去那裡休息。」

「是！」

「這真是太好了——蘇雅，妳有聽到吧？這件事可以交給妳處理嗎？」

收到命令的蘇雅開始指揮部下聚集。仿效這個方針，其他副官也同樣負起安排野營的責任。在伊庫塔等人指揮下的一個營進入陣地內後，只剩下騎士團眾成員和公主，以及薩札路夫還留在原地。

「我希望您可以說明狀況……針對很多方面。」

黑髮少年提出這要求後，薩札路夫少校很尷尬地搔著後腦。

「……戰況正如你們所見，雖然包圍大致上已經結束，但對方的防守實在太堅固。隨便出手也很危險，所以目前是想要形成消耗戰並開始擾亂的階段。」

「的確……在這種案例中，持續攻擊強迫敵人消耗，並從多方面造成壓力逼迫對方投降是最佳的慣用戰法。」

托爾威發表意見。在攻擊具備高守備力的要塞或堡壘時，必須率領在數量上大幅優於敵方的兵力並耗費數個月——運氣不好時甚至有可能耗費數年。想擊敗躲在優秀防衛據點裡的敵人，就是如此困難。因此在實行正面進攻時，通常會同時針對敵人弱點下手。

「不過，既然包圍完成，意思是已經截斷敵人的補給吧？只要繼續攻擊，敵方那邊的飲水和食糧以及子彈箭矢等物資遲早會耗盡吧？」

馬修樂觀地如此發問後，少校板著臉雙手抱胸。

「……遲早會吧？總有一天會耗盡，問題是無法得知到底會是哪一天。敵陣中有獨立的水源，而且為了應對這種事態，應該也多少儲備了一些糧食。還有另一個最棘手的問題，那裡是金屬供給來源和加工設備都齊全的礦山聚落。」

「原來如此，意思是敵人能夠自行生產子彈和箭矢……或許真的很棘手。根據這些情報，我方有機會確實消耗的目標只有敵人的糧食。」

雅特麗把手搭在下巴上思索，過了一會，她旁邊的伊庫塔再度開口。

「不管是飲水、糧食、子彈還是箭矢，截斷這些供給的行動主要是為了磨損敵人的精神吧？既然如此，沒有必要執著於手段上，能用來騷擾守城不出的敵人的方法還多著是。例如投入有可能會造成疾病的東西，或是派出大量士兵不斷挑釁，還有在敵人眼前舉行盛大的宴會展示我方的餘裕等等……」

「宴會嗎？這點子不錯……我非常贊成，請你務必實行，伊庫塔中尉。不過在那之前必須先說服總司令官就是了。」

「庫巴爾哈·席巴少將嗎？根據剛才的態度，他似乎不是很歡迎我等。」

直接和少將對話過的夏米優殿下喃喃說道，薩札路夫少校趕緊低頭賠罪。

「若是讓您感到不快，實在非常抱歉，殿下。不過請恕我稍作解釋，少將面對每一個人都是那種感覺，就連我自己也在就任後長期被無視……甚至我根本沒看過那個人笑的樣子。」

薩札路夫帶著苦笑解釋。這時，陣地那邊有一個注意到對話內容的女性軍官靠了過來。

「不好意思，我聽到了對話……恕我代替少將表達歉意，第三公主殿下。還有——騎士團的各位，我也曾多次聽說各位的活躍表現。能有各位趕來支援，實在可靠。」

女性軍官說完，露出溫和的笑容。她的年齡大約是三十歲上下，胸前的階級章是少校。和女性同樣階級的薩札路夫突然以焦急的態度揮動雙手。

「梅……梅爾薩少校……！不，我剛剛的發言絕對不是在批評少將……」

「沒關係，薩札路夫少校，我明白你的心情。畢竟我也一樣無法和現在的少將心意相通。更何況你是北域動亂的英雄，對這狀況想必會感到焦躁吧？」

對方以平穩語氣表示理解後，反而是薩札路夫無法再說什麼。梅爾薩少校先對他露出微笑，才把視線放回騎士團眾人身上。

「很抱歉這麼晚才報上名號，我是帝國陸軍少校米塞伊・梅爾薩。還請各位趁此機會記住我，不過由於各位被編入薩札路夫少校的屬下，我並不能算是直接的長官……」

「不不，如此美麗的名字讓我一瞬間就深深刻在腦裡！話說回來梅爾薩小姐，妳應該還沒結婚——嗚喔！」

當立刻進入泡妞模式的伊庫塔正打算靠近女性的那瞬間，薩札路夫少校的雙手從後方狠狠框住他的腦袋。

「哈哈哈，這傢伙是我可愛的部下，太可愛了所以實在無法放手。」

「等……你做什麼啊少校……！我頭骨會碎裂啊你是認真的吧！嗚啊啊啊！」

薩札路夫一邊完全封鎖還在拚命掙扎的伊庫塔動作，同時對梅爾薩少校露出紳士般的微笑。她先是因為兩人互動而莞爾一笑，才像是突然想到什麼般地憂鬱嘆氣。

「少將以前也是個開朗的人……在利坎中將過世後，就變成了現在這種樣子。」

聽到有印象的名字，讓騎士團眾人都瞪大眼睛。過了一會，雅特麗和托爾威以理解態度多次點頭。

「……是這樣沒錯呢，席巴少將在兩年前也負責防守東域。」

「我記得在關係鎮台撤退的最後雙面作戰（Two-front war）中，席巴少將擔任所有撤離部隊的司令官。還有，結果是他成了將官中唯一還活著的人……」

「是的……看上這份經驗，這次的東域再入侵作戰中他被任命為總司令。以少將的立場當然不可能拒絕，然而內心應該自感有愧吧？既然事到如今高層還命令他再度奪回礦山，為什麼當時沒有下令好好堅守……」

講到這邊，梅爾薩少校閉上嘴。大概是因為她自己注意到再講下去有可能會成為對皇室的批判吧。少校先輕輕甩頭，才再度面對騎士團眾人。

「——不過，只有這點請各位相信。無論內心抱著何種複雜想法，席巴少將都不是會草率對待職務的人……只要依然身為軍人，最後他必定會引導我方邁向勝利。總有一天，薩札路夫少校也一定會明白這點。」

最後向所有人敬禮後，梅爾薩少校離開現場。剩下來的人們帶著複雜心境保持沉默時，雅特麗突然開口。

「……薩札路夫少校，再那樣下去我想你的衣服會被弄髒。」

「啥？」

茫然望著梅爾薩少校背影遠去的薩札路夫聽到這句話後才把視線往下看。只見在他勒緊的雙臂中，黑髮少年已經口吐白沫。

「……嗚喔！抱……抱歉！我太用力了！」

他慌忙放手後，伊庫塔當場倒下不斷痙攣。維持這狀態一會兒後，他很快恢復意識，以雙手撐在泥濘的地面上，氣得嘴唇顫抖。

「不只在北域丟著我們不管，現在還給出這種對待……！這口氣實在無法再吞下去！」

「抱……抱歉，是我不好。所以別那麼生氣。」

「請不要以為梅爾薩少校的貞操可以守到明天早上！」

「……嗯？你說啥？意思是你今天內就想要隻身對敵方陣營發動突擊嗎？」

「不妙，快阻止他們！兩人的眼神都很認真！」

「請不要在這種地方引發別的戰爭～！」

馬修和哈洛慌忙想要阻止，但兩名當事人都帶著僵硬笑容對峙，誰也不肯退讓。在爭奪對象本人不知情的情況下，正當毫無仁義的戰爭即將拉開序幕時——從背後衝撞而來的某物體讓伊庫塔的身子像垃圾般地被彈飛了出去。

「任務完了！在此報告，少校！」

激起泥巴的那個人物在薩札路夫面前停下後，以標準到可以刊在教科書上的動作敬禮。軍服上套著輕鎧甲，腰上插著兩手用長劍，背後以及兩耳前方總共有三撮紅茶色的長髮。從時代大約得回溯一世紀的這個英勇站姿中，只有胸前顯得內斂的鼓起部分堅強地顯示出性別。

「已經派出部隊所有人員，去樹林裡砍下兩天份的烹煮用柴薪！現在正放在陽光下曝曬讓木材乾燥，請您之後抽空前去檢查！」

「啊……噢，辛苦了……我想妳應該累了，要不要暫時待在帳篷裡待機……」

「哈哈哈哈！您真是愛說笑！那點小柴小枝，無論必須量產多少數量，下官都不會感到任何疲勞！那麼，請您儘快下達下一個命令，少校！下官的騎士道精神早就已經在爆發邊緣！」

少女握著拳頭表現出英勇反應。這種以壓倒性氣勢遵循騎士道而活的模樣，讓騎士團成員們感到記憶受到刺激。

「怎麼說……這感覺……」「我覺得有印象……」「我也有似曾相識感……」

馬修和哈洛還有托爾威瞇起眼睛凝視少女。這時，她的搭檔水精靈從腰包裡對著一行人揮手。

於是三個人一起想通了似曾相識感的答案——慢了幾秒，薩札路夫少校開口說明。

「啊～也要介紹給你們才行……這傢伙是露康緹．哈爾群斯卡准尉，是擔任我護衛的輕裝甲騎兵部隊隊長。嗯，看姓氏也知道……」

「是丁昆准尉的妹妹。」「一眼就看出來了。尼基，好久不見。」

站在一起的夏米優殿下和雅特麗都點了點頭。就像是到現在才總算注意到一行人的存在，露康緹准尉瞪大眼睛原地跪下。

「失禮！沒注意到第三公主殿下大駕光臨！」

「不，不必在意。衣服會沾上泥巴，請站起來吧，露康緹准尉。」

公主彎下腰伸出手後，少女的雙眼流下一滴淚水。

「對下官這種微不足道者居然如此親切……！本人露康緹因為過於感動而痛哭，現在實在無法抬頭！」

「不，雖然妳這樣說，但不站起來也讓人困擾……」

一臉困惑的夏米優殿下再度催促後，露康緹准尉才用手背抹去眼淚站了起來。她朝著公主正式敬禮後，接下來把視線轉向炎髮劍士。

「您一定是雅特麗希諾．伊格塞姆中尉！聽說兄長大人在北域受到您多方照顧！」

「受照顧的人是我。在愈來愈嚴苛的戰場上，令兄持續表現出堅毅不搖的騎士舉止，那高潔的模樣也帶給我等許多救贖。」

雅特麗講出毫無虛假的真心話。聽到這些，剛抹去的淚水再度從少女的眼中湧出。

「動……動亂開始前，下官收到兄長大人的信件。上面寫著他和剛赴任的雅特麗希諾中尉進行決鬥，而且徹底敗北……還說──您是一位遠超過想像的人物，即使敗北也能感到自豪，希望有一天能讓下官也和您見面。」

「我打心底感到光榮。」

「不……不過，下官卻對兄長大人的敗北感到非常不甘心……實在無法承認那個兄長大人居然會束手無策，所以一直遲遲沒有回信。結果還在鬧彆扭時，北域動亂開始……兄長大人也前往戰場。」

「……原來是這樣……」

「在下官開戰後才慌忙寄出的信件送到前，兄長大人已經離世。花費長時間來克服悲傷後，我一直很在意家兄最後是怎麼走的……當然，我已經從其他人口中聽說過幾次，然而還是希望能由雅特麗希諾中尉您親口告訴我。家兄……丁昆．哈爾群斯卡到最後都是個勇敢的騎士嗎？」

聽到這提問，雅特麗毫無猶豫地點頭。

「以雙刀起誓，我可以保證──丁昆．哈爾群斯卡的人生劃下了令人敬佩的句點。他身為一名比任何人都深愛國家與同胞的騎士，自始至終都徹底實踐沒有一絲污點的生涯。如果有人污辱他的生存方式就告訴我吧，就算其他哪個人能夠原諒，我本人也絕對不會無視此事。」

帝國騎士把手放在雙刀的刀柄上，嚴肅宣誓。聽到這句話而深受感動的露康緹准尉也不知道在想什麼，突然轉身以全速跑走。

「嗚喔喔喔喔喔喔喔喔喔喔！」

之後還不到一分鐘，她又回來了，而且雙手上各自握著一把練習用的木劍。她遞出其中一把，同時彎下腰誠懇請託。

「請您給予指教！下官希望藉由和您交手來祭拜亡兄！」

到此為止都只是旁觀的薩札路夫少校慌忙介入這個發展。

「喂……喂喂，露康緹准尉。雖然我明白妳的心情，但這種事情要看時間地點……」

「我不在意，少校。如果可以，我願意陪熱心的晚輩稍微練習一下白刃戰。」

雅特麗以眼神尋求許可。加上這種名目後，薩札路夫也沒有強硬否決的理由。他聳著肩膀東張西望。

「……算了，拜託妳們動作快點。要是鬧得太大會傳進席巴少將耳裡，到時候會挨罵的人可是我啊。」

「了解──那麼，立刻開始吧。隨便妳要怎麼攻擊都行，露康緹准尉。」

以右手舉著木劍的雅特麗開口催促。相較之下，露康緹准尉也行了一禮後擺出中段姿勢，首先以木劍前端輕碰對方木劍前端，同時往前踏步發動攻擊。

「失禮！」

瞄準護腕的第一擊。為了讓接下攻擊的雅特麗沒有機會反擊，年輕騎士繼續果敢前進。即使接二連三受到兼具速度和精準度的斬擊，紅色劍士還是靠著巧妙的腳步運用和身體動作來確實閃躲所有攻擊。

「……沒錯，那時候也是類似的情況……」

旁觀雙方比劃的夏米優殿下喃喃開口。對現在的她來說，隔著一個戰爭的過去記憶彷彿非常遙遠──流逝的時間不會回來，無論眼前光景和過去多麼相似，丁昆准尉都已經不在這個世上。

「喝啊！」

露康緹准尉的動作愈來愈激烈。腰腿都必須經歷過非比尋常的鍛鍊，才能使出這種邊追著敵人往前踏步邊持續施展的七連擊。雅特麗帶著佩服接下每一次攻擊，然而卻沒有錯過最後一擊後產生的破綻──對方身軀軸心的些微晃動。

「──喝！」

雅特麗輕鬆擋下在重心移動沒有徹底完成的情況下使出的斬擊，揮下的木劍前端逮住對方的手腕。伴隨著甚至震撼骨頭的衝擊，木劍從露康緹准尉的手中滑落。

已經分出勝負的雙方都停止動作。短暫沉默後，挑戰者的嘴角露出一抹笑容。

「……理解。下官根本望塵莫及，的確兄長大人也不是對手。」

「如果真是這樣，感到驚訝的反而是我呢。妳的實力遠遠高出於我的預想，關於劍技方面甚至在令兄之上……雖然這話聽起來很囂張，但妳要繼續精進。五年後一定能打一場比剛才更精彩的對決。」

紅色劍士把借來的木劍反持後遞給對方，同時講出這些話激勵晚輩。對於純粹無垢的騎士少女來說，這些直接乾脆的發言實在太過刺激。再度感動到不行的露康緹准尉全身發抖，突然非常用力地彎腰敬禮。

「實……實實實在光榮！啊啊啊啊啊騎士道太棒了！」

留下意義不明的喊叫後，露康緹准尉以全力衝向陣地內。看到騎士團成員們都愣愣望著這一幕，薩札路夫拍了拍手喚回眾人的注意力。

「好啦，活動到此為止。總之你們先前往野營地區放下行李吧，不過伊庫塔中尉和雅特麗希諾中尉在放下行李後要立刻前來陣地中央，我有點事情要麻煩你們。」

「才剛來就有工作嗎？真討厭～聽起來好像我來這裡是為了做事。」

「不是好像，本來就是要來做事，你跟我都一樣——那麼我先把夏米優殿下送往房間。來，一起走吧，殿下。」

雅特麗帶著微笑伸出右手，公主原本反射性地想要回應，然而她的手卻在途中又縮了回去，就像是改變了心意。面對表現出困惑的炎髮少女，夏米優殿下轉過身子宛如要躲避她的視線。

「……不，不必，現在還有其他護衛士兵。只要知道地點，我自己就能過去。」

以僵硬語調如此宣言後，公主向薩札路夫問清自己的寢室地點，並迅速走向陣地內部，親衛隊成員也慌忙追上。

被繞著圈子拒絕的雅特麗只能暫時來回望著逐漸遠去的公主背影，以及不知道該伸向何方的右手。

「我希望你們陪我去和敵方會談。」

等伊庫塔和雅特麗處理完手邊事務從野營地回來後，薩札路夫少校舉出正題。

「你們也知道在這種狀況下，心理戰的重要性會提升到和直接戰鬥差不多。因此常用的手段是安排會談，這次敵方也願意回應。我方和對方的指揮官之間，已經進行過三次談判。」

「既然是這樣，那麼應該已經試過勸對方投降吧？敵人反應如何？」

「嗯，關於這點……第一次立刻遭到回絕，第二次多少獲得了一些反應。因為已經收到你們在海戰上獲勝的報告，告訴對方後，敵人產生明顯的動搖。他們應該也不想繼續沒有勝算的戰爭，所以那時候我還以為說不定有機會……」

薩札路夫講到這邊，皺起眉頭搔著後腦。

「……這是昨天才發生的事情。東方飛來一架氣球，還降落到山上的敵方陣地裡。在那之後立刻進行了第三次的交涉，但是也不知道對方心境發生什麼變化……敵人表現出跟先前完全不同的強硬態度，甚至充滿自信地表示——他們絲毫沒有投降的打算，而且已經做好心理準備，在援軍趕來前都會全力支撐下去，所以我方才應該乾脆放棄收兵回國。最後推測完全落空的我只能垂頭喪氣地回來。」

「敵兵的狀況如何？如果只是交涉對象在虛張聲勢，我想應該可以從在前線戰鬥的士兵們身上看出士氣低落的跡象吧。」

「很遺憾，沒有那種傾向。甚至讓人覺得和我方剛開始進攻的當初相比，現在的戰意似乎較為高漲。或許是那個氣球帶來什麼能讓處於劣勢的敵人強硬起來的要素。」

對於長官的見解，伊庫塔和雅特麗並肩開始思考。薩札路夫繼續說道：

「就算對方已經不可能投降，我想至少也要找出那個『要素』的真面目。因此我想借用你們的力量。伊庫塔中尉，這是你擅長的範疇吧？」

「嗯……總覺得少校您是不是誤以為我是什麼很高明的騙子啊？」

「如果是那種印象，我倒覺得不是誤解——話說回來少校，根據先前的對話，意思是我的任務就是會議中的護衛嗎？」

「護衛任務自然占了很大比重。雖說受到戰時條約的限制，然而和敵人的會談還是會伴隨著危險……不過更重要的原因是，既然你們兩個難得到齊，當然沒有理由不一起利用吧。因為比起讓你們其中哪個人單獨上陣，同時出馬想必能獲得更好的結果，這是我的想法，如何？」

薩札路夫帶著淺淺微笑這樣說道。聽到長官說詞的兩名中尉互看一眼，接著分秒不差地同時敬禮。

帝國軍布陣於山麓，而高山聚落位於山頂，所以雙方勢力的會談地點就被設置於正好在雙方位置中央的山道上。在爬上那裡的過程中，伊庫塔一直嘀嘀咕咕地抱怨。

「啊啊真討厭，爬山只會讓人覺得很累，我討厭爬山。而且明明在阿拉法特拉山上就已經爬滿一生的分量了……」

「有體力講話還不如用在腳上。和神之階梯相比，這點程度跟登上平緩小山丘沒什麼差別吧。」

「正是如此！光是這樣的山道就示弱，這種軟弱的態度實在可嘆！索羅克中尉，請您和下官一起每天早上揮劍千次來開始鍛鍊吧！」

陪在護衛對象的薩札路夫少校身邊，身後還率領著自己那一班的露康緹准尉發出充滿精神的叫聲。黑髮少年一臉疲勞地放慢腳步。

「拜託別把我牽扯進那種極度不科學的精神論世界裡……會讓人在到達目的地之前就失去氣力。」

伊庫塔雖然滿嘴怨言，但幸好這裡並不是什麼太險峻的高山，一行人聊著聊著似乎就到了終點。可以看到在面朝山道展開的土地上，選了一塊平坦地面架了帳篷。在土地四周豎著代表此處為雙方承認之交涉地點的紅白方格旗幟。戰時條約禁止在豎有這旗幟的場所戰鬥，而且除非雙方同意，也禁止拔下旗幟。

「我是帝國陸軍少校暹帕・薩扎路夫，前來進行第四次的交涉！這次還有兩名部下也要一起列席，你們可以接受嗎？」

過了一會，站在帳篷旁邊待機的敵兵傳來許可的回覆。薩札路夫一行人對彼此點點頭，邁步前進。露康緹准尉與她的部下們都留在入口外，三人才剛踏進會談用的帳篷……

「——總算到了，Hum，我們這邊已經等候多——」

迎接他們的對方說話聲不知為何半途停止。在同一時機，伊庫塔和雅特麗也彷彿結凍般地停下腳步。

寬廣帳篷的中央是一張大桌。靠近薩札路夫等人這邊並排放著三張空椅子，對手那邊雖然也是同樣數量，不過實際上只有中間那張椅子坐了人。那是一名白髮的軍人，而身軀巨大的男性與給人理性印象的女性則分別充滿警戒地守在他左右。然而……

「「「「啊——！」」」」

在彼此視線相對的瞬間，眾人的喊聲同時響起——這是「常怠」與「不眠」的第二次邂逅。縱使這次被當成歷史上的重要事件並流傳於後世，然而卻以極為愚蠢的形式揭開序幕。

所有人就座後已經過了五分鐘。到此為止雙方陣營都沒有任何人開口，只有充滿壓迫感的沉默支配著會議桌。在這種氣氛下，頭一個服輸的人是薩札路夫少校。

「……啊～那個，怎麼說？雙方代表似乎都和之前不同……」

「……的確。我是齊歐卡陸軍上校約翰·亞爾奇涅庫斯。我等已經取代過去的負責人，接手希歐雷德礦山陣地的指揮。」

聽到對方名號的那瞬間，薩札路夫驚訝得睜大雙眼。在北域動亂中和他們直接面對面的人只有伊庫塔和雅特麗，因此對少校來說，這是他第一次見到聲名遠播的「不眠的輝將」。

「啊……真不應該來……您太過分了少校，這根本不算是什麼解謎。」

薩札路夫正在猶豫該如何回應，懶散地把雙肘撐在桌上的伊庫塔從旁邊插嘴喃喃抱怨。白髮將領先瞪了他一眼表示責備之意，接著以帶刺的語氣開口：

「Ｈａｈ……薩札路夫少校，你們那邊似乎混著一個明顯欠缺品行的傢伙。由於實在不適合重大的會談，能不能請你們立刻找個地方把他埋了？」

「如果要講究什麼品行，先上個茶水招待如何啊，白毛小白臉？一想到自己是為了看到你那張臉才爬上漫長山路，我就覺得想哭。你要如何賠償我心中這份充滿徒勞的感覺？」

聽到對方嗆聲，黑髮少年立刻反擊。臉上肌肉不斷抽搐的約翰也予以回應：

「和你的對話真是相當折磨人的苦行。我實在非常懷疑，像這種唯一專長是激怒他人精神的人格，到底是在什麼樣的環境裡受到什麼樣的教育才有辦法製造出來？」

「如果有這種感覺，就表示你的精神大概已經起毛起得相當厲害。何必不惜賭上人生，來證明睡眠不足正是造成煩悶焦躁的起因呢？」

「會講這種話的你，平日一定經常在享受懶惰睡眠吧。可以持續白白浪費有限時間卻還能保持平靜的內心，到底擁有多自豪的粗神經呢？」

雙方講出的帶刺發言就像是槍擊戰那般，在桌上毫無停歇地一往一來。炎髮少女舉起一隻手制止這種無益的對話，開口仲裁：

「兩人都冷靜一點，我們來這裡的目的並不是為了吵架。」

雅特麗那堅定不搖的冷靜讓現場恢復秩序——然而，在伊庫塔和約翰同時閉嘴之後，卻有另一個人物發言：

「——雅特麗希諾．伊格塞姆中尉，我有一件事情想請教妳。」

擔任約翰副官的女性從眼鏡後方對雅特麗投出銳利視線，雅特麗也把注意力移到她身上。

「……妳是米雅拉．銀中尉吧，有事情找我？」

「沒錯，在北域動亂中，應該有名為尼路瓦．銀的武人曾找妳挑戰。請讓我聽聽那次的顛末。」

帶著緊繃表情的女性如此質問。雅特麗看了一眼對方插在腰上的小太刀，以理解的心情點了點頭。

「……是嗎，他是妳的親人嗎？因為姓氏相同，我是有想到這種可能性。」

「沒有必要追究這些細節，請告訴我對決的結果！」

米雅拉用雙手拍向桌子，從這反應看出對方確實介意的雅特麗也率直回答。

「是我贏了。他以一名武人的身分挑戰伊格塞姆，然後離世。」

「——嗚！」

「那是難得的強敵，我想以後也沒有太多機會能面對那麼有實力的高手吧。我絕對不會忘記在和他的決鬥中曾感受過的戰慄。」

雅特麗帶著全副敬意如此回答，在她視線前方愣愣站住的米雅拉從漫長僵硬中恢復後，就抖著肩膀低下頭——下一瞬間，踢翻椅子站了起來。

「別說謊！」

她的黑色眼眸裡含有殺意，右手也放到了小太刀的刀柄上。雅特麗幾乎同時擺出備戰態勢，然而在兩人拔劍之前，齊歐卡那邊的兩人出面阻止同伴。

「等一下！米雅拉！妳冷靜點！」「哪有人突然拔劍！」

即使被兩名男性壓制住雙手，米雅拉的激動情緒也無法輕易冷卻。她立刻想要甩開束縛砍向仇敵，約翰一邊拚命阻止這樣的米雅拉，同時在她耳邊大叫：

「這樣做只是單純的自殺！妳自己也很清楚吧！妳的劍術比不上令兄啊！」

他的發言狠狠地提醒了米雅拉發狂失控的內心。之後，她的呼吸慢慢恢復平靜，握住刀柄的手也放鬆力氣。這時兩名長官總算能夠強迫她重新坐回椅子上。

「……雖然這是正常的反應，但是遭到懷疑實在讓人不好受。」

雅特麗也把手從軍刀刀柄上收回，同時喃喃說道。她重新坐下時緊張已經解除，脫離驚險場面的會議桌又回到沉默。

這時，到此為止的過程中幾乎都沒有插嘴的薩札路夫故意「嗯哼！」咳了一聲，像是要強調自身的存在。

「……啊，怎麼說？看起來彼此的人選似乎都出了錯。」

哈朗上尉以眼角餘光看著充滿殺氣的約翰與米雅拉，並以傷透腦筋的表情點了點頭。

「唔，無法否定……要乾脆下次重來嗎？」

「否！不需要，哈朗！」

「我們這邊的老大都這樣說了……雖然我不反對，但如果無論如何都想繼續，就讓我負責開口吧。畢竟要是演變成互嗆，重點的會談無法獲得進展：萬一米雅拉又拔了刀，說不定這次真的會演變成見血的結果。」

聽到這番正論，白髮將領只能不情願地接受提議並保持沉默。另一方面，對坐在對面的薩札路夫來說，原本也只能被迫考慮是否要下次重來……然而要是換個角度來看，這種能直接面對敵方將領，而且對方還欠缺冷靜的現狀說不定是個好機會。換個想法後，他在椅子上重新拉正姿勢。

「明白了，那麼我方由我來作為主要代表，繼續會談吧。」

「正確的說法是開始對談才對，畢竟還沒有講到任何議題……噢，我忘了自我介紹，我是齊歐卡陸軍上尉塔茲尼亞特．哈朗。你的名字我已經從前任人員那邊聽說過了，不需要回報名號。」

「真是謝了。那麼哈朗上尉，直接開門見山說吧……你們真的沒有打算投降？」

「Nyatt de nyatt！」

「冷靜一點，約翰，只要針對我無法回答的內容補充就好……總之，我方回答就是剛才那樣。這點你們不必再問也知道答案吧？如果我方會就此投降，根本打從一開始就不會不惜搭乘氣球也要趕來支援。」

「話雖這麼說，但是你們有掌握到戰略上的劣勢嗎？尼蒙古港已經被我方占領，和軍需方面沒有後顧之憂的帝國軍相比，你們的勢力在這週邊是孤立無援。就算繼續打下去，我想也不會有什麼好結果。」

「的確，艾露露法伊大娘輸掉讓人吃了一驚……不過就算是那樣也還有辦法，不需要你們擔心。」

哈朗上尉帶著從容回答。面對這悠閒的回應態度，薩札路夫皺起眉頭。即使判斷對方是在虛張聲勢，然而也不像是光憑一股氣勢在空口白說。他不得不認為這個對手的確具備獲勝的信心。

「……我說你們該不會是匆促先上路吧？」

少校正在思考接下來該說什麼，黑髮少年突然喃喃講了這麼一句。在齊歐卡方三人全都把視線放到他身上的情況下，依舊擺出托腮姿勢的伊庫塔繼續說道：

「我不知道你們有什麼腹案，然而，這裡已經是被帝國軍全面包圍的據點。我不認為齊歐卡軍的高層會做出可以把沒帶幾個護衛的高等軍官丟進這種危險地帶裡的判斷。至少如果是我，就不會選擇這種高風險的行徑，畢竟我可不想讓堪用的將領白白掛掉。」

「你不認為這樣是因為受到足夠的信賴嗎？如果是平凡的指揮官還另當別論，但我們的長官可不是別人，而是『不眠的輝將』。把受到敵軍團團包圍的孤立友軍從絕境中救出……理所當然地成功辦到這種程度的事情，就是他受到的期待。」

「如果真是那樣，我只能說還真辛苦……不過到頭來，我依舊不認為齊歐卡軍是樂觀主義份子的集團。所以我會擅自做出負面推論，認定這狀況是你們幾個強出風頭的結果。」

約翰的眼角跳了一下，少年以視線角落掌握這個反應，同時進一步發言。

「如果硬要分類，你們那邊的軍方高層做出的戰略性決策應該比較接近薩札路夫少校的見解吧？不是要你們『死守』希歐雷德礦山，而是在尼蒙古港被攻陷的時候就已經下令『必須考慮放棄的選擇』吧？作為判斷，這種內容適當多了。因為即使繼續持久戰，等你們那邊的援軍到達後，接下來會展開的也只有為了爭奪礦山的正式衝突，彼此都派出以萬為單位的士兵廝殺拚命的大戰爭——在目前這時機，我並不認為齊歐卡期望出現那麼大規模的發展。」

哈朗上尉一邊聽著伊庫塔的發言，同時保持撲克臉。伊庫塔心想要破壞這表情大概得費好一番工夫，接著改變發言的切入點。

「……話說回來，有一件事情讓我也感到意外。那就是在這次的戰爭中，齊歐卡明顯處於被動。若說你們已經預料到我方的進擊行動，但無論是陸地還是海上，防衛的準備都不夠充足。雖然我只能推測大概是因為事前的情報戰進行得並不順利……」

即使這番話是為了轉移對方注意力的岔路，但實際上對於少年來說，也的確是一個疑問。潛入海軍高層的亡靈明明擁有立場，看起來卻沒能成功在帝國軍發動攻勢前把情報傳達給友軍。是因為數量不多的傳信鴿沒能成功歸巢，而且也沒有其他聯絡手段嗎……如果真是那樣，也可以判斷是帝國軍的防諜對策運作順利的結果，然而總還是留有突兀感。

「……不管怎麼說，我會以你們是基於獨斷來到這裡的前提來繼續推理。這樣一來，一開始該思考的問題點是：『援軍真的會來嗎』？對於你們擅自做出的強出風頭行為，後方的友軍到底願意支援到什麼地步呢？」

哈朗少尉的嘴角浮現出淺淺微笑，彷彿是在嘲笑伊庫塔的刺探只是在白費力氣。

「援軍會來，伊庫塔．索羅克中尉，你自己剛才的發言已經做出保證。因為如果是正常的軍人，那麼無論是誰，應該都『不想讓堪用的將領白白掛掉』吧？」

「的確是那樣，根據從北域動亂後的短期間內就爬到上校位置的飛躍性表現，毫無疑問那個白毛小白臉受到齊歐卡的重用。正如你所說，為了救出那傢伙，援軍應該會來。你們故意在這場會談中露臉的行動，也是為了宣揚這一點吧？」

伊庫塔聳著肩表示認同。停了一拍後，他的雙眼銳利地吊起。

「不過，這正是重點。如果目的並不是『守住礦山』，那麼援軍的規模自然會有所不同。因為如果只是要救出你們，很難送出以萬為單位的軍隊。」

「你想那樣想的話就請便吧，不過索羅克中尉，你不認為那才叫做樂觀推測嗎？」

「這句話我要直接還給你。不但無視戰略構想獨斷專行，最後還想等待擔心自己等人安危的同伴們率領大軍趕來救援——這已經是超過樂觀，到達妄想的領域。」

以諷刺回應諷刺後，伊庫塔總算停止發言。對手的哈朗一邊觀察旁邊已經在嘴裡堆滿反駁的約翰，同時嘆了口氣。

「……由於你們的人想說就說，讓我們的老大快爆炸了。薩札路夫少校，不是要由你擔任主要代表嗎？」

「咦──？啊……噢，抱歉。」

「我是不是太搶戲了？那，接下來就交給少校。」

伊庫塔並沒有特別執著，把後面的任務整個丟給長官。薩札路夫慌忙整理腦袋裡的情報。

「……啊～怎麼說？簡單來講就是你們並不是根據齊歐卡陸軍的戰略構想而待在此地，而是基於其他理由擅自決定要守住希歐雷德礦山。至於會前來幫助你們的援軍，或許並不會有太大的規模……先前的對話就是這種內容吧？」

「那全都是某人在自說自話，你如果想相信的話倒是請便。」

「這理論的確有價值讓我方視為一種可能性來考量──不過，如果這是真相，倒是會留下疑問。意思是對你們來說，有不惜無視齊歐卡軍的戰略構想也要守住希歐雷德礦山的理由嗎？」

少校歪著頭望向對面的三人。基於錯誤假設的質問根本無從回答──透露出這種訊息的他們堅守沉默，然而黑髮少年卻打破這份寂靜。

「……被敵人包圍的同伴在求救。我認為光是這樣，就已經是充分的理由……足以讓那邊的英雄蠻幹亂來。」

伊庫塔對著白髮將領如此宣言。這種彷彿看透自己的發言讓約翰的忍耐力終於到達極限，他粗魯地從椅子上起身，像是在表示無法忍受單方面挨罵不還口……

「好，會談就到此為止。」

然而哈朗上尉不由分說的發言卻阻止了年輕英雄的失控行徑。伊庫塔咂了咂嘴。靠著累積的年齡和經驗，身軀巨大的軍人並沒有弄錯該踩煞車的時機。

「結果到底是怎樣，該推測敵方援軍會有什麼程度的規模才妥當？」

沿著山路往下回到自軍陣地後，薩札路夫立刻對著兩名部下如此提問。黑髮少年搖了搖頭。

「沒有人能講出正確規模。那個白毛小白臉似乎還在努力提昇數字的階段，或許後方的敵軍高官們也正在抱著頭苦惱。況且雖然我在會談中予以否定，不過從一開始就接到『死守』命令的可能性也並非完全不存在。」

在避免做出斷定的伊庫塔旁邊，炎髮少女也點頭同意。

「雖然可以做出很多負面推論，但能確定的事情只有『不眠的輝將』是為了保護希歐雷德礦山才前來此地的這個事實……話說回來，伊庫塔，對於這是他們擅自行動的假設，你有多少程度的自信？」

「嗯～我認為可能性並不低……要是帶了一個營的天空兵過來那還另當別論，上校等級的指揮官跟少數幕僚只搭乘一架氣球趕來的狀況很明顯是不合常理的事態。不知道是因為沒空湊齊人數，還是這行為本身根本沒獲得高層的允許。無論如何，毫無疑問他們的確是匆促上路，尤其是如果原因是後者，這行動同時也是一種賭命說服軍方高層的做法。」

「我最無法理解的就是這部分，為什麼『不眠的輝將』會這樣亂來？是他真的很想守住希歐雷德礦山，還是他確定如果是自己就守得住？」

「我想兩者兼有吧，再加上那傢伙應該認為，自己有義務要守住這裡。像這種思考，就是被稱為英雄的傢伙們的共通心態。」

伊庫塔很不屑地說道。會話到此告一段落後，在旁邊的露康緹准尉垂頭喪氣地喃喃開口。

「下官完全聽不懂三位到底在討論什麼……」

「放心，我並不期待妳提出意見，露康緹准尉。反正妳就在旁邊跟著學吧。」

「下官總覺得好像腦袋發熱……」

「用腦過度所以發燒了吧，自己看情況休息一下。」

薩札路夫隨便應付完少女部下，繼續動腦思索。就這樣過了幾分鐘後，伊庫塔像是要重新來過般地用力拍手。

「基於推測繼續推測根本沒有意義，我們還是回歸基本吧。現在的我們需要的是能快點對付躲在礦山裡的敵方勢力的方法。」

「嗯，也對。要不要邀請那三人來開個宴會啊？」

「如果是我，絕對不會出席——算了，玩笑話先放一邊去，其實我想到了一個計策。先不說是否能算是妙計，不過倒是個非常符合我喜好的點子。講具體點——」

＊

「那小子真讓人不能掉以輕心，居然把我們這邊的內情都看得一清二楚。」

山上被挖出的巨大窪坑內部，齊歐卡軍固守的陣地中央。在因為門窗全都關上而顯得昏暗的司令部裡，把巨大身軀靠在牆上的哈朗上尉哼了一聲。

「尤其是被他看穿我們是獨斷專行，這點實在很傷。原本是為了讓帝國那邊自行認定齊歐卡很重視希歐雷德礦山才故意讓約翰出面，結果這行動卻造成了徹底的反效果——好啦，這下該怎麼辦呢？」

他嘆了口氣。過了幾秒，坐在房間深處椅子上的白髮將領開口說話。

「……抱歉，這是我的失誤。實在不夠謹慎。」

「不，頭一個該受到責備的人是我……居然在敵人面前做出那麼難看的失態舉止。」

約翰旁邊的米雅拉狠狠咬著嘴唇。哈朗上尉看了看兩名年輕人一個勁反省的模樣，輕輕點頭說道：

「明白就好。你們雖然很優秀，但畢竟還年輕。正因為年輕氣盛，當然也會出現一時莽撞的狀況。我就是為了幫忙彌補才跟著你們。」

年紀最大的人如此告知。把這番話聽進耳裡後，約翰將雙拳都握得死緊。

「伊庫塔．索羅克……！那傢伙前來會談是最大的失算。」

「嗯，是啊。雖說每個人都有特別犯衝的對象，但沒想到你和他水火不容到那種地步。好久沒看到你試圖冷靜卻沒能成功的樣子。」

白髮將領也一臉苦悶地點了點頭。米雅拉把手輕輕放到他肩上，開口說道：

「……約翰，你完全沒有必要介意上次戰事中發生過的事情。北域動亂這場戰爭本身的主導權被掌握在你的手中，而且在戰略層次上，也總是由你支配大局。那傢伙辦到的事情，其實也只有在最後的最後阻擋我們而已。」

「Ｎｙａｔｔ……就因為那一點點阻擋，導致阿爾德拉神軍沒能成功占領北域……而且最重要的一點，是我們失去了以令兄為首的『亡靈部隊』主力。就算只針對這部分，我方的損失也難以估計。」

「…………嗚！」

「米雅拉，我自認能理解妳的想法。為了銀一門的名譽，在妳心中，放棄為令兄復仇的選項根本不存在吧……然而正因為如此，即使明知一切，我還是要下達這個命令，妳萬萬不能和雅特麗希諾．伊格塞姆戰鬥。無論要拿多少名譽放到天秤上衡量，我也絕對不能失去妳。」

為了明確表現出這命令的重要性，約翰執著地把視線放在咬著牙低下頭的副官身上，一直沒有移開。不久之後這心意終於成功傳達，在他的視線前方，可以看到米雅拉的下巴緩緩上下移動。在一旁確認兩人互動的哈朗也露出滿意的微笑。

「看樣子總算恢復成平常的你們——那麼反省時間就到此結束，該開始正式討論。有難對付的傢伙成了敵人，接下來該怎麼辦？」

「當然要繼續進行防衛戰。既然敵方有伊庫塔．索羅克在，那麼這次的狀況剛好和上一次相反。率領少數友軍來撐過由多數敵軍發起的攻勢——這不是那傢伙對付我時成功辦到的事情嗎？所以我當然沒有理由做不到，不，無論如何我都必須辦到！」

「唔……雖然我覺得過於介意對方也不是辦法，然而實際上的確是這樣。在援軍到達之前，我們必須徹底守住這裡。要讓友軍的士兵們能平安回到齊歐卡國內，也要避免造成國境線比這位置更往東後退——更重要的是，這是為了齊歐卡的未來。」

「Yah，我很清楚這樣做已經偏離了戰略構想。但是只要我能守住，這據點就能得救。既然明白這一點，我有義務按照這理論來行動。因為我已經在失去一切的那一天，當著那些再也不會回來的人們面前發過誓——包括原本應該能救起的另一個生命，我都不會再錯過。」

「不眠的輝將」像是在告誡自己般地低聲說完後，從椅子上起身，以強烈眼神看向窗外。

「關於接下來的發展，我只能確定一件事。雖然沒有明確的根據——但即使如此也毫無疑問，想來那傢伙會選擇並使出我最討厭的手法。」

「無謂之言。」

＊

低沉的說話聲響遍整個帳篷。對於伊庫塔透過薩札路夫提出的議案，這時候席巴少將的反應果然還是一如往常的那句話。

「你們真的認為可以實行這種計畫嗎？只要弄錯任何一步──不，即使沒有犯錯，這依舊是利敵行為。即使大幅退讓，假設真的能獲得成功結果，也無法避免事後遭到指責。失敗的情況就更不用說，甚至連我本身都有可能被視為叛徒懲罰。」

席巴少將以平淡的語氣，對著並排站在正面的三名部下講述嚴苛內容。黑髮少年和雅特麗與薩札路夫一起承受這些話，臉上卻不可思議地浮現平穩表情。

「呃……那個，就是啊，在下認為，因為這方式針對了能導致敵方發生確實消耗的唯一部分，可說是個相當巧妙的提案……」

「膚淺，如果只是想賣弄不切實際的空談，那麼任何人都能做到。」

遭到對方斬釘截鐵地回絕，薩札路夫很快就無言以對。看樣子沒可能通過了──他以不知所措的表情朝向左右表達這種意思後，伊庫塔搖了搖頭。

「您弄錯了，少校──席巴少將到此為止的發言，全都只是開場白而已！」

少年高聲如此主張，彷彿是在敘述什麼不言而喻的真理。薩札路夫瞪大雙眼，而席巴少將也皺起眉頭滿心懷疑，只有雅特麗露出苦笑。

「對於一個提案，當然會出現反對意見。畢竟完美無缺的立案可不是隨便就能辦到的事情。席巴少將是在測試我方意見的強度。已經深入考慮到什麼程度？還有面對反論時，能對應到什麼程度？

——先像這樣進行評估之後，才要求我們必須提出更高水準的議案。對於這種用意，您要確實體會才行。」

伊庫塔邊饒舌地繼續發言，同時往總司令官的方向踏出一步。這種實在不知道天高地厚的舉止，讓薩札路夫即使到了現在也忍不住感到佩服。

「那麼，既然已經獲得嚴厲的意見，按照規矩，應該要先收回提案並再度深入檢討。不過雖然冒犯，這次想請您允許我們省略這個步驟。畢竟有個棘手的傢伙自己跑來當上敵方的指揮官，目前想盡可能多節省一些時間。」

「……雖然我之前就聽說過，但你果然很能言善道。想靠那輕浮的嘴上功夫來說服我嗎？」

「說服……這樣講有點不對。如果真要分類，應該說是想要誆騙吧？」

少年這樣說完，露出愉快的笑容。即使面對這表現出親暱的舉止，席巴少將依舊頑固拒絕。

「無謂之言，沒有任何人能辦到那種事情。」

「您這話可不是真實。只要回顧過往，至少有一個人曾經辦到吧？」

伊庫塔搖著頭糾正少將的發言，少將嘴角整個拉緊。

「……你想說什麼？」

「所以說，就是要在這場無謂的戰爭中，做一件稍微有趣點的事情。基於這層意義，我們的提案應該相當愉快吧？不但可以看到敵人困擾的模樣，而且要是順利，甚至可以期待接近無血攻陷的成果……是啦，的確事後或許會受到指責，不過同樣只要換個思考角度，這不也是會讓人感到痛快的事情嗎？」

「什麼意思？」

「因為『即使跳脫框架，也要奪取結果』的做法，是最符合您風格的方式啊。『日輪雙璧』之一的庫巴爾哈·席巴少將。」

少年帶著明確好意如此斷言。對於少將來說，這是徹底的奇襲。突然竄進耳裡的懷念外號震撼了原本跟石像沒兩樣的撲克臉。

「……居然拿出這種已經相當陳舊的名牌。」

「是啊，您要不要趁這個機會把灰塵撢乾淨，再度別在胸前呢？名牌後面還寫著這種內容——『沒有比自保更不適合你的行為』。」

在伊庫塔乘勝追擊般地追加這句話的瞬間——「哈」的一聲，至今為止完全沒有表現出絲毫善意的席巴少將口中發出像是無法繼續忍住的笑聲。縱使聲音不大，聽起來卻是打心底感到愉快。

「原來如此，這就是你所謂的誆騙嗎——」

似乎到現在才總算想通意義的席巴少將帶著笑意凝視對手，伊庫塔也回應般地露出微笑。年齡和階級都有很大差距的兩名軍人透過到此為止的些微交流，彼此之間的距離已經縮短到不可思議的地步。

「……伊庫塔·索羅克嗎？」

席巴少將這時才再度喃喃念著對手的名字。他的視線總給人一種似乎在少年背後看到哪個人身影的感覺——過了一段時間，結束這個行為的總司令官把視線放回面前的三人身上並開口。

「把剛才的提案仔細檢討到實行步驟並進行報告——聽完之後，我才會決定到底要不要被騙。」

＊

會談後過了三天的中午，籠統預感到的異變終於造訪約翰。

「上……上校，有報告！」

當傳令兵衝進司令部時，白髮將領已經做好可以承受任何壞消息的心理準備。然而實際聽到的報告卻帶著相反的訊息。

「友軍的一個班到達本陣地，要求和我方會合！似乎是在比這邊更西方的防衛據點先迎擊過帝國軍的部隊！」

「——你說什麼？」

約翰帶著僵硬表情從椅子上起身。以為早就被敵人擊敗的同伴成功逃來此地——只聽字面上的意思，毫無疑問是個好消息。然而，怎麼可能會發生這種好事。

「這個陣地已經被帝國軍全面包圍，根本沒有友軍能通過的空間。這支部隊不是假扮成友軍的敵兵嗎？」

「不，看樣子確實是友軍沒有錯。這個陣地裡有很多原本從西方其他據點撤退過來的士兵，其中有許多人認識今天到達的部隊成員。班長的身分也已經獲得證實，因此敵兵混在裡面的可能性應該不高……」

由於這是關係到收容同伴的問題，因此傳令兵在報告時也很激動。看到無法做出判斷的約翰開始思考後，身旁的女性副官舉起手。

「約翰，我去看看情況吧。只要找班長問話，或許能釐清詳情。」

「……Ｓｙａｈ。好，麻煩妳了，米雅拉。由妳親自去確定有沒有暗藏著陷阱。還有因為要問話，總之可以讓班長先進入陣地。」

既然還無法確定沒有刺客混在其中，由約翰親自出面確認是過於危險的行為。代替他承擔起責任的米雅拉先舉手敬禮，接著立刻衝出司令部。白髮將領目送副官的背影離去，同時內心深處有種摸不清楚底細的不安感逐漸膨脹。

沿著呈現碗狀的陣地朝西方往上坡跑了一陣子之後，米雅拉注意到在靠近坡道頂端的場所聚集了許多士兵。而且在一大群人之中，還有個特別高大的熟悉身影。一注意到她正在接近，對方就主動搭話。

「喔，妳也來了啊？應該有傳令兵過去通知，約翰有什麼意見？」

先前似乎是待在坑道裡，哈朗上尉全身上下的軍服都沾了泥土。米雅拉對他輕輕搖頭。

「他感到非常懷疑。所以暫時保留結論，由我先來看看狀況。」

米雅拉邊回答邊攀爬上用土堆成的防禦用圍牆，然後帶著對槍擊的警戒，觀察起牆垣另一邊的狀況。於是，她發現有一群人數約超過四十名，看起來像是齊歐卡士兵的集團正以憂心的態度聚在一起趴在地上。米雅拉主動開口詢問慢了一步才來到她身邊的哈朗。

「……聽說已經證實班長的身分，請告訴我名字。」

「是卡洛尼．穆吉哈少尉。就是在那群人前面舉著友軍旗，個子不太高的那個圓臉男子。」

聽到回答後，米雅拉瞬間找出應該是目標的對象，接著開口大喊：

「卡洛尼．穆吉哈少尉！接下來我要詢問詳細狀況，所以你一個人上來吧！」

聽到指名的班長慌忙攀上土牆。個子不高的中年軍人靠著哈朗垂下去的繩索幫忙，連翻帶滾地摔進友軍的陣地。米雅拉從土牆上往下跳，開口對他搭話。

「歡迎來到希歐雷德礦山。然而現在沒有空讓你休息，請迅速說明詳情。我這邊也很想儘快讓在外面等候的士兵們進來。」

「啊……是……！但是……呃……該從哪裡開始說明才好……」

「你就從和帝國軍開戰後，按照順序說明原委吧。到底是發生什麼情況，你們現在才會來到這裡？」

哈朗補充更詳細的質問。穆吉哈少尉稍微整理了一下思緒，開始回答。

「……我等的部隊收到帝國軍開始侵略的報告後，就從基地出發，來到西側的防衛據點迎擊敵人。然而寡不敵眾，沒有獲得什麼成果就敗戰並投降。當時，在下和部下一起成了帝國軍的俘虜。」

「成了俘虜嗎？……那麼，你們是逃出敵陣並來到此地？」

「這部分連我也無法理解，我等並沒有逃走。而是帝國那些傢伙帶著我等離開俘虜收容營，來到這裡的山腳下。」

「然後，你們就從山腳逃來這個陣地？」

「不……所以說，我等從來沒有逃走。帝國軍在到達山腳後就解放了我們，沒有獲得任何說明就被直接丟在荒野裡的我等至此也不可能回到西邊陣地，因此只能以最近的友軍據點，也就是此處作為目標。」

穆吉哈少尉邊說明，邊從懷中拿出放在皮製文件夾裡的公文並展示在兩人面前。

「宣告由齊歐卡陸軍少尉卡洛尼．穆吉哈暨部下共三十七人所構成之部隊的俘虜勞役義務已經解除」──這樣的內容和日期、時刻，以及印鑑都一起記載於公文上。米雅拉和哈朗的表情同時蒙上一層陰影。

「雖然是簡略版本，但卻是正式公文……內容方面也沒有可疑之處。根據我的判斷，這是基於戰時條約的有效公文。」

「……換句話說，敵人單方面地引渡了俘虜嗎？沒有要求任何代價，只是白白把同伴還給我等？」

「就是這麼一回事。雖然我也同樣感到無法理解，但實在無法提出更進一步的說明……」

穆吉哈少尉以不知所措的態度垂下腦袋。面對經歷荒誕過程後歸來的同伴，米雅拉和哈朗只能面面相覷。

「……我看穿敵方的目的了。」

聽完兩名部下帶回來的報告，「不眠的輝將」露出滿是苦澀的表情。

「正如你們的推論，敵人不可能不求任何回報就放回俘虜。這很明顯是一種攻擊行動。」

「那麼，果然穆吉哈少尉等人已經投敵……？」

「Nyatt……他們清白無罪。穆吉哈少尉的說明恐怕沒有任何虛假，只是實際情況更加單純且惡毒。妳聽好了，米雅拉——這次的部隊只不過是第一批而已，接下來應該會發生好幾次相同的情況。因為帝國軍就是意圖透過這種增加糧秣負擔的方法，來壓迫我方的軍需補給。」

聽到這句話的瞬間，米雅拉瞪大雙眼。哈朗也以總算理解的態度一拍額頭。

「……原來是這招！可惡，聽你這麼一講，我才發現是盲點……！」

「這主意本身相當古典，不，甚至可以說是過時。為了拖累躲在防衛據點裡的敵人，把從周圍的聚落和村莊裡帶來的一般民眾一個個送進來——畢竟這種不人道的行徑在過去的戰爭裡是理所當然的手法……不過，隨著時代進步，戰爭也逐漸制定出『雙方都必須遵守這些最基本要求』的規則。基於國家之間的相互利益而擬訂的這個協約，就是現今的『戰時條約』。在這個條約中，原則上禁止在戰爭裡利用一般民眾，關於對俘虜的待遇也有設下同樣的限制。然而——」

「——在戰時條約中，雖然有規定禁止虐待俘虜，但是卻沒有註明不可以解放俘虜……不，正確來說『在無法確保生存手段的狀況下將俘虜置之不理』的行為應該符合虐待的定義，然而我記得這只限於『解放地點對俘虜來說是敵地』的案例才會涉及違反條約。」

「沒錯，此處屬於齊歐卡國內，穆吉哈少尉等人也確實逃進了友軍的陣地——混帳！這真是讓人火大的高招。明明實際上幹的勾當和上個時代的不人道行為在本質上相同，然而拿來和條約互相對照後，卻找不出任何能指責對方的部分。」

哈朗上尉半是佩服半是憎恨地咂了咂嘴，他身邊的米雅拉用力搖了搖頭。

「不！既然約翰在此時已經看穿對方的目的，那麼敵人的策略等於已經遭到封鎖！既然收容俘虜會導致糧食消耗加快，那我等只要拒絕接納俘虜就行！」

面對提出單純解決方法的副官，白髮將領卻只回答了一句「否」。

「……辦不到，米雅拉。我們只能接受對方送來的俘虜。」

「雖然我明白你的心情，但是約翰……！有時候也必須做出冷酷的判斷吧！」

「Syah，我完全不打算逃避身為指揮官的義務。要捨棄少數而拯救多數——畢竟所謂的戰爭原本就是這麼一回事。如果捨棄十人可以拯救百人，那麼我會毫不猶豫地那樣做。就算是四十九人對五十一人，也必定會選擇同樣行動——可是，這次的問題並不一樣。」

約翰對著無法理解而皺起眉頭的米雅拉繼續說明：

「妳試著思考看看，為什麼這裡的士兵們會願意服從不是原本長官的我們？那是因為我們沒有捨棄他們。是因為我們不顧危險，前來救助被敵人團團包圍被迫孤立的他們——正是因為這個第一印象形成了信賴的基礎。」

「啊……」

「所以反過來說，當這基礎動搖時，統率也會一起崩潰。和你們不同，他們對我的信賴並不具備絕對性。因為大部分的士兵都是幾天前才第一次見面，這也是理所當然的狀況。如果他們是我親自費心培育出的重要部下，那麼或許還可以另當別論。」

「……可……可是！敵人並沒有無視戰時條約吧？既然這樣，要是我等拒絕接受俘虜，想來不會演變成那種殘酷的結果！只要他們表現出投降意願回到敵陣，起碼應該不會受到攻擊……！」

「是啊，或許妳說的對。雖然期待敵人是愚蠢的行為，但講到這次的敵人，的確不會笨到在這種時候還無視條約虐殺俘虜……只是，就算他們實際上並沒有那樣做，也有可能會營造出有那樣做的假象。例如——一等到我方這邊無法看清俘虜的身影，就抓準時機製造出槍聲和慘叫聲之類的手法。除了我們幾個，其他人聽起來應該會覺得真的發生了虐殺事件吧。」

「什麼……！」

「這次的敵人，就是會做出這種程度行為的對手……實際上萬一真的發生那種狀況，被迫想像同伴遭到虐殺的光景時，會讓這裡的士兵有什麼感覺呢？不安、悲傷、憤怒、憎恨……他們心中的這些負面感情，會只針對帝國軍嗎？不，沒那麼簡單。連我們也會因為拋棄那些原本可以救助的同伴，而成為憎恨和懷疑的對象吧。」

做出這種結論後，約翰重重嘆了口氣。米雅拉也找不出話回答，只能保持沉默。

「那傢伙……伊庫塔．索羅克是在預先推測到這一步後，才實行這個策略。他早就已經看穿，我方根本無法拒絕收容同伴。我不會再感到驚訝了，前幾天的會談中和他見面是完全的失誤。給他可趁之機的原因不是其他人，正是我本身。」

白髮將領握起右拳打向左手手掌，狠狠咬牙。他一邊利用這種方式努力自制，同時思緒也毫無停歇地搜尋著推翻情勢的手段。

「……既然曾經成為俘虜，接下來被送過來的士兵們會被解除武裝。這陣地裡沒有儲存多餘的武器，而且十字弓與風槍和子彈、箭矢不同，沒有專門技師就無法製造。所以會成為糧食消耗量增加，卻無法加強戰力的結果。」

「完全找不出對我方有利的部分……總覺得開始冒冷汗了。」

「不，有唯一一個好處。或許那傢伙自以為已經徹底看透我方的內情——不過事情可沒那麼簡單。你們也知道，我們還妥善地隱藏著最後的王牌。」

約翰低聲說道，同時隔著窗戶把視線投向戶外。可以看到在露天往下挖出的窪坑裡，有無數以橫向鑿入山壁內的坑道，還有許多士兵正在坑道內進進出出。

「即使戰力無法增加，但人手卻會增加。沒有多餘的武器，但還有許多礦工們之前使用的鏟子——你說找不出任何有利之處？Ｍｕｍ，哈朗，不可以亂開玩笑。現在這種情況，甚至可以算是過於有利。」

「……對啊！」

「冷汗收回去了嗎？那麼應該沒問題吧——好，哈朗回到原本崗位繼續監督挖掘作業，米雅拉去正式接納穆吉哈少尉的部隊，記得要盡量親切對待他們。」

「是！」

「Yah。多多麻煩你們了，兩位。能不能讓伊庫塔．索羅克嘗到苦果，全都要看兩位的工作成功與否。」

聽到以堅毅語氣下達的命令，米雅拉和哈朗都重重點頭回應。兩人穿過大門後，「不眠的輝將」帶著信賴，從窗戶目送兩人在陣地內迅速離去的背影。

＊

「好啦～對方能撐多久呢？」

同一時期，講到讓約翰等人忙著準備苦果的對象——正在很沒格調地啃咬著烤雞爪，悠哉地透過望遠鏡觀察敵人狀況。

「剛剛送過去那一班已經是第四批了……這樣一來，代表對方食糧的消耗會比一開始加快約一百六十人份吧～」

哈洛帶著佩服說道。坐在小圓椅上的伊庫塔身邊可以看到騎士團眾成員、公主以及薩札路夫，每個人都和他一樣在吃飯。明明是彼此相連的戰場，但雙方陣營的緊張感卻是天差地別。

「居然能想到這麼惡劣的手法……現在是屬於下手方所以還好，但只要一想到站在對方立場的處境，就覺得毛骨悚然。」

「哼哼哼，可以明確想像出敵人滿心厭惡的反應吧？這正是這次的精華滋味啊，馬修。那個白毛小白臉雖然滿心想要打場轟轟烈烈的抗戰，不過我已經在海上打那種戰爭打到想吐。所以這次無論如何，我絕對不跟對方打正常的戰爭！」

「我……我覺得好像很久沒看到這麼生氣勃勃的阿伊……」

「這種惡毒卑劣的手段最符合他的本性，因為他現在的表情和上次陷害騙子時根本是一個模樣。」

雅特麗似乎很不以為然地說道。受到影響的薩札路夫也笑了出來，用手撕下一片烤薄麵包。

「不不，我也不討厭這種做法。不管怎麼說，如果能少打一點戰鬥就了事，那可是最棒的結果。部下和我都不會受傷，空出來的時間還能夠像這樣悠閒吃飯。哎呀～真的沒什麼好挑剔。」

「……薩札路夫少校，你最近是不是變得愈來愈像索羅克？」

夏米優殿下突然提出這句批評。薩札路夫本人先僵住好幾秒，才刻意咳了一聲。

「這……這不重要！雖然這次的策略本身就讓我吃了一驚，但讓人更驚訝的是，沒想到你們能說服席巴少將。旁觀的我真的嚇了好大一跳，面對那位硬脾氣的大人，為什麼事情可以進展得如此順利？」

「不，我並沒有特別耍什麼策略。正確說法是，我打從一開始就相信席巴少將。既然明白那是敲下去立刻能得到反應的對象，接下來只要確實打中該敲擊的點就行。」

「我最不懂的就是這部分。不管怎麼看，都只能認定你原本就已經掌握席巴少將的為人。明明我花了將近一個月也沒能辦到，這到底是怎麼一回事？」

薩札路夫提出更深入的追問。這時，雅特麗若無其事地插嘴回答：

「少校，縱使現在的席巴少將寧願韜光隱跡，但過去他可是被稱頌為『日輪雙璧』的人物。在同一將領的帶領之下，在那個時期和已過世的哈薩夫．利坎中將同受這封號。要作為信賴的根據，我想這已經是充分到過頭的經歷。」

「我對這個好像也隱約有印象……不過就算真有這麼一回事，那也幾乎是你們出生前的事情吧？」

薩札路夫略帶苦笑地回應之後，決定放棄繼續追究。

「真是……我還以為透過戰爭跟其他事情，和你們之間已經培養出還算深入的交情。不過看樣子，還有不少我不清楚的部分。」

伊庫塔和雅特麗把這句話當成耳邊風，啃著木瓜乾作為這頓飯的最後收尾。不久之後所有人都吃完自己的餐點，準備回到各自的崗位。

「肚子也填飽了，回部下那邊去吧……不過老實說，好閒。而且我們還被指定為預備兵力，沒什麼機會靠近敵陣。」

「這樣不是很好嗎，吾友馬修。你之前在海戰時算是工作過頭，起碼現在可以心安理得地放輕鬆點。要是你來到這邊還那麼拚命，這下可會成了過勞。」

「所謂軍人的活躍表現就是指那種情況吧？我也不打算吝於付出努力啊。」

「不，錯了。在集團經營中，如何適切分配風險與勞力是非常重要的事情。想讓組織整體都健全運作，單一的構成人員就不能把過勞視為理所當然。這是軍隊以外也適用的道理，非常重要，希望你能記住，馬修。」

伊庫塔再度強調。雖然語氣和平常相同，但黑色雙眼裡卻散發出嚴肅的光輝。微胖少年也注意到這一點，在腦中重複剛剛聽到的發言。雖然他無法立刻全盤接納，但還是點了點頭，打算之後再多思考幾次直到理解為止。

馬修離開後，托爾威、哈洛、薩札路夫也各自回歸自身崗位。熱鬧的用餐光景結束，現場只剩下伊庫塔、雅特麗和夏米優殿下這三個人。

「……………」

這時，公主似乎心浮氣躁地動了動身子。這是因為她回想起海戰前在「黃龍號」上發生的那一幕，所以三人的組合讓她產生難以形容的坐立不安感。公主從椅子上起身，試圖以若無其事的態度離場——然而很不巧，這時卻有聲音從背後傳來。

「殿下，請稍等。您的頭髮上沾了污泥，雖然冒犯，但請讓我為您清潔。一起前往那邊的帳篷吧。」

「咦……？不，不必，不需要。頭髮我可以自己處理。」

「但是後面的部分您自己應該不方便處理吧？若是看到殿下的秀髮之美有所減損，不只是我，士兵們也會感到心痛。況且這樣對頭髮本身的健康有害，所以還請您接受——」

炎髮少女以理路清晰但依舊聽得出是打心底為對方著想的語氣來繼續說服夏米優殿下……雅特麗或哈洛主動要求照料公主起居並不是罕見的情況，對於殿下本人來說，這應該也絕對不是讓她感到不快的多管閒事。

「……嗚！」

認識騎士團眾成員前，公主成長的環境裡根本不可能有哪個人會以帶著親愛情感的手來為她梳理頭髮。在大部分情況下，周圍眾人對她的感情只會是畏懼或好奇其中之一，甚至連少數的例外也是憎恨與憐憫——所以對這樣的公主來說，雅特麗與哈洛是意外相遇，而且唯二能敞開心胸的同性對象。

——明明是這樣，為什麼……

少女的內心陷入仰慕和嫉妒之間，發出慘叫……到底為什麼，對方表現出的親近情感會讓現在的自己如此心痛？為什麼內心裡只有混濁漆黑的感情不斷旋轉翻滾，掩蓋了感謝和喜悅——！

「……？殿下，您怎麼——」

啪！清脆的聲音衝擊耳朵——等公主回神時，她本人已經以全力拍開雅特麗伸出的手。

「我——我說了不需要！」

少女用因為激動而變了調的聲音怒吼，遭到拒絕的雅特麗當場僵住。

「認清並記住妳的立場，雅特麗希諾．伊格塞姆！妳並不是我的親人，也不是侍從！打從一開始就沒有正當理由要由妳來照顧我！明……明明是這樣，妳卻無視我的意見，講出自以為親近的發言……！妳以為自己成了我的母親或姊姊嗎！」

一旦決堤而出，連殿下本人也無力再阻止。畢竟內心裡累積的情緒實在過多，以怒濤般的氣勢衝出的言語化為利刃，毫不留情地刺穿雅特麗。

接下來的幾分鐘內，連公主都不太確定自己到底吼了什麼罵了什麼。等她終於回神，才發現炎髮騎士已經垂下頭，單膝跪在呆站著猛喘氣的自己面前。完全不在意腳下地面充滿泥濘。

「——真是非常失禮，夏米優殿下。此等未能謹守自身分寸講出踰矩發言的行徑，不但是不符臣下立場的狂妄之舉，更是忘記騎士節度的愚蠢行為。在下會將您的訓斥銘記在心，並盡力深切反省。」

雅特麗沒有提出任何理由和解釋，只表達了騎士應有的完美謝罪。面對她的十全表現，讓公主帶著畏懼體認到自己先前究竟做了多麼愚蠢的行徑。

「……啊……啊……」

不是親人也不是侍從，打從一開始就沒有正當理由要由妳來照顧我——作為皇族對臣子的指責，這番言論很正確。然而，這絕對不是夏米優該對雅特麗講的話。

公主站在皇族這種具備絕對性的立場，殘酷地踐踏了自己和炎髮少女之間至今培育出的所有關係。因為她剛才的無心發言，讓耗費許多時間才逐漸拉近的彼此內心距離，一口氣退回了普通的主從。

「啊啊啊……………嗚！」

造成的結果，就是雅特麗跪在泥巴裡的身影。強迫她這樣做的人別無其他，正是公主本身。領悟到自身行動多麼絕望又罪孽深重後，夏米優殿下的理性啪嚓破碎。她以全力衝了出去，逃離現場。

「殿下……！」

雅特麗站起來想要追上去，然而她的肩膀卻在同一時間被人從後方抓住。回頭一看，只見黑髮少年搖了搖頭。

「……最好給她一點時間，就算立刻追上去，也只是把她逼得更緊。」

炎髮少女無法否定這意見，只能帶著無可奈何的焦躁情緒，停下正想跨出去的腳步。伊庫塔在她面前蹲下，開始拍掉沾在膝蓋上的泥巴。雅特麗一邊接受他的幫忙，同時閉上雙眼像是在深刻體察自身的無能。

「問我是不是自以為成了母親還是姊姊嗎……殿下這句話真的讓我受到打擊。」

「……」

「我現在的立場是以騎士身分侍奉殿下。可是，把殿下當成一個普通女孩看待時，我也很清楚比起臣子的忠誠，還年幼的她真正需要的東西其實是親人的感情……大概就是因為這理由吧，我才會在無意識狀況下做出類似那樣的行為。」

「妳沒有錯。對公主來說，每一個騎士團的成員都該是類似哥哥或姊姊的存在。我認為這正是跟在晚輩身邊的年長者所應負的責任。」

「是啊……但是，我沒辦法乾脆到那種地步。我總是會先想到自己的騎士立場，殿下的皇族身分，還有這兩者之間的主從關係。所以就算我已經隱約察覺到會演變成這種結果，剛才還是只能以騎士立場來表達謝罪之意。」

雅特麗低著頭，臉上浮現出罕見的自嘲情緒。

「……如果是真正的姊妹……不，就算只是朋友，剛剛也應該要吵個一架吧。透過多次的小爭執來慢慢調整彼此之間的距離感……以人來說，或許要這樣才顯得健全。」

「妳沒有必要受到所謂的『普通』束縛，畢竟不是只有一種做法。妳只要在自己做得到的範圍內面對公主就行了。不是以一個無名騎士的身分，而是以年長大姊姊的立場。」

「我真的能辦到嗎……雖然一方面有以騎士身分護衛帝國的第三公主，但另一方面卻完全沒有保護到名為夏米優的小女孩……我最近總有這種想法。」

黑髮少年拍掉大部分的泥巴後，無言地站直身子。原本凝視著公主離去方向的雅特麗到此才再度把視線放回伊庫塔身上。

「——伊庫塔，從最早的時期起，就只有你待在接近夏米優殿下真心的位置……連許多無法告訴我的事情，她都有對你明說。是這樣沒錯吧？」

「……………」

「縱使提不出明確的理由，但我依然有察覺到殿下藏著某種巨大祕密。雖然我無法連內容都想像到，不過至少明白那並不會是太平穩的事情。因為你似乎也還無法決定態度。」

「……啊～算了，我打從一開始就不覺得能瞞住妳啦。」

伊庫塔露出尷尬苦笑，接著立刻換回嚴肅表情繼續說道：

「講得極端一點，公主是以扭曲方式長大的小孩。所以直到現在，她依舊想往極為徒勞無益的方向前進……至於我呢，似乎實在無法放著她不管。」

「畢竟這是身為年長者的責任……所以，情況如何？有辦法嗎？」

聽到這問題，伊庫塔的表情更加嚴峻。

「老實說，很難。公主的內心連比我想像還深的部分都已經遭到扭曲。那女孩以毀滅為目標的生存方式實在非常頑固又驚人，甚至讓我只能推論是被哪個人帶著惡意蓄意誘導而成……再加上要成為一個能引導晚輩的年長人士，我本人可以算是根本不夠格吧，所以我想只靠自己一個人實在無力改變。」

「看來陷入的瓶頸比想像中還深呢——既然如此，你打算怎麼做？」

在雅特麗的眼神注視下，伊庫塔猶豫之後，露出似乎有點靦腆的笑容。

「嗯，關於這件事情……妳在『黃龍號』上跟我說過一些話吧？我想，直接把那些話拿來當答案大概也沒有問題。」

少年用一隻手搔著腦袋，同時如此回應。這出乎意料的發言讓少女瞪大雙眼。

「我一個人無法拯救公主，妳一個人無法保護叫做夏米優的女孩。既然這樣，只有一個結論──妳看，這裡有我和妳兩個人。」

伊庫塔補充般地說道。過了幾秒，炎髮少女的嘴角浮出溫暖的微笑。

「……說不定殿下又要怒斥該懂得分寸喔，這次會兩個人一起挨罵。」

「嗯，如果她問妳是不是自以為成了母親或姊姊，我就乾脆豁出去說自己是爸爸或哥哥好了。」

「會讓她更生氣喔，說不定真的會演變成嚴重衝突。」

「那不正是我們所期望的發展嗎？要是彼此間的距離能夠縮短到會吵架的程度，還真是可喜可賀。」

少年先轉過身子這樣講完，才重新面對雅特麗。

「……關於『巨大祕密』也是一樣。在不久的將來，總有一天我會把所有內容都告訴妳，這點我可以做出保證。所以，妳能不能再多等一會呢？」

伊庫塔看著對方的雙眼，明確地如此斷言，雅特麗輕輕點頭。以此動作為信號，這個話題就此結束──既然伊庫塔已經承諾總有一天會告知一切，那麼少女只要相信這保證並繼續等待。

「……噢，話說回來我要換個話題，有件事想找妳商量。」

沉默並沒有持續多久。伊庫塔裝出若無其事的態度，轉為提起別的話題。

「這是我從司令部那邊借來並複寫的礦山內部構造圖，配合另一張地圖，有讓我感到在意的部分。在地下可以看到朝著北邊延伸過去的坑道——」

「很抱歉打斷兩位的對話！」

伊庫塔從懷中取出地圖，兩人一起攤開研究時，突然有三名帝國士兵插嘴。根據階級章似乎都是尉官，不過臉孔卻很陌生。對方隨便敬禮後，立刻進入本題。

「我們從後方帶來要送給雅特麗希諾・伊格塞姆中尉的聯絡事項。根據命令，內容只能告知本人，所以能請您和我們一起移動嗎？」

「只能告知我本人……？雖然完全不知道會是什麼事，但也罷，去那邊的樹蔭下說吧。」

雅特麗暫時中斷會話，與三名尉官一起前往較遠的場所。被獨自留下的少年正覺奇怪，蘇雅對著他大喊「連長！」的聲音卻在這時傳了過來。伊庫塔只好乾脆拋下這件事，同樣離開了現場。

直到那天晚上，騎士團的五人才再度會合。

在礦山南側的陣地裡，設置了給他們作為集會場所的專用帳篷。利用庫斯的周照燈照亮的內部空間裡，已經聚集了伊庫塔、馬修、托爾威以及哈洛四人，正在等待雅特麗與公主殿下回來。

「送出七批之後，差不多是三百人嗎？山上的齊歐卡軍接納了我方解放的所有俘虜，我想不管怎麼樣，想必也已經看出我方的目的……」

「那個白毛小白臉肯定在一開始的第一批人就已經察覺。即使如此，那傢伙還是沒有拒絕接納俘虜的選項。因為一旦失去部下的士氣和信賴，才沒有人會願意繼續配合他打這種困守孤城的苦戰。」

聽到托爾威的發言，伊庫塔一邊瞪著桌上攤開的礦山內部構造圖邊回答。隔著圓桌的對面，哈洛正在努力去除被泥巴弄髒的上衣污漬。

「就算是『不眠的輝將』，沒有食物也會感到很困擾吧……接下來他會麼做呢？」

「這部分正是問題。如果他不打算放棄投降，就必須在食糧耗盡前先確保新的補給路線，這是相當嚴苛的難題。即使援軍能夠到達，為了把物資送進山上的陣地，首先必須突破我方的包圍。算了，我想在實現這點前，毫無疑問士兵們會先開始挨餓。」

「我也一直在思考這個部分。敵人會不會利用氣球運送呢？如果只是要把物資空投進陣地裡，就算位置必須待在比對物膛線風槍射程還要遠的上空，應該還是有可能辦到吧？」

「考慮到一架氣球能運送的物資量，我是覺得再怎麼說還是不太現實。就算對方為了運送物資而派出一個營的天空兵，那時我們也可以派出騎兵，追趕敵人到降落地點。因為現在和利坎中將那時無法攻進敵地裡的狀況已經不同。」

「也就是你對天空並不是那麼警戒呢，阿伊。這樣看來，你注意到的地方是相反位置……也就是地面下嗎？」

翠眼青年把視線移到桌上，如此開口。伊庫塔也點了點頭。

「是啊。礦山和坑道有斷也斷不斷的關聯，為了因應據點遭到包圍的狀況，事先挖好逃脫用坑道正是從以前就存在的固定手法吧。假設真的有那種東西存在，不光是可以用來脫逃，也有可能會利用成補給路線。」

「我才想問這種推測真的符合現實性嗎？想穿越我方包圍並來到地面，會需要相當長的隧道，那不是一朝一夕就能挖出來的東西吧？」

「問題是並非一朝一夕啊，馬修。這是帝國還擁有礦山時的構造圖，在當時，緊急逃脫用的大坑道就已經挖了一半。畢竟帝國也同樣會擔心遭到敵軍包圍的事態。所以，你無法斷定齊歐卡並沒有接手進行我方沒做完的坑道挖掘作業吧？」

拿到構造圖後，馬修瞪著內容低聲沉吟。至於伊庫塔則把視線移向另一張圖——希歐雷德礦山週邊的地形圖。

「在礦山往北約七百公尺的地方，是一片廣大的熱帶林……只要把坑道挖通到這附近，就能夠避免被包圍礦山的敵軍發現，並且和外部取得聯絡。我警戒的就是這種可能性。無論如何，我都想確認坑道否存在。」

「你打算怎麼調查？又不可能在樹林裡展開地毯式搜索，難不成要試著在可疑地點拿耳朵貼著地面聽聽看嗎？」

「要挖掘這麼長的坑道，地質是否適合也很重要。這附近的地盤即使把標準放再怎麼寬也不能算是堅固，所以真的——」

來自帳篷外的腳步聲讓開始熱烈起來的討論暫時打住。把入口布幕往旁邊掀開後，炎髮少女走入帳篷。四人的視線一起迎接同伴。

「歡迎回來，雅特麗小姐。今天比較晚呢，有發生什麼特殊情況嗎？」

哈洛停下去除污漬的手，對著雅特麗委婉發問。然而，雅特麗的表情卻正好相反，看起來顯得很僵硬。托爾威注意到這一點。

「發生什麼事了？雅特麗小姐？」

「……嗯，我這一連收到返回國內的命令。」

雅特麗以沒有起伏的語氣回應，這答案讓四人都目瞪口呆。

「妳說回國命令……咦？意思是只有妳必須回帝國？明明還沒打下目標的礦山，這……這到底是怎麼一回事？」

馬修提出理所當然的疑問。聽到這個也代言了其他三人心聲的問題，炎髮少女不知為何卻保持沉默沒有回答。從這反應看出事態明顯異常的伊庫塔稍微思考一會，接著開始用手指在桌上敲出有節奏的聲響。

——發生什麼事？

利用把齊歐卡式光信號轉換成聲響的暗號，伊庫塔試圖進行兩人之間的祕密對話。注意到他意圖的雅特麗先思考了好一段時間，才靠近桌子同樣用手指打出暗號。

——我什麼都不能說。

這簡短的回答讓少年感到自己的體溫一口氣下降——什麼都不能說。身處突然脫離戰線這種看在所有人眼裡都顯得異常的狀況，那個雅特麗希諾・伊格塞姆卻表示，無法對伊庫塔・索羅克提出任何狀況說明。

「……好，我明白了。」

只限於在這種情況下，沉默會成為甚至讓人感到畏懼的雄辯。既然得不到任何說明，那麼伊庫塔只能反向推求並做出這種結論。換句話說——現在這瞬間發生了比任何她能說出口的凶訊都更加險惡驚悚的事件。

「什麼時候出發？」

伊庫塔邊發問，邊從椅子上起身。雅特麗也淡淡回答。

「今晚之內就要離開，大約兩小時後。」

只被告知幾乎已經沒有緩衝時間的訊息，讓馬修等人再度無言以對。但是伊庫塔卻稍微點點頭，邁步往外走去。

「……我出去一下。一小時後，妳一定要再過來這裡。」

黑髮少年在經過雅特麗身邊時丟下這麼一句話，接著快步離開帳篷……他離開之後，在完全無法理解狀況的同伴們面前，雅特麗只是沉默佇立。而她的左右手都攥緊了拳頭。

離開同伴們之後，伊庫塔直接前往司令部的大帳篷。因為總司令官不可能沒收到雅特麗要率領一個連脫離戰線的報告。

「打擾了。」

說出這句話時他的身體已經穿過入口，所以完全是先斬後奏。除了席巴少將，大型帳篷內還聚集了十人以上的高階軍官，對於年輕中尉突然闖入的行為都投以困惑和指責的視線。其中還包括薩札路夫少校和梅爾薩少校的身影，但引起伊庫塔注意的對象並不是他們。黑色雙眼立刻找出的目標是白天只見過一次的尉官三人組。

「什……什麼──嗚啊！」

伊庫塔一逼近原本似乎在和席巴少將談話的他們，立刻不由分說地抓住其中一人的肩膀，把對方拉了過來。

「出了什麼事？」

這種做法和少年平常的風格不同，是完全不繞路的直球質詢。被他的魄力壓倒的尉官轉開視線，完全沒意願開口。伊庫塔繼續抓著對方，把視線往旁邊移。

「席巴少將，對於雅特麗希諾中尉脫離戰線的事情，您從這些人口中獲得何種說明？」

少年完全不顧所謂的形式禮節，對遠比自己年長的總司令官如此提問。周圍的高階軍官們全都因為憤慨而瞪大眼睛，但不知道是心胸寬大還是真無所謂，席巴少將只是以淡淡的態度回答。

「我只知道是『基於極為重大的戰略安排』。」

「沒有針對內容的具體說明嗎？那麼，命令書上的署名者又是哪位呢？」

「伊格塞姆元帥。」

「少……少將！對於區區中尉，您怎能那麼隨便……」

帶來問題的尉官之一提出抗議，少將卻狠狠瞪向他。

「……無謂之言。我也一樣覺得這狀況很不對勁。因為在接下來即將對敵方據點展開攻勢的階段，突然收到要我歸還將近兩千名戰力的命令；而且在理由方面，等於完全沒有說明。就算哪個區區中尉在視線範圍的角落裡做了多少有點冒犯的行徑，也會因為眼前的異常狀況而顯得不甚重要。」

少將冷淡又不屑地對應。先不管他心裡怎麼想，起碼總司令官似乎打算允許伊庫塔的粗魯行為

──就算有點過火也會視而不見，盡量逼問那些傢伙吧。少年察覺這種言外之意，也微微點頭。

「您剛剛說將近兩千人的兵力吧？根據這句話，顯示脫離戰線的部隊不只雅特麗的部隊……除了雅特麗，能請您列出奉命回國的所有中尉以上軍官的全名嗎？」

「無妨。努達卡．梅格少校、亞分歷克．猶多利可上尉、馬爾吉．尼爾希斯納上尉、波連．斯希庫上尉、席格．戴索斯中尉──」

席巴少將流暢地背誦出列在命令書上的名字。聽完整串名單後，伊庫塔將這些名字和記憶中的各種情報相互對照──沒過多久，就找出了一個共通項目。

「──所有人都是伊格塞姆派的軍官嗎？而且還是比較積極的那一群。」

聽到這句話的瞬間，尉官的嘴角抽了一下。確定自己擊中要害的伊庫塔繼續追擊。

「關於脫離戰線的理由，雅特麗什麼都沒有告訴我。我和她之間有祕密必須瞞著對方的情況原

本就非常罕見。私事自不用說，就算是軍事方面的情報，既然隸屬於同一長官並執行同一任務，彼此共享也是理所當然的狀況——理論上應該是如此，然而這次明明毫無疑問是軍事情報，她卻表示無法共享。到底為什麼呢？」

「……嗚……」

「能讓她的嘴巴徹底閉上的事物——通常就是身為伊格塞姆一族的立場。而這個事實，也符合只有伊格塞姆派軍官收到歸國命令的現狀……因此在目前這個時間點，我能夠以近似確信的形式來進行推測。也就是……現在的帝國內部發生了與伊格塞姆派閥有關的重大事態。」

夠了！別再繼續說下去！對方的眼神雖然殷切地如此訴說，但伊庫塔卻完全不予理會。他的嘴巴把決定性的名詞說出口。

「從最糟糕的可能性開始確認吧——是政變嗎？」

這瞬間，尉官的臉孔就像是石膏像那般失去血色。從近距離確認這反應的少年領悟到自己射出去的第一箭就已經命中不願期望的真相。襲擊他的戰慄感隨即傳播到帳篷裡的所有人身上。

「……而且這政變還具備了逼使伊格塞姆元帥不得不從前線把『確定隸屬於同一陣線』的兵力叫回國內的規模。在現在的帝國裡，沒有幾個人能辦到這種事情……所以基於單純的消去法，首謀者是雷米翁上將。」

「不……不是！」

直到此時，尉官才第一次發出否定，然而若想讓人相信這句話是真相，他的嘴唇未免抖得過於嚴重。伊庫塔把自己的臉整個湊過去，在雙方鼻尖幾乎相碰的距離內瞪著對方。

「喂，你既然要否定，至少要連理由也一起提出。還有其他說得通的藉口嗎？我可想不出來。這支軍隊正在執行受到敕命支持的作戰行動，然而卻在沒有任何說明的情況下，只有伊格塞姆派的軍官連同多達兩千人的兵力突然被召回國內——除了政變以外，還找得出其他的可能原因嗎？」

「嗚……嗚……！」

「沒有吧？正因為伊格塞姆元帥也明白無論捏造出何種理由都會讓人起疑，才打算以『極為重大的戰略性安排』為由來強行通過吧？」

彼此互瞪一段時間之後，尉官閉上嘴巴保持沉默。看來像隻縮殼防衛的烏龜，堅決保持緘默就已經是他竭盡全力的對應。把這份沉默視為最關鍵肯定的伊庫塔重新轉向席巴少將。

「這就是真相，少將。伊格塞姆派的軍官是為了對應在帝國內發生的政變才會被突然召回，因此可以推論帝國軍即將分裂成兩派吧。」

「…………」

「我想在場諸位裡應該沒有符合條件的人物，不過還請您暫時警戒雷米翁派的高階軍官，他們有可能會試圖從您身上奪走指揮權……只是，就算有那種軍官恐怕也僅是少數吧。在目前這時間點被派出來奪回希歐雷德礦山的我們，大概算是被雷米翁上將在引起叛亂前就先趕到國外去的礙事者。換句話說無論是基於什麼形式，都不被期待會參加政變。證據就是包括您本身在內，在場的軍官都是對參與派閥顯得比較消極的人物。」

伊庫塔在茫然呆站的軍人們身上以視線巡了一圈，接下來就像是事情已經辦完，隨即轉過身子衝出帳篷。

「喂！伊庫塔中尉！你要去哪裡……！」

沒有回應薩札路夫那驚慌失措的喊聲，伊庫塔的身影逐漸消失在夜晚的黑暗中。

在阻隔一切，只有夕陽透過布簾照進來的昏暗帳篷中。受到罪惡感與自我厭惡感燒灼的公主獨自躺在床上，用毯子裹住身體縮成一團。

對雅特麗講出那種過分言論並逃走之後，除了躲進準備給自己專用的這空間裡，她沒有其他選擇。別說是面對騎士團眾人，連前往只有數公尺遠的供水處，公主都怕得無法做到。

她感覺甚至連每一棵樹，每一粒沙，世界上的一切萬物全都等著指責自己。責備聲從內側不斷傳出，光是要承受這些，就已經讓公主的精神不斷磨損。要是再進一步遭受來自外界的攻擊，就會毫無抵抗力地徹底粉碎——正因為如此確信，所以她唯一能選擇的方法就是自我封閉。

「不好意思打擾一下，請問夏米優殿下在嗎？」

心臟猛然一跳，因為帳篷外面傳來現在的公主最畏懼的聲音。炎髮少女那抬頭挺胸昂然佇立的氣勢，甚至能穿越帳篷和毯子傳進內部。

「很抱歉，雅特麗希諾中尉。殿下不願意見任何人。」

護衛的士兵按照公主的指示對應。少女屏氣凝神地豎起耳朵傾聽，可以感覺到似乎有人輕輕點頭的動靜，接著雅特麗的聲音再度響起。

「那麼，雖然冒犯，請恕我在此直接報告——由於收到來自後方的撤退命令，在下將和負責指揮的部隊一起回到帝國國內。出發時間已經逼近，因此趕緊前來向您報告。」

公主暫時停止呼吸——回到帝國？在這種狀況下，只有雅特麗一個？到底為什麼？

「騎士團其他成員會留下。還請您今後更加注意安全，盡可能和他們一起行動。」

雅特麗講到這邊，停止發言陷入沉默。感覺像是在等待回應，也像是在思索尋找更貼心的發言……然而，公主死抓著這份沉默不放後，即使是身在帳篷外的她似乎也能體察到這份心情。於是雅特麗並沒有繼續試圖對話，而是為道別的致意做出總結。

「那麼，在此告辭——夏米優殿下，請您多多保重。」

最後講出這句宛如禱告的發言後，回身的動靜透過布簾傳進帳篷內。明白腳步聲緩緩遠離，讓公主的全身都瑟瑟發抖。在極為強烈的焦躁驅使下，她發狂般地產生想要立刻衝出帳篷追上去的願望——即使如此，到最後少女依舊無法行動。

「——啊——」

等到動靜完全消失後。在沒有任何救贖的昏暗環境最深處，少女再度被孤獨留下。

和公主道別之後，雅特麗前往騎士團的帳篷。結果根本不需要進去，臉色凝重的四名同伴全站在入口前方。根據不再顯得困惑的表情，雅特麗只看一眼就明白他們已經得知背後原因。

「雅……雅特麗小姐……」「妳打算怎麼做？」

一臉僵硬的哈洛和馬修開口發問。雅特麗在和眾人之間的距離比平常還遙遠的位置就停下腳步，必須像貝殼一樣緊閉著嘴的理由已經消失。

「在正確掌握目前情勢之前，我還無法發表任何確實的意見……不過，既然已經發生動搖軍隊秩序根本的事態，我也必須以伊格塞姆的身分來做出嚴格對應。無論對手是誰都一樣。」

聽到帶著殘酷含意的這番說詞，托爾威的表情痛苦扭曲。

「父親他……父親他真的做了那種事……？」

「我知道你沒有被告知任何消息。畢竟依你的個性，要是事先得知，根本無法徹底隱瞞……雷米翁上將恐怕是刻意讓老么遠離計畫吧。」

雅特麗帶著確信回應……這青年過於溫柔，在必須把昨日戰友視為敵人互相殘殺的政變戰場上，不可能毫無猶豫地扣下扳機。他父親想必也明白這一點吧。

「老實說，這種情況對我來說也比較好。畢竟你的狙擊部隊若是成為敵人就會化為最大的威脅。」

「什麼——」

翠眼少年這次真的啞然無言。因為雅特麗剛剛這段話顯然已經把托爾威當成敵對勢力之一，甚至已經實際假設過彼此敵對戰鬥的狀況，所以才如此牽制。

「不，不只托爾威……如果是要安分待在這裡那還無所謂，但如果不打算這樣做，那麼馬修和哈洛也必須明確決定出自己的立場。因為在這種狀況下採取行動，就代表你們要選擇加入伊格塞姆或雷米翁陣營。講極端一點——就是要站在我這邊和托爾威為敵，還是要站在托爾威那邊與我為敵。」

馬修和哈洛的表情也驚愕地扭曲。炎髮少女明知會造成反感，卻蓄意使用這種殘酷的講法。這是為了讓他們能夠明確理解狀況，而且，也是為了避免奪走他們進行選擇時的餘地。

「我也認為最好能夠不要和任何人為敵……不過，我並不會期待能演變成那種狀況。因為遭到背叛時，若是下手產生遲疑可是會造成困擾。」

雅特麗平靜地如此斷言。雅特麗希諾·伊格塞姆比任何人都先下定堅毅決心，準備前往新的戰場。即使明知有可能演變成無法挽回的事態，然而馬修、托爾威還有哈洛卻都無法做出任何回應——因為在自身心情都尚未得出定論的三人心中，當然不可能找出能對她說的話。

「不是期待，雅特麗，這時只要希望就行了。」

唯一例外，只有黑髮少年能講出一直準備著的發言。和炎髮少女相同，他也在胸中抱著決心來到此地，打從最初就不曾產生任何動搖。伊庫塔·索羅克穩穩承受這個總有一天會到來的時間終於真正到來的現實，連一步也沒有後退。

直到此時，雅特麗的視線才總算朝向黑髮少年……原本她打算不說一句話就直接和他道別。因為只有對他來說，沒有必要說明狀況，也沒有必要那樣做好催促對方下定決心。雙方對彼此的想法都已經知曉透徹，無一遺漏。

「……真是困難的要求。就算假設真的有我們『騎士團』能夠不少一人維持原狀的未來，那也位於我可觸及的領域之外。如果希望這假設能實現，那麼該怎麼做？乾脆向神祈禱？」

「神並不存在，就算存在也什麼都不會做……既然如此，答案只有一個——『把希望放在我身上』。」

伊庫塔目不轉睛地凝視雅特麗的雙眼，如此宣言。他在肺裡吸滿空氣，然後指向逐漸沉入西方地平線的夕陽——以丹田發出聲音。

「……保持希望吧，雅特麗！如果妳真心如此希望，就算要我把那個太陽再度拉上天空，我都會做給妳看！如果那裡有妳希望的未來，即使遠在天邊盡頭，我也會把手伸過去！」

「——」

雅特麗睜大雙眼，少年繼續以聽起來實在不太科學的表現方式發表主張。

「就算妳本身並不希望，我也會擅自此希望！不，我從很久以前就已經一直如此希望！我應該說過了！我唯一的願望，就是妳能夠按照妳自身希望的形式存在！」

炎髮少女聽懂了。伊庫塔想要表達的重點，並非是已經互相徹底熟知的彼此決心，而是該進一步共有的意志——別把覺悟當成理由而捨棄希望。少年最後傳達出的這個訊息，讓雅特麗原本應該已經完全控制住情感的內心卻在此時還產生激烈動搖。

「我……能夠正確希望嗎？」

炎髮少女低聲說道，接下來立刻轉身背對黑髮少年……既然保持冷靜的自信已經不再鞏固，那麼現在就是結束一切道別的時機。她朝著即將完全落下的夕陽走去，就像是要甩開猶豫那般加快腳步。

帶著二刀的少女直到背影被昏暗天色吞沒再也看不見為止，都不曾回頭再看向同伴。

「……伊庫塔，怎麼辦？……我們到底該怎麼做才好……？」

馬修不知所措的發言打亂寂靜……雖然他總是告誡自己不可以完全依賴優秀的同伴，但只有這時，他失去求助以外的任何想法。托爾威和哈洛的心情也和馬修相去不遠。

雅特麗離開，騎士團分裂。根據情勢演變，或許接下來會分裂得更加嚴重。一想到這現實，他們甚至感到腳下的地面似乎開始逐漸崩毀——

「你們三人都聽我說——在我心裡，思考和煩惱的過程都已經結束了。」

在混亂的泥沼中，只有伊庫塔的聲音依舊堅定明確。三人就像是連根稻草也想抓的溺水者，把視線集中在他身上。

「現在已經完全沒有選擇手段的餘裕。除了希望，我也已經做好覺悟。所以我接下來——將要把過去沉沒的太陽再一次強行拉上天空。」

「咦……？」

「首先必須聚集所有高階軍官。我要去找公主，你們幫忙打著夏米優殿下的名號去找席巴少將交涉。如果只用一次，仰仗皇族特權的強硬要求應該會被接受吧。關鍵的這邊雖然是先斬後奏，不過也不必在意。」

伊庫塔邊說，邊依序輕拍三人的肩膀。即使語氣和平常沒什麼不同，但是他散發出的氣息卻似乎有哪裡不一樣。這時，哈洛率先察覺出那其實是極度緊張的反應。

「伊庫塔先生，你想做什麼呢……？」

她一邊產生奇妙的寒意，同時開口發問。黑髮少年輕輕笑著搖了搖頭。

「你們很快就會知道……但是，記得先做好心理準備。因為之後你們也必須選擇，選擇接下來要保護什麼，還有要和什麼為敵——」

雅特麗和同伴們各奔東西後，大概過了一小時。同時收到召集命令的中尉以上軍官們全都聚集到希歐雷德礦山南側陣地中央搭起的大帳篷裡。

「這到底是怎麼回事……？」「我等是為了什麼才被叫來集合？」「明明接下來就要攻擊礦山，放鬆包圍真的沒問題嗎？」「這次集合和被叫回後方的部隊有什麼關係嗎——？」

空間裡充滿吵雜的軍人討論聲。帳篷本身具備可以容納一百人以上的特大尺寸，然而接近上限的人數全塞在這裡面後，再怎麼說還是會讓人感到擁擠。在發出召集命令的同時趕忙運來的長椅子上，已經呈現幾乎滿座的狀態。

「我……我想所有人應該都到齊了，那傢伙到底什麼時候才會出現……！」

從前面數來第三排，可以看到馬修、托爾威、哈洛三人並肩坐在一起。由於去找席巴少將交涉並要求召集的人是他們，因此現在的狀況可以說是如坐針氈。無論關鍵的伊庫塔到底想要什麼把戲，他們都希望早點開始。

三人把視線放回前方後，可以在兩列前的最前方看到席巴少將的身影。臉上依舊繃著表情，讓人根本看不出來他對現狀有什麼意見。同一排左右坐著從上校到中校階級的校官，後面一排則有帶著不安表情的薩札路夫少校和梅爾薩少校。尤其是薩札路夫似乎滿腦子都在煩惱自己的部下不知道想搞什麼花樣。

「……！來了！」

在許多人抱著焦躁情緒等待的情況下，要求召集的當事者本人終於現身。和其他軍人不同，從相反方向的後門進來的伊庫塔先看著人數多到讓特大帳篷顯得狹窄的群眾並輕輕點頭，接著直接站上面對最前排長椅子的講台。可以看到公主跟在他身後，而且不知為何，懷裡還抱著伊庫塔的搭檔，庫斯。

「那傢伙就是傳聞中『騎士團』的那個……？」「公主殿下也大駕光臨……」「為什麼區區一介中尉居然敢無視高官站上講台？」「召集是那傢伙的主意嗎？」「黃口小子到底想做什麼？」

形成吵雜聲的內容改變，對伊庫塔的指責聲浪也逐漸加強。唐突發起的召集難免會引起這種反應，不過當事者本人對於朝向自己的帶刺視線卻顯得毫不在意。反而是夏米優殿下抱緊懷中的庫斯，似乎連同伊庫塔的份一起感到尷尬。

黑髮少年先站到這樣的公主身邊，接著以視線在眼前眾人臉上掃過一輪後，才緩緩開口：

「我們這些人打從一開始，就在打一場沒有價值的無謂戰爭。」

第一句話說出口的瞬間，在場將近百人的軍人裡，就有大部分變了臉色。如果這是為了請求某種指示的演說，那麼這種開幕方式看在任何人眼裡都顯得極為失敗……然而，少年本身卻毫不後悔，他甚至認為自己成功抓住了聽眾的心。

「這個東域，是為了掩飾行政失敗而被捨棄的土地。原本防守這裡的利坎中將被當成促使國民接納結果的祭品，在和齊歐卡軍的戰爭中，註定般地喪失生命。把開拓失敗的土地當成原本就不曾存在並予以捨棄。只是因為這樣，帝國永遠失去了一位名將，許多優秀幕僚，以及數也數不清的勇敢士兵們。」

伊庫塔的語氣並沒有使用顯然想要尋求共鳴的聲調，反而顯得很平淡。如何吸引對自己不帶好意的聽眾注意力——少年半基於本能，很清楚辦到這件事的方法。

「然而現在，我們卻再度來到曾以龐大犧牲作為代價捨棄的東域。因為接到必須奪回希歐雷德礦山的敕命。『之前覺得很礙事所以丟掉，但仔細想想果然還是有必要留著，所以你們再去拿回來吧』——節錄重點後，其實敕命的內容就是這麼一回事。如果這是小孩子對玩具的意見，聽起來似乎還挺可愛。然而，講出這種要求的人卻是年紀已經一大把的貴族；被視為玩具一下丟掉一下又要拿回來的對象，則是擁有一千萬人口的一部分國家領土。該說真是讓人笑不出來呢？還是該說除了笑，已經無法做出其他反應──」

「謹言慎行！對敕命的批評是大不敬的行為！」

坐在前方的一名校官發出怒吼，伊庫塔從講台上盯著對方的臉孔。

「……沒錯，我很清楚。以『不敬』這藉口來掩蓋那份不滿，停止思考──這就是各位的工作。無論這種行為看起來多麼不科學，依舊難以指責。因為，諸位都是以正確的軍人自處，即使這種正確根本看不到將來。」

「你這傢伙居然還……！」

「哈薩夫．利坎中將也是因為這種『正確』而失去生命的人。那位名將身為軍人實在過於高潔，居然連命令自己去死的敕命都願意接受……他其實可以更卑汙一點也不要緊。就算他無視命令，即使污辱他是懦夫的聲浪有多大──我依舊希望那個人能繼續活著，就跟在場的所有人一樣。」

現場的吵鬧聲突然安靜下來。伊庫塔把頭深深往下垂，用力握緊雙拳。

「……你們打算演這種猴戲演多久呢？」

事前準備好的內容被拋到腦後，顫抖的嘴唇擅自吐出言論──精心盤算過的演說只到此為止，因為過於強烈而無法完全掌控的情感從少年口中猛然湧出。

「面對只會消耗玩弄國家的存在，只會無條件下跪服從；對於不惜燃盡生命也要為國戰鬥的人們，卻不屑一顧……！如果這叫做敬意，乾脆丟去餵狗！但是我看連狗也會立刻吐出並用後腳踢沙掩埋！因為狗和你們不一樣，對於腐臭非常敏感！」

「講……講這什麼詭辯……！」

「詭辯？這些話哪裡算是詭辯！保護國民的生命和財產，維持和平不正是軍人的存在意義嗎？就算在這邊拚命奪下一座礦山，又能演變成保護了什麼的結果？怎麼可能會發生那種事！對於我們賭上性命獲得的戰果，貴族們只會隨隨便便地又轉手賣掉！起碼所有人都該明白這種愚蠢的定律！就是現在，在這裡當場想通！」

「你的發言太過分了，中尉！」「這已經是叛逆了！快點抓住他移送軍法會議！」

少年的主張過於偏激，讓軍人們發出猛烈的反論和抗議。騎士團眾人和薩札路夫也無法出來打圓場，只能一個個臉色發青。然而，在這陣逆風即將大到要蓋住自己聲音之前，伊庫塔放出了最暴力的現實。

「一切都已經太遲了！當我們在這裡耍猴戲時，叛亂已經發生──也就是由雷米翁上將發起的政變！」

這聲音傳進所有人耳裡的瞬間，有一半的指責和怒罵變成驚慌失措的喊聲。在動搖逐漸擴散的情況下，想要確認事實的眾人視線集中到最前排的總司令官身上。

「少將，中尉剛剛的發言──」「是……是鬼扯吧？怎麼可能發生那種事……！」

對於參雜著願望的提問，席巴少將依然緊閉著嘴沒有立刻回答……在只有親近的幕僚確實知曉政變爆發是事實的現在，還有機會斷言這結論只是伊庫塔個人過於衝動的妄想。縱使結果只會讓情報發表的時間往後推遲，然而如果要維持集團的秩序，有時候也必須選擇這種做法。對於少將來說，這是最具備現實性的選項——不過在實行之前，有一件讓他極為介意的事情。

「……伊庫塔．索羅克中尉，我只想先確認一點。你安排這集會的目的是什麼？」

少將以低沉聲調對著講台上的少年發問，這質問還包含了沒明說的訊息——你的目的是要煽動這裡的軍人們，和雷米翁上將的政變會合嗎？

如果真是那樣，席巴少將不得不判斷這是極為欠缺考慮又愚蠢的行徑。如果想讓許多高官贊同叛亂的意志，伊庫塔．索羅克實在欠缺過多條件。即使有第三公主的後援，北域動亂的實際表現，以及騎士團的英勇名聲——但這種程度依然完全不足。

在目前的這個時間點，席巴少將有可能選擇的選項，就是不跟隨伊格塞姆也不加入雷米翁。而是要率領指揮下的全軍，坐著旁觀發展直到政變結束。正因為確定他會選擇這條路，泰爾辛哈．雷米翁上將才會選中這時機發起叛亂。徹底旁觀——這就是對兩個派閥都無法產生期待的男子做出的結論。

「是為了告知各位選項。」

這沒有超出預想範疇的答案，讓少將很快感到失望。然而，伊庫塔的話還沒說完。

「我不是要無條件跟隨體制派（伊格塞姆），但是，也不是要加入革命派（雷米翁）——而是要指出在場所有人都沒有想像到的第三條道路。」

「……你說什麼……？」

席巴少將感到內心深處產生一陣騷動，他迅速制止其他軍人的抗議，等待接下來的發言。在他的視線前方，少年閉上雙眼像是在冥想，接著多次深呼吸。

「……呼……」

經過一段漫長時間，伊庫塔才睜開雙眼——接著開始敘述。

「——過去，帝國軍有一名將領。」

在恢復寂靜的空間裡，少年的聲音莊嚴響起。馬修、托爾威、哈洛、薩札路夫全都捏著一把冷汗並豎起耳朵。

「在軍中，那男子當初只被當成個廢物。體力達不到標準，欠缺鬥爭心，在學習戰術的課堂上只會講些奇怪意見造成講師困擾。至於外表也極為平凡，和魄力與威嚴這類氣勢基本上無緣。正因為是這樣的人，被周遭取了個『白日點燈』的綽號用來嘲笑他派不上用場，也是非常理所當然的發展。」

伊庫塔不急不徐地慢慢敘述著。在軍人們的心中，那個人物隱約成型。

「要是和平時代繼續下去，或許那男子終其一生都會是個沒有用的白日之燈。但是男子卻沒碰上這種好運，而是背著身為軍人的義務被丟入亂戰之中。由於原本被指定為預備兵力的男子部隊都被派出，當時戰況已經單方面不斷惡化，能仰賴的長官和同伴們也大量減少。

在殘存下來的人員中，有兩名特別優秀傑出的軍人。也就是當時還身為少尉的索爾維納雷斯·伊格塞姆與泰爾辛哈·雷米翁。雖然他們沒有屈服於苦境而持續表現得英勇善戰，不過身處無法對戰略層次提出意見的尉官立場，即使累積再多局部勝利，也無法推翻敗戰的結果本身。才華洋溢的兩人逐漸被逼上絕境，終於在大舉進攻的敵人面前，被迫做出殉難的心理準備——正是那時，在因為絕望而陷入黑暗的戰場上，連存在都被遺忘的燈火散發出燦爛光芒。」

情勢突然急速轉變。在場的每一個軍人，沒有人尚未聽懂伊庫塔敘述的人物是誰。他們坐立不安地和身旁同伴面面相覷，同時戰戰兢兢地回想起——在那個人物離世後，連不小心提起都會犯下禁忌的過去。也回想起連存在也一起被烙印上「戰犯」罪名並遭到強硬封鎖的，關於那名英雄的記憶。

「那個男子對同伴提出一般基於常識恐怕不會想到的作戰。大部分的軍人們不是嘲笑就是猛烈反對，只有先前提到的那兩人看出這作戰計畫蘊藏的可能性。他們不顧周圍的反對並實行這個作戰，結果，讓原本命中注定會全滅的數千名同伴成功平安撤退回後方友軍身邊。面對那些臉上表情彷彿見了鬼的軍人們，聽說男子很不爽地表示——『所以我不是說過會成功嗎』？」

伊庫塔忍著苦笑，繼續說下去。

「以這件事為契機，男子成為索爾維納雷斯．伊格塞姆與泰爾辛哈．雷米翁的盟友。這兩人因為隸屬不同派閥所以一直避免和對方過於親近，然而透過這男子，讓他們慢慢地加深交情。那真的是很不可思議的光景，因為將來必須各自扛起帝國軍兩大派閥的兩人居然在休息室邊下將棋邊閒談，而且旁邊總是能一併看到那名男子的身影。他擅自以『索爾』、『泰爾』這種暱稱來稱呼兩名友人，即使對方再怎麼不樂意，也毫不在乎地繼續使用。由於無論怎麼糾正都不肯改掉，到最後連兩個當事人都開始以這種暱稱來稱呼彼此。」

說的愈多，少年愈覺得自己的嘴角不由自主地放鬆。他的眼前描繪出鮮明的景象，彷彿曾經親自見識過遙遠過往的三人交流。

「三人的友人關係愈加深，男子活躍的機會也以正比增加。獲得能在戰略會議上提出意見的立場後，他的智謀呈現出壓倒性的敏銳。作戰立案、兵力運用、設置補給線——無論在哪個分野，男子的提案都充滿了極具魅力的革新芳香。

到那時候，早就沒有人會再嘲笑他是白日點燈了。曾經被他從苦境中拯救而出的人們，甚至把他比喻成黎明的太陽。獲得同袍的尊敬，長官也對他另眼相看，還獲得兩名仰慕其行事為人而願意跟隨的優秀部下。那兩名雖然年輕卻充滿上進心的軍人，名為哈薩夫・利坎與庫巴爾哈・席巴——也就是跟隨在男子身邊，後來被稱為『日輪雙璧』的兩人。」

伊庫塔一邊說，一邊望著坐在眼前的總司令官。那裡已經不再有因為不滿和絕望而結凍的緊繃表情。少將睜大雙眼，豎起耳朵，等待這番話的後續，還有接下來應該會出現的某種發展。

「像這樣以驚人速度步步晉升的男子，很快就被交付了一整個團。男子的部隊在國境邊緣的州構築據點，無論是在進攻時還是在迎擊時，總是被要求做出最高等級的貢獻，實際上也持續辦到。士兵們若是在前線陷入苦境，總是會基於男子的部隊必定會前來救援的信賴感，堅毅不拔地持續抵抗——『不要放棄！無論夜晚多麼黑暗，黎明都必將到來。因為我等擁有太陽（日輪）的庇護』

——他們正是以這種話語來作為激勵彼此的信條。」

講到這裡的瞬間，少年把手伸入軍服胸前，同時黑色雙眼也對著站在旁邊的公主和搭檔送出暗號。注意到視線的少女用力吸了口氣，在講台上往前移動到最邊緣。接著從這個位置慎重選擇角度，把抱在懷中的光精靈庫斯的「光洞」朝向比少年身體還稍微前面一點的方位。

「黎明必將到來。這是我喜歡的一句話，原因就是，這句話是基於天體運行的科學事實。」

伸入軍服中的手緩緩拔出，握緊證據的右手朝著前方用力往前舉——看準同一時機，庫斯的遠光燈照亮了伊庫塔手上的物體。

軍人們看到的東西，是大小勉強可以用單手握住的銀製工藝品。物體本身呈現正八角形，周圍有一圈箭頭型的裝飾。雖然那東西一看就知道是和軍方有關的徽章，然而在光源的照射下，卻呈現出完全不同的樣貌。

「——啊——啊……」

席巴少將全身都無法控制地發抖，他的雙眼已經只能看見那個奇蹟。形成全體中心的銀製工藝品，以及整圈從中心以放射狀往外延伸的箭頭。完整沐浴在精靈放出光芒下的那東西——現在正如黎明的太陽那般燦然閃耀。

「帝國陸軍上將巴達．桑克雷之子，伊庫塔．桑克雷在此宣告。」

少年的嘴裡表明一個事實。他捨棄許多事物，拋開眾多過去，在這瞬間轉動了人生的船舵——伊庫塔很清楚這是絕對無法後退的一步，然而即使如此，他也毫無猶豫。他要捨棄一切有可能成為枷鎖的事物，去追趕炎髮少女的背影。

「和父親之死一起下沉的太陽，已經在此再度升空——黎明之時已到。來吧，現在正是我等出面的時機！過去在帝國軍數一數二的名將率領下，曾經在戰場上縱橫衝鋒的戰士們。世界上最精實強大的一支部隊——帝國陸軍獨立全域鎮台『旭日團』！」

在右手太陽散發出的光芒下，伊庫塔對著身經百戰的軍人們下令。過去認識巴達・桑克雷的每一個人都不由自主地從眼前的少年身上，看到已逝名將留下的身影——

夏米優殿下在比任何人都靠近的位置，親眼目睹揭明最大王牌的少年身姿。

「——啊——索羅克……」

面對這光景，公主只能屏住呼吸……她事前得知的消息，只有帝國內發生政變所以雅特麗被召回；以及為了打破這個現狀，伊庫塔必須把在場全軍的指揮權都收入自己手中的這計畫概要。雖然連公主也能推測出那將成為類似叛亂的行為，然而她依舊沒有拒絕協助的餘地。因為不光是雅特麗的問題，帝國目前正在以最糟糕的形式瀕臨滅亡。

雖然她負責帶著庫斯並照亮伊庫塔的手，不過關於那個徽章，公主甚至連存在都不知道。不過就算她事前就得知此事，也不可能預想到這一步——伊庫塔居然會以如此大膽的做法，來試圖拉攏因為他父親過世而被留下的軍人。

帳篷中已經陷入大混亂。在將近百人的高階軍官中，幾乎有四分之一是過去曾隸屬於巴達・桑克雷麾下的成員。就算不符合這條件，其他大部分的成員過去也曾經由哈薩夫・利坎或庫巴爾哈・

席巴來擔任長官。這也是理所當然的情況，因為他們是代代相傳才會待在這裡。從巴達・桑克雷開始的名將系譜即使本人已經過世，直到現在也依舊脈脈傳承。

「伊庫塔，原……原來你是……」「阿伊，你——」

在混亂中，騎士團的三人也因為這個被公開的事實而張口結舌。由於他們並不知道巴達上將和伊庫塔的關係，因此驚訝的程度更勝公主。

「……伊庫塔・桑克雷……你就是……那時候的男孩嗎……」

從椅子上起身的席巴少將踩著不穩腳步靠近黑髮少年，軍人們的視線也一口氣集中到他們身上——沒錯，要決定如何回應這狀況的人別無其他，正是他身為總司令官該負起的責任。

「嗯，很抱歉這麼慢才跟您打招呼，席巴叔叔。以前在老家曾經見過好幾次面吧？我還確實記得您有陪我玩。」

「嗯，我也記得……但是，沒想到會以這種形式再度相見……不，應該說已經相見……」

「老實說，要是沒有發生什麼政變，我完全沒有自己主動承認的打算……不過算了，既然已經發生，那也沒有辦法。我只能乾脆放棄那些事情，像這樣厚著臉皮想靠老爸遺留下來的庇蔭來拉攏各位。」

聽到這種擺明豁出去的主張，席巴少將伸手押著額頭，露出似笑非笑的表情。他死守著幾乎快要崩壞的緊繃表情，一邊辛苦維持著威嚴，同時朝著對手以動搖的語氣發問。

「……你說過要指出第三條道路吧？不是要跟隨伊格塞姆，也不是要加入雷米翁。那麼，你到底想做什麼……？」

「當然是要成為調解爭執的和事佬啊。這不是很明顯的事情嗎？在這種狀況下，無論是伊格塞姆獲勝還是雷米翁獲勝，帝國都會步上絕路。畢竟兩大派閥正面衝突後，造成的損害可無法估量。只能在演變成那樣之前先阻止他們。」

「那種事情跟魔法沒兩樣……你真的認為能辦到嗎？」

「魔法？不可以說這種傻話，我會確實按照科學原則來進行——噢，對了，關於這次的對話，還請您要確實記住。因為等到一切都結束後，我也要講這句話——『所以我不是說過會成功嗎』？」

模仿父親的這句聲明成為最後的一擊，突破對方所向披靡的「無謂之言」防守。噗呼……席巴少將的嘴角噴出一大口氣。就像是要把長年累積的所有鬱悶情緒全都吐出來那般，他爆發性的狂笑了起來。

「呼哈哈哈哈哈哈哈哈哈哈哈哈哈哈哈哈哈！是嗎，原來如此！這的確很有趣！的確很愉快！噗哈哈！哈哈哈哈哈哈哈哈哈哈哈！」

大笑聲在帳篷裡不斷迴響著。過去在名將之下被稱為「日輪雙璧」的男子，以經常豪爽大笑的性格獲得戰友們喜愛的庫巴爾哈·席巴在此真的回來了。

「——喂，你看到了嗎，哈薩！你急著死是非常嚴重的失敗！還以為永遠不會結束的夜晚再度迎向黎明！這真是痛快！看樣子，認定這世界確實過於無聊並徹底捨棄的時機尚未到來啊！」

少將隔著帳篷仰望天空，向著先過世的戰友報告好消息——在完全沒有預料到的情況下，只能屏息忍耐無謂戰爭的時期宣告結束。既然如此，也沒有任何事情需要猶豫。

「已確實接下要求整個營再集合的指示，伊庫塔．桑克雷先生。接下來我會去統整部下，在行動開始之前，可以給我約十分鐘的時間嗎？」

「您可以用一小時，不過條件是，必須讓所有人都心服口服。尤其要特別注意比較傾向雷米翁派的軍官，若有必要，麻煩您把他們和部隊隔離。畢竟我不想之後還遭到來自背後的暗算。」

「呼哈哈哈哈哈！一開始就毫不客氣啊！不過我明白了，就按照你的吩咐進行吧！」

席巴少將爽快答應後，以充滿力道的腳步迅速回到部下們面前。之後就像是要和他交接，從長椅子堆中脫身的騎士團三人和薩札路夫趕到伊庫塔身邊。

「順……順利成功了嗎……？」「該說什麼才好呢？那個……就是……」

雖然人是過來了，但四人都表現出不知道該說什麼才好的態度。黑髮少年一邊對眾人露出沉穩的笑容，同時低下頭道歉。

「——不好意思一直瞞著大家。正如剛才所說，巴達．桑克雷是我的父親。這徽章是我保管的遺物，直到這次戰爭之前，才為了對應這類事態而隨時帶在身邊。」

「你這傢伙居然藏著這麼驚人的必殺王牌……話說回來，你也真幹了很誇張的勾當，這下跟發起第二個政變也沒什麼兩樣吧？要是被送上軍法會議，絕對會被處以極刑，這部分你自己清楚嗎？」

雖然受到狀況震撼，但薩札路夫還是站在年長者的立場提出警告。伊庫塔打從心底感謝這事實，並看著對方雙眼點了點頭。

「我自己已經做好心理準備，公主也是——不過關於在場的你們四位，當然要由你們自身做出選擇。所以請做出決定吧，要跟著我一起走嗎？還是不願意？」

伊庫塔一邊提出選項，同時按順序一個個看向同伴們的眼睛。他最初的對象是托爾威。

「托爾威，我想你應該明白在所有人當中，你的立場最微妙。既然雷米翁上將避開你發動政變，應該是打算在一切結束之前都不會把任何事情告知你這個老么吧。」

「…………嗯……」

「你可以選擇就這樣按兵不動，也可以選擇和雷米翁上將會合並以政變陣營的立場來參戰。當然，後者就代表會成為雅特麗的敵人，以我來說是絕對不建議你那樣做——話雖如此，講到要不要建議你跟著我，這也是非常近似詐欺的意見。因為我的目的是介入政變並進行調解，真槍實彈開打是最後才會動用的手段。話雖如此，依舊會有很高機率發生戰鬥，而且毫無疑問，與雷米翁上將也會以某種形式進行對決。你能夠接受那種狀況嗎？」

伊庫塔把視線從無法立刻回答只能保持沉默的青年身上移開，接著看向馬修。

「馬修，你的立場也絕不輕鬆。如果你加入叛亂勢力，毫無疑問會拖累泰德基利奇家全體。我今後要採取的行動，不管實際內容為何，但形式上也是徹底的叛亂。要是落入必須遭受制裁的立場，沒有藉口可用。這點你要牢記在心。」

「…………嗚！」

微胖少年也咬著大拇指陷入思考。伊庫塔把他先放一邊去，把視線移到哈洛身上。

「哈洛，妳的情況也和馬修差不多。我記得妳老家還有五個弟弟吧？如果比起其他事情，妳最擔心的問題就是自身罪行拖累家人，那麼在這裡就不該選擇跟著我的選項。不過話又說回來，即使加入伊格塞姆或雷米翁任何一邊，果然也還是會有風險。妳只能仔細思考。」

聽完這些話，哈洛伸手摟住自己的肩膀。伊庫塔最後把臉轉向剩下的薩札路夫少校，擺出雙手抱胸的姿勢，然後側了側腦袋。

「薩札路夫少校……嗯……能不能請您跟之前一樣，代替我成為首謀呢？」

「你這混帳居然在這時講出這種鬼話！正經八百地等著輪到自己的我簡直跟白痴沒兩樣！」

「對不起，我只是開開玩笑。因為我覺得，對於剛才還那麼關心我甚至好意提出警告的人，我居然還要開口建議對方仔細考慮，這樣不是很奇怪嗎……算了，總之請您不要想太多，正常思考然後下決定吧。因為不管做出什麼選擇，您在我心中一直都是最棒的長官。」

伊庫塔咧嘴一笑這樣說完，薩札路夫就為了掩飾難為情反應而把臉轉開。結束和四人的個別對話後，伊庫塔重新面對他們所有人。

「好啦……到剛才為止，算是純粹為各位著想才提出的忠告，也算是為了讓所有人都確實做出不後悔的選擇而幫忙建立起基礎吧——那麼，接下來才是本題，或者該說是我的真心話。」

伊庫塔先講了這番話作為開場，然後隔了個深呼吸，接著朝向四人低下頭做出合掌拜託的姿勢。他保持這個姿勢，只把腦袋往上抬高，帶著苦笑開口。

「——對不起，求你們幫幫我吧，大家。因為有點得意忘形，不小心讓規模擴得太大，老實說如果只靠我一個人，要徹底收拾似乎是不太可能辦到的事情。」

黑髮少年不顧形象也不管面子，彎腰俯首苦苦哀求同伴。接下來是漫長的沉默。決定在得到任何反應前都堅持不動的伊庫塔依然保持同樣姿勢，最後四人嘴裡終於冒出無法繼續忍住的笑聲。

「哈……哈哈……！前……前面講了那麼多大話，結果最後卻是這樣……！」

「嗯……是啊……哈哈，剛剛那樣真的很有阿伊的風格……」

「連在這種狀況下也能逗人發笑……不愧是我們的伊庫塔先生！」

不管是馬修、托爾威還是哈洛，都暫時忘記現狀笑成一團。因為即使公開出身，發表本名，這個黑髮少年依然是他們認識的那個伊庫塔．索羅克。

「真是個彆扭的傢伙，至少對長輩該率先講出這種真心話啊！雖然我無法完全掌握事態，但我想現在應該是急需人手的狀況吧？」

薩札路夫邊嘆氣邊講完這句話後，四個人互相以眼神示意，並對著彼此點頭。只要根據他們的互動就能夠明顯看出，所有人的結論都相同。

「——決定了。既然你都像這樣低頭拜託，那也沒辦法。我們會幫忙，你可要記得心懷感謝啊！」

馬修代表所有人如此宣言。話聲剛落，伊庫塔立刻衝上去抱住他的脖子。

「喔喔喔喔喔，吾友～！」

「嗚哇啊啊啊啊別抱住我啊有夠噁心！托爾威！快！你快點接收過去！」

「喔喔喔喔喔，我的哈洛～！」

「呀啊！為什麼過來這邊呢！請……請救救我啊！少校～！」

伊庫塔只針對特定對象展開熱烈擁抱。公主實在看不下去他這種隨性亂來的模樣，於是介入眾人之間，狠狠踹向伊庫塔的屁股，把他踢了出去。由於這幾乎是反射性動作因此沒能調整力道，讓少年按著屁股跳來蹦去。看到這模樣，馬修似乎很痛快地吹了聲口哨。

「哇，剛剛這一腳真精彩，殿下。對了，看樣子雅特麗會暫時離開，能夠拜託您擔起在這傢伙得意忘形時出手教訓他的任務嗎？」

「……咦？啊……那個……我……」

「我也贊成。雖然身為年長者的我也可以負責，但不知道為什麼總是會下手過重……啊，不，我要撤回前言。只有他對梅爾薩少校亂來時請包在我身上，我這句話完全出自真心。」

聽到對話理所當然般地把自己也牽扯進去，夏米優殿下只是愣愣地原地呆站。過了一會，她終於察覺。在不知不覺之間，自己已經再度成為溫暖同伴的一份子。

「好痛啊……對於我的屁股以及其他部位的蠻橫行為，今後我也會繼續堅決表達抗議。不過看這樣子，公主妳的心情應該多少有從最底層往上爬升了一點吧？」

「……索……索羅克……」

「請趁早改掉那種只要一碰到難過的事情就要自閉的壞習慣，因為所謂的人類啊，一旦獨處就愈容易無窮無盡地鑽牛角尖……不過也沒關係，反正我這邊並不打算丟著妳不管啦。從下次開始，無論妳躲在哪裡自閉，我都會闖進去喔。」

伊庫塔一邊用雙手揉著屁股，同時在少女耳邊悄聲說道。這番發言蘊含的溫暖感情對現在的公主來說，實在太讓人開心感動。她還沒來得及伸手去擦，大顆淚珠已經從雙眼裡不斷滾落。

「好好，我知道，我早就預料到妳在這時會哭。畢竟我可是能從經驗裡學習的男人。」

伊庫塔在少女身旁屈膝蹲下，從上衣口袋裡拿出手帕幫她擦了擦眼角。無論再怎麼擦依然沒有停下的淚水讓手帕逐漸溼透。少年很有耐心地陪著少女，同時再度在她耳邊低語。

「……只要是人，都會因為一時衝動而對著重要對象講出無心發言。下次和雅特麗見面時，要好好跟她道歉喔。我也會陪在旁邊，那樣就能和她重修舊好。」

「……嗯……」

公主一邊隔著手帕感覺到指尖的溫柔動作，同時不斷點頭……這時，少女的內心深處有不同於過去的另一種罪惡感蠢蠢欲動。

想再見到雅特麗，當面向她道歉。還要確實重修舊好，希望她能再幫自己梳頭髮。即使出自真心地如此期望，但公主內心的另外某處卻還是不由自主地如此想著——如果可以的話，真想一直保持現在的狀態。在沒有炎髮少女的世界裡，希望叫做伊庫塔·索羅克的少年能隨時都只關注著自己。

〈完〉

後記

是哪個人隨便提議說要寫海戰啊？大家好，我是宇野朴人。

當我忙著和充滿懷舊感的帆船格鬥時，聽說這世上正在流行叫做「艦隊Collection」的玩意，推特的時間軸上也滿是提督們的推文。雖說聲稱自己並不想參加會成了謊言，但光聽到「海戰」兩個字就會躲進被窩裡瑟瑟發抖的這種狀態實在無法……只能祈禱風潮能一直持續到我克服這個精神創傷時。

那麼，接下來就聊聊今年終於實行的南下作戰的過程吧。

為了逃離北國的寒冷冬天，我南下來到東京，卻花了相當長的時間才適應都會的生活，尤其是狹窄的浴室和道路讓我受了不少罪。每次泡進系統衛浴型的浴缸裡，就能體會到屈肢葬的遺體是什麼感覺；就算是輕型汽車（註：日本一種排氣量在660cc以下的小型汽車，其體積比一般汽車小）也要特別小心的窄路，卻有十噸卡車開進去的光景，更是讓我驚訝得瞪大雙眼，不由得認真煩惱起自己真的能適應這種環境嗎……不過結果，搬來這裡約一個月後，這一切全都成了日常生活的一部分。人總是會習慣。

然而，在新的土地生活果然還是會發生各種事先沒有預料到的問題。首先是「太過方便」這一點。由於我租了車站附近的房子，必要的設施在步行數分鐘的距離內大致都找得到，不太會發生必須遠行的狀況。所以剛開始的第一個月只有在租屋處附近晃來晃去就過去了。不妙！這樣一來根本不知道為什麼要執行這個南下作戰！

不過，就算我像這樣過著近似家裡蹲的生活，但這裡不愧是東京。電視上幾乎每天都會播放許多動畫節目，再配合徒步五分鐘距離的TSUTAYA出租店，讓我出生至今第一次充分享受到所謂被動畫圍繞的生活。把差不多最近五年的有名作品一個個全都掃過一遍後，現在總算產生跟上時代的感覺。

接下來，要對執筆時麻煩到的諸位表示謝意。

首先是責任編輯的黑崎編輯，謝謝您每次都讓我能放手去寫！

插畫家さんば挿老師，謝謝您這次也提供了美妙的插圖，以後也一起繼續努力吧！

還有送來感想以及鼓勵訊息的許多讀者，很抱歉我無法回信給每一位，但我有非常認真仔細地讀過所有來信。每一字每一句真的都會化為對我最有用的鼓勵！

最後，我要對支持我寫作的所有人士致上無窮無盡的感謝……！

Kadokawa Light Novels

女騎士小姐，我們去血拼吧！ 1 待續

Kadokawa Fantastic Novels

作者：伊藤ヒロ　插畫：霜月えいと

面對外星人（章魚外型）和異世界人的到來
這個看似普通的鄉村小鎮卻見怪不怪？

麟一郎是個住在日本鄉下地方的普通高中生，某天發現了從異世界逃亡至此的公主和女騎士，便展開一段不可思議的故事！——你一定以為是這樣吧？但故事舞台卻是位於異世界人的存在並不稀奇的普通鄉村小鎮，一場女騎士系鄉村日常喜劇就此展開。

NT$180/HK$55

台灣角川

國家圖書館出版品預行編目資料

發條精靈戰記 : 天鏡的極北之星 / 宇野朴人作 ;
K.K.譯. -- 初版. -- 臺北市 : 臺灣角川, 2015.09-
冊 ; 公分
譯自 : ねじ巻き精霊戦記 天鏡のアルデラミン
ISBN 978-986-366-706-3(第5冊 : 平裝)

861.57 104015086

Kadokawa
Fantastic
Novels

發條精靈戰記
天鏡的極北之星 5
（原著名：ねじ巻き精霊戦記 天鏡のアルデラミン V）

2015年10月28日 初版第1刷發行
2016年7月18日 初版第2刷發行

作者：宇野朴人
插畫：さんば挿
日版設計：AFTERGLOW
譯者：K.K.

發行人：加藤寛之
總編輯：蔡佩芬
主編：吳欣怡
文字編輯：黎夢萍
資深設計指導：黃珮君
美術設計：胡芳銘
印務：李明修（主任）、張加恩、黎宇凡

發行所：台灣角川股份有限公司
地址：105台北市光復北路11巷44號5樓
電話：（02）2747-2433
傳真：（02）2747-2558
網址：http://www.kadokawa.com.tw
劃撥帳戶：台灣角川股份有限公司
劃撥帳號：19487412
法律顧問：寰瀛法律事務所
製版：巨茂科技印刷有限公司
ISBN：978-986-366-706-3
香港代理：香港角川有限公司
地址：香港新界葵涌興芳路223號
新都會廣場第2座17樓 1701-02A室
電話：（852）3653-2888